uma
SOLTEIRONA ALEMÃ POR CONVENIÊNCIA

Cinthia Serejo

uma SOLTEIRONA ALEMÃ POR CONVENIÊNCIA

Esta é uma publicação Principis, selo exclusivo da Ciranda Cultural
© 2025 Ciranda Cultural Editora e Distribuidora Ltda.

Texto
© Cinthia Serejo

Editora
Michele de Souza Barbosa

Preparação
Flavia Bernachi

Revisão
Fernanda R. Braga Simon

Produção editorial
Ciranda Cultural

Diagramação
Linea Editora

Design de capa
Narrativa Editorial, por Helen Pimentel

Dados Internacionais de Catalogação na Publicação (CIP) de acordo com ISBD

S483s   Serejo, Cinthia

            Uma solteirona alemã por conveniência / Cinthia Serejo. – Jandira, SP : Principis, 2025.
            288 p. ; 15,5cm x 22,6cm. (Os Flemmings)

            ISBN: 978-65-5097-257-8

            1. Literatura. 2. Romance. 3. Romance histórico. 4. Amor. 5. Ficção. 6. Romance de época. 7. Amor improvável. I. Título. II. Série.

                                                                   CDD 813
2025-1553   CDU 82-31

Elaborado por Vagner Rodolfo da Silva - CRB-8/9410

Índice para catálogo sistemático:
1. Literatura : Romance 813
2. Literatura : Romance 82-31

1ª edição em 2025
www.cirandacultural.com.br
Todos os direitos reservados.
Nenhuma parte desta publicação pode ser reproduzida, arquivada em sistema de busca ou transmitida por qualquer meio, seja ele eletrônico, fotocópia, gravação ou outros, sem prévia autorização do detentor dos direitos, e não pode circular encadernada ou encapada de maneira distinta daquela em que foi publicada, ou sem que as mesmas condições sejam impostas aos compradores subsequentes.

Este livro é dedicado ao Max e à Emma, que quase chamuscaram as páginas desta história com um incêndio incontrolável.

E a mim, que joguei o combustível e escrevi com fósforo cada palavra.

CAPÍTULO 1

Hamburgo, setembro 1859

"Toda jovem solteira, romântica e de boa família é um prato cheio para os aproveitadores... e para os parentes, especialmente os excessivamente zelosos."

Sentia-me impelida a concordar com a citação de lady Lottie, uma das minhas autoras preferidas, sempre que me via diante das preocupações sinceras e um tanto carameladas do meu tio-avô, afeiçoado a diagnósticos imaginários e poções milagrosas.

Não podia culpá-lo por seu cuidado excessivo comigo – sua única parente e tutelada. Eu, apesar de não ter solicitado sua companhia, fizera-o deixar sua grande e confortável casa de campo, que ele tanto amava, às pressas para vir ao meu encontro, após receber meu recado comunicando que minha mudança para sua residência precisaria ser adiada.

Minha mensagem não o impediu de fazer a viagem carregado de baús com tudo o que considerava indispensável para sua sobrevivência – poções, infusões, óleos, ingredientes secos e potes de remédios. Pelo contrário, só alimentou seu desespero. Afinal, eu havia informado que o motivo da minha permanência era a carta que recebera de Agnes, minha melhor amiga, que vivia no Novo Mundo. Nela, Agnes avisava que chegaria de visita com o esposo... a qualquer momento.

Fato que não havia acontecido, mesmo tendo passado alguns meses. Isso acabou me deixando apreensiva, temendo que algo lhe houvesse acontecido, já que sua última carta avisava que, em breve, o professor Cruz, assassino de seu pai, seria solto. Apesar dos protestos do meu tio, que eu tentava contornar com carinho, estava determinada a permanecer em Hamburgo até que sua resposta chegasse.

A verdade era que eu estava adiando a tal mudança desde a morte da minha avó, meia-irmã do meu tio, há quase um ano. Claro que, por mais que meu desejo fosse usufruir de modo permanente a pseudoliberdade de que desfrutava nos últimos meses, entendia os argumentos de tio Alfred de que não era aceitável que uma jovem de boa família vivesse sozinha em uma casa.

– Tio Alfred, o senhor não precisava ter vindo para Hamburgo só por minha causa. – Ajustei os meus óculos arredondados sobre o nariz antes de voltar os olhos para a leitura do livro sobre meu colo. – O senhor não gostaria de sentar-se ao meu lado para comer um biscoito de Natal enquanto leio em voz alta um trecho do novo romance de lady Lottie?

Ele, enquanto alisava a longa e bem aparada barba branca, resmungou algo ininteligível sem, contudo, interromper seu vaivém sobre o piso de madeira encerado que faria tremer as estantes abarrotadas de livros que adornavam a biblioteca se não estivessem firmes nas paredes cobertas de um papel de parede verde-claro florido.

Hamburgo não era uma cidade pela qual tio Alfred tinha grande estima, o que ele não fazia questão de esconder. Sua aversão pela cidade grande resultava de seu medo do crescente aumento da população e de seu potencial para a propagação de doenças.

Isso não era de todo exagero, já que várias epidemias haviam assolado Hamburgo, como a pandemia de cólera em 1848 e 1849, que ceifou muitas vidas – dentre elas a do meu avô, que, padecendo de melancolia após a ruína dos seus negócios, foi uma presa fácil para a enfermidade, deixando minha avó e a mim aos cuidados de tio Alfred.

Se bem que seu cuidado demasiado havia me surpreendido, já que sempre acreditei que ele contava os dias para que eu me casasse e, enfim, pudesse se ver livre de mim. Estava certa de que minha avó e eu éramos um fardo para ele. Contudo, após o falecimento dela e a consequente aproximação entre nós, percebi o quanto estava enganada. Ele era apenas alguém que, como eu, precisou de anos para superar o longo período de enfermidade da esposa, seguido de sua perda.

— Ah, Emma, se ao menos fosse possível evitar esta cidade tão cheia de odores e desordem...

Tio Alfred sentou-se pesadamente na poltrona próxima às janelas altas e duplas, que emolduravam o jardim florido em frente à casa de dois andares que um dia fora dos meus avós.

A vista era como uma tela aquarelada, com tons de verde profundo, salpicado de manchas vermelhas e traços em marrom, anunciando a mudança das estações.

Seu cotovelo estava apoiado no braço da poltrona, e ele segurava a cabeça com as mãos, como se o peso dela e os cabelos brancos — ou o início da ausência deles — tivessem se multiplicado pelas preocupações que o atormentavam.

Eu, no entanto, permaneci em silêncio, mastigando um biscoito e alisando uma prega imaginária na saia farta do meu vestido verde diurno. Sabia o quanto um lugar tão movimentado como Hamburgo o incomodava, mas o que eu poderia fazer?

— Você não me deixou opção... — ele levantou a cabeça, com suas sobrancelhas longas e unidas formando uma linha horizontal, como uma ponte branca sobre o rio da preocupação — ... quando decidiu esperar aqui a visita da sua amiga meio desmiolada, do marido selvagem dela e das mazelas que eles, com certeza, trarão como bagagem.

Levantei o livro na altura do rosto para esconder a vontade de rir. A imaginação do meu tio parecia ser mais fértil do que a minha — essa era uma das poucas semelhanças entre nós.

Assim como tio Alfred, eu tinha a pele alva e os olhos castanho-esverdeados. No entanto, ao contrário dele, meu corpo era pequeno, de estatura delicada. Meus cabelos castanhos, fartos e encaracolados – como os ramos de uma videira –, domados por um coque alto, contrastavam com os cabelos lisos do meu tio, que um dia haviam sido loiros.

Fisicamente, eu herdara muito do lado espanhol da minha avó, filha da espanhola que fora a segunda esposa do sexto conde de Eisenburg, pai de tio Alfred. Após a morte da primeira esposa, o conde mudou-se para a Espanha e viveu ali o resto de seus dias. Enquanto isso, minha avó, que nascera em terras espanholas, mudou-se para Hamburgo ao casar-se com um comerciante alemão, após o falecimento do pai e contrariando a vontade de seu meio-irmão.

– Já lhe disse que o senhor Flemming não é um indígena. – Enfiei mais um biscoito amanteigado na boca, sabendo que seria inútil tentar convencê-lo.

– Sua sorte é que cheguei a tempo de levá-la comigo antes que eles cheguem. – Ele enfiou a mão direita para que, como de costume, descansasse entre o segundo e o quarto botões de seu colete. – Se bem que, como um homem precavido que sou, trouxe comigo o meu arsenal de misturas, que poderíamos usar para nos proteger.

Ele balançou a cabeça e, com um olhar de julgamento ao me ver enfiar mais um biscoito na boca, disse:

– Emma Weber, sua avó Margareth nunca lhe disse que esses biscoitos devem ser comidos no Natal, e não no verão?

– Por que precisamos esperar pelo fim do ano se os *Vanillekipferl* são deliciosos o ano inteiro? – Sem esperar por uma resposta, mudei de assunto. – Tio Alfred, tenho certeza de que não será necessário usar suas poções milagrosas com os nossos hóspedes.

– Como não? Fiquei sabendo que, naquele lugar, existem mosquitos do tamanho de maçãs, que perfuram a roupa das pessoas e matam em poucos dias.

– Não estou certa de que isso seja verdade – eu disse, sem muita firmeza na voz diante de tanta convicção em suas palavras.

Uma solteirona alemã por conveniência

– Quem nos garante que a bagagem do nosso visitante selvagem não estará cheia desses insetos assassinos?

– Tio, o senhor Flemming é, na verdade, tão alemão quanto os nossos antepassados.

Os olhos de tio Alfred quase saltaram do rosto de indignação ao ser repreendido.

– Oh, não ofenda a nossa longa linhagem germânica! Fique sabendo que o primeiro conde...

– Friedrich von Eisenburg foi um oficial militar que auxiliou Carlos VII em sua ascensão ao trono imperial em 1742. Como prova de gratidão, o imperador do Sacro Império Romano concedeu a Friedrich o título de conde no ano de 1743, assim como vastas terras, iniciando a linhagem dos Eisenburgs.

– Espero que você não se esqueça disso – tio Alfred falou com uma mistura de surpresa e satisfação ao ouvir a minha resposta.

– Como eu poderia? – Revirei os olhos ao pensar nas inúmeras vezes que precisei repetir a história heroica do nosso antepassado.

– O que disse?

– Que eu jamais poderia esquecer tal ato de heroísmo.

– Eu lhe agradeço em nome de todos os condes de Eisenburg que me antecederam.

– O senhor só não pode esquecer o fato de que sua irmã era espanhola – provoquei com um sorriso travesso, sabendo do amor genuíno que ele sempre tivera pela irmã.

– Nem todo mundo é perfeito, minha cara.

– Tenho orgulho de que, ao menos, um pouco do sangue espanhol corra em minhas veias.

– Não deveria, tendo em vista que foi essa mistura de sangue que levou sua avó a sucumbir àquela doença do sangue branco.

– O doutor Virchow garantiu que a leucemia não está relacionada à mistura de etnias. O senhor sabia que existem especulações de que a mistura de raças poderia fortalecer a descendência?

– Esse mundo está perdido. As pessoas de bem acreditam em qualquer teoria absurda que lhes apresentam – ele resmungou, e eu, deixando o livro de lado e levantando-me, fui até ele, abraçando-o apertado.

– Oh, tio Alfred! – Beijei-lhe o rosto, que logo assumiu um tom rosado.

– Minha esperança era de que ao menos você fizesse um casamento decente, para que a nossa linhagem não desaparecesse – ele lamentou, cabisbaixo.

– Lamento tê-lo decepcionado!

Com arrependimento refletido em seus olhos pelo que dissera, ele desvencilhou-se do meu abraço e disse:

– A culpa foi minha por ter concordado que o senhor Krause adiasse o casamento por tanto tempo – ele pressionou os lábios em uma linha fina. – Deveria tê-lo obrigado a desistir da universidade ou, pelo menos, a se casar com você antes de partir para Frankfurt.

Arregalei os olhos ao imaginar como seria a minha vida em qualquer uma daquelas possibilidades. Caminhei até a janela, tentando esconder dele o que realmente sentia em relação ao rompimento do meu quase noivado.

Por pura covardia, deixei que tio Alfred acreditasse que eu era inocente, e não cúmplice, nos acontecimentos que levaram o senhor Krause a desistir do nosso compromisso. Mas como poderia explicar a ele que, tendo passado o espanto causado pela simples e curta carta que carregava a notícia do rompimento, um alívio invadiu o meu ser?

Nem mesmo para Agnes, minha melhor amiga, eu revelara a verdade. Era preferível para mim a humilhação de ter sido rejeitada após tantos anos esperando pelo anúncio do noivado.

Todos sempre acreditaram que iríamos nos casar assim que ele terminasse os seus estudos na universidade. O que todos, exceto o próprio senhor Krause, não sabiam era que eu era a única responsável pelo adiamento do nosso enlace.

É claro que, a princípio, ele se opôs ao meu desejo, mas logo minha avó e eu o convencemos de quanto isso lhe seria vantajoso. Só não contava que, um dia, ele desistisse do acordo discreto, estabelecido entre nós três, minha avó, ele e eu.

— Estou bem, tio Alfred — Permiti que um largo sorriso brotasse em meu rosto. — Não se preocupe tanto comigo.

— Então deixe de arriscar a sua vida e venha comigo para casa.

— Tio, estou em casa — disse com mansidão, mas cheia de coragem, ainda com esperança de que isso o convencesse.

— Nunca me dei conta de que você fosse tão teimosa — ele engrossou a voz e disse com a firmeza de quem não aceita ser contrariado. — Claro que a casa continuará sendo sua, afinal faz parte da herança que a sua avó lhe deixou. Quem sabe, apesar da sua idade, você consiga se casar e seu marido aceite morar aqui.

— Já lhe disse que não me importo em continuar morando aqui — usei o tom que usava quando criança e que sempre funcionava quando lhe pedia um doce. — Só precisaríamos encontrar uma pessoa para me fazer companhia.

— Você prefere isso a ir morar com o seu tio, a única família que lhe resta? — Ele levantou-se da poltrona, recomeçando sua marcha pela sala.

Percebi, pela sua expressão, que seria inútil, mas ao menos eu havia tentado, uma última vez, convencê-lo a permitir que eu continuasse morando na casa que fora o meu lar desde os meus dez anos. O local que conheci como lar após o terrível incêndio de Hamburgo, em 1842, que, além de matar os meus pais, quase ceifou a minha vida.

Com a mão direita, puxei discretamente a gola do meu vestido para me certificar de que a única marca, vermelha e repuxada, que não ficava totalmente coberta pelas roupas estava escondida.

Após o incêndio, fui criada com muito amor pelos meus avós paternos. Eles, depois de me tirarem do hospital, gastaram uma fortuna para que a única neta recebesse os melhores tratamentos disponíveis. Isso salvou a minha vida, pois os hospitais estavam abarrotados de vítimas queimadas, assim como eu, pelo fogo que lambeu cerca de um terço do centro da cidade, reduzindo-a a escombros e cinzas.

Poucos dos que escaparam tiveram a sorte de receber os cuidados que eu recebi. Sempre seria grata às orações e aos recursos que meu avô possuía, garantindo-me tais benefícios. Além disso, sem sombra de dúvidas, ter um conde, bom entendedor da medicina, como tio-avô foi fundamental. Ele não poupou esforços, mandando buscar especialistas de fora para que as sequelas e as dores alucinantes fossem minimizadas.

– Só não quero ser um peso para o senhor.

– Parece que estou vendo Margareth falar. – A dor pela perda da irmã ficou visível nos olhos azul-claros dele. – Desde a morte do seu avô, tentei a todo custo convencê-la de que o melhor lugar para vocês duas era junto a mim, para que eu pudesse protegê-las.

– Oma não gostava do campo.

– Ela não gostava era que eu interferisse na vida de vocês – ele resmungou, e engoli o riso para não o magoar, já que seria quase uma confirmação de que era verdade o que dizia.

– Tio Alfred, oma amava-o tanto quanto eu. – Fiquei na ponta dos pés para lhe depositar um beijo na face.

– Então, venha comigo para a fazenda. – Com o seu lenço alvo e engomado, ele limpou discretamente os resíduos do meu beijo molhado em sua bochecha, e eu ri.

– Sinto muito, tio Alfred, não posso partir. – Doía-me o coração desapontá-lo. – Preciso esperar minha amiga Agnes e o marido dela, que vão chegar em breve e não terão onde ficar.

– Você está arriscando a nossa vida. Nós nem sabemos o que esse selvagem pode ser capaz de fazer. – Ele passou a mão sobre a cabeça antes de continuar: – Ouvi dizer que, na colônia inglesa, os selvagens escalpelam os homens e sequestram as mulheres.

– Acredito que o senhor não saiba, mas os pais do senhor Flemming foram um dos primeiros alemães que emigraram daqui em busca de uma vida melhor no sul do Império Brasileiro – interrompi, explicando com convicção, embora a única certeza que tinha fosse de que Agnes havia respondido a um anúncio de noiva por correspondência, de um alemão que buscava uma esposa, e depois tinha embarcado às pressas para o Novo Mundo por acreditar, na época, que tinha matado um homem e que estava sendo perseguida por alguém ligado ao defunto.

– O seu desejo é me tranquilizar com essa informação?
– Estou sendo muito otimista? – Enfiei um biscoito na boca, na tentativa de evitar o riso.
– Sem dúvida, minha cara, admiro sua bravura em flertar com o perigo.
– Tenho certeza de que o senhor Flemming não nos atacará com seu arco e flecha.
– Duvido que você tenha coragem de zombar de mim quando um de nós estiver prostrado sobre uma cama, padecendo por ter sido infectado por alguma enfermidade desconhecida que os dois estão trazendo.

Servi um pouco do chá em nossas xícaras como desculpa para esconder o sorriso, por medo de magoar tio Alfred, mas acabei entornando um pouco do líquido sobre a mesa.

– Oh, sinto muito! – Depois de usar um lenço para enxugar o líquido ocre e morno, voltei a me sentar, observando tio Alfred, que estava tão distraído com seus pensamentos que parecia não ter notado o pequeno acidente com o chá.

Senti vontade de abraçá-lo. Por mais que sua preocupação exagerada com meu bem-estar fosse engraçada, eu sabia que era genuína. Era sua forma de expressar o amor que sentia por mim, e isso acalentava meu coração sempre que me recordava da perda daqueles que tanto amei.

É claro que eu temia a morte. Afinal, nós duas já havíamos estado frente a frente. Mas o medo de ficar doente ou morrer era efêmero em comparação à alegria que sentia em saber que, em breve, poderia rever a amiga que eu tinha como irmã desde quando nos conhecemos na escola para moças da senhorita Helga.

A leve batida na porta da sala, seguida pela entrada da governanta, me despertou do meu devaneio.

– Milorde, os Flemmings acabaram de chegar – a senhora Müller, nossa governanta, avisou, parecendo apreensiva, como se os temores de tio Alfred a houvessem contagiado com a mesma rapidez de um surto de cólera.

– Agnes! – exclamei, batendo palmas de alegria e levantando-me do sofá em um salto, tamanha era a minha empolgação.

No entanto, tio Alfred, para minha surpresa e talvez até para a dele próprio, foi mais ágil do que eu e, colocando-se à minha frente para impedir que eu saísse correndo ao encontro de Agnes, ordenou:

– Fique onde está!

Perplexa com a firmeza no tom de voz, sentei-me sem pestanejar. Enquanto isso, ele, virando-se para a governanta, disse:

– Garanta que eles tirem os sapatos antes de entrar na casa e que tomem um banho com vinagre imediatamente. – Ele frisou bem a última palavra.

– Tio Alfred! – Levantei-me em protesto, mas ele, ignorando-me, continuou instruindo a governanta, que, meio atordoada, ouvia atentamente.

– Escreva um bilhete em meu nome para que a modista providencie algumas roupas para os visitantes vestirem, enquanto suas bagagens, roupas e objetos estiverem sendo lavados e desinfetados com vinagre.

Viramos os três ao mesmo tempo na direção do som de vozes altas, risos e um *toc-toc* no chão que se aproximavam, anunciando o inesperado e, como um ciclone de verão, abafando as últimas palavras ditas por tio Alfred.

CAPÍTULO 2

Uma explosão de cores surgiu diante de nós na figura de uma idosa roliça e de baixa estatura, que adentrou a sala sem cerimônia e se abancou no sofá próximo de onde meu tio Alfred estava. Ficamos atônitos diante da profusão de tons sobrepostos de suas vestes que, embora destoantes, pareciam, de algum modo, favorecê-la, tornando-a única.

– Meu senhor, francamente, preciso admitir que estou perplexa com as mudanças que vi nesta cidade desde que cheguei. – A mulher esticava o pescoço, tentando olhar para meu tio. – Oh, por favor, sente-se ao meu lado antes que eu venha a padecer de torcicolo, tentando encarar alguém tão alto quanto um campanário. – Com a ponta da bengala, ela cutucou a perna dele. – Nunca passou pela minha cabeça, quando deixei Hamburgo em 1824, em um navio para o Novo Mundo, que a cidade pudesse mudar tanto em trinta e cinco anos. Se bem que, para ser verdadeira, nunca imaginei que um dia voltaria a colocar os pés aqui outra vez.

A mulher, vendo que meu tio não havia se mexido do lugar, como se estivesse atônito, deu duas batidinhas no sofá ao seu lado antes de continuar. E o pior é que meu tio obedeceu.

– Quase nem reconheci.

Ela balançava a cabeça, mostrando sua desaprovação, enquanto eu me perguntava se ela não precisava tomar fôlego – para uma pessoa que ficou com sequelas respiratórias depois de sobreviver a um incêndio, como eu, isso era algo invejável.

– No entanto, o que mais me chocou foi como ela ficou abarrotada de gente, com carroças passando a todo momento e ruas tão apertadas que parecia que a cidade tinha encolhido.

Ajustei os meus óculos sobre o nariz, sem conseguir desviar a atenção da idosa mais determinada e segura de si que eu já vira em toda a minha vida, e de tio Alfred, que lhe obedecia sem pressa, mas também sem argumentar.

– Preciso lhe confessar que não estou segura de que essas mudanças possam ser consideradas positivas – disse a mulher, com a mão sobre o peito e um tom de voz meloso e dramático, voltando-se para tio Alfred, que, mudo, contorcia o pescoço como se o lenço ao redor dele o apertasse. – Pensei que fosse sucumbir quando um pequeno delinquente tentou surrupiar a minha bolsa.

Ainda parecendo não precisar tomar fôlego, ela se virou na minha direção e, como se só então houvesse me enxergado, disse:

– Sorte a minha que meu neto, forte e bonito, estava por perto para me salvar – disse a senhora Flemming. – Não fique aí parado como uma estátua, Max! – Ela, cheia de orgulho, apontou a bengala para a porta. – Conte a eles como foi que se livrou daquele pequeno larápio.

Meu olhar deslizou pela madeira lustrosa até se encontrar com o homem de cabelos loiro-claros e ombros largos, encostado na soleira da porta, como uma miragem inesperada e arrebatadora do senhor Darcy, personagem do livro da senhorita Jane Austen e herói dos meus sonhos.

Ao contrário, parecia que seu cabelo ligeiramente comprido, a barba por fazer, o chapéu e as roupas antiquadas e deselegantes apenas acentuavam o seu charme primitivo e selvagem, como um pirata vindo do além-mar, saído das páginas de algum livro...

Será que foi assim que o senhor Charles Perrault imaginou seu temido Barba Azul?

Seus olhos azuis, no mesmo tom da base do fogo – vibrante e profundo –, carregavam a promessa de calor e perigo, daquele elemento da natureza que eu conhecia tão bem e que, embora temesse, me fascinava.

O modo casual como ele se apoiava no espaço em que mal cabia parecia gritar aos quatro ventos que estava ciente do efeito que sua aparência desalinhada e selvagem era capaz de provocar. A prova disso foi quando ele sorriu de forma descarada, avaliando-me dos pés à cabeça, como se eu, tão desinteressante, fosse o leitão do próximo banquete.

O atrevimento do homem provocou um calor intenso no meu rosto, que queimava como uma brasa viva, quase me fazendo esquecer que não estava nas páginas amareladas de um romance de lady Lottie, mas na biblioteca de casa.

Tateando o encosto da cadeira mais próxima, busquei firmar as minhas pernas, que ameaçavam derreter como um biscoito de Natal desavisado ao cair no chá quente.

– A senhora poderia, por obséquio, nos informar quem são? – Tio Alfred, tentando retomar o controle da situação, aprumou-se no sofá e indagou com autoridade, sem esperar que o homem mais jovem se manifestasse.

Em resposta, a idosa levantou-se com a ajuda da bengala e estendeu sua mão enluvada na direção dele. Contudo, meu tio recuou ligeiramente, movendo os lábios em uma tentativa fracassada de esboçar um sorriso cordial, que mais parecia uma careta desconfortável. Ele fitava a mão estendida da mulher como se avaliasse se ela escondia alguma doença contagiosa.

– Oh, meu senhor, perdoe-nos se falhamos nos bons modos – ela recolheu a mão com um sorriso educado. – Mas acredite quando digo que a culpa é do fatigante desafio de chegar até aqui. Sou Gertrudes Flemming, avó de Klaus Flemming, esposo da Agnes. – Ela colocou a mão enluvada sobre o braço de tio Alfred, que, olhando hipnotizado para sua mão, nada disse. – Imagino que o senhor saiba a quem me refiro.

Tio Alfred apenas afirmou, balançando a cabeça. Meu receio, a princípio, era de que ele acabasse sendo indelicado com a hóspede despreparada, que talvez ainda não soubesse estar diante de um conde nem como deveria se comportar – como não tocar ou falar de maneira tão íntima sem a devida permissão. Contudo, para minha surpresa, isso não aconteceu.

– Já esse belo homem é o meu neto, Maximilian Flemming, irmão mais novo do Klaus... – virando-se para mim, com o sorriso inocente de uma serpente próxima a dar o bote, ela completou: –, que, além de solteiro, é o melhor partido de todo o Novo Mundo.

Com a face corada pela insinuação declarada, desviei os olhos, lançando um pedido mudo de ajuda a tio Alfred, na esperança de que ele falasse algo para me livrar do constrangimento. No entanto, toda a sua atenção continuava voltada para a mulher e para as novas doenças que ela poderia ter trazido, as quais ele se via impelido a catalogar.

Enquanto isso, o senhor Flemming aproximou-se de mim, com o mesmo sorriso de um felino que sustentava no rosto desde que entrara na sala, e, com uma voz rouca que ressoava seu atrevimento, sussurrou, quase como um desafio:

– A senhorita pode me chamar apenas de Max... – Ele arqueou as sobrancelhas três vezes, pausando dramaticamente antes de completar, com um sotaque levemente melodioso ao falar alemão, deixando evidente que ele não havia nascido em Hamburgo nem nas terras vizinhas: – ... o mais bonito e forte dos irmãos Flemmings.

Permaneci em silêncio, encarando-o, enquanto o cheiro forte que emanava dele atingia minhas narinas. Não era repulsivo, como se ele não houvesse se lavado, mas tampouco era agradável, como o cheiro de um cavalheiro. Era um misto de sal e maresia, vestígios da longa viagem de navio, entrelaçados ao leve cheiro de suor, que eu acreditava ser natural de um homem que passara dias sob o sol. Um cheiro bruto e cru, como ele devia ser.

Ainda assim, o encanto que, no início, me fizera estremecer com sensações até então desconhecidas – que eu acreditava serem fruto da masculinidade que ele exalava pelos poros – dissipou-se assim que ele abriu a boca.

Como é possível que um homem tão arrebatador possa, ao mesmo tempo, ser tão ridiculamente presunçoso?

O senhor Flemming possuía a confiança de um herói e o discurso de um pavão.

Ele havia chegado há poucos minutos, mas isso foi o suficiente para evidenciar que, ao contrário do senhor Darcy em *Orgulho e preconceito*, cuja reserva altiva era intrigante, o senhor Flemming, com sua atitude chamativa, beirava o teatral – contudo, sem a mesma sutileza e elegância de um artista.

Será que ele espera que eu diga algo diante de tamanha vaidade?

Não me surpreendia, como Agnes mencionara em sua última carta, que ele precisasse buscar uma esposa do outro lado do mundo. Certamente, seria difícil encontrar uma tola para aguentar uma convivência diária com aquele pavão.

De uma coisa ele precisa saber com urgência: essa tola não serei eu.

O fascínio que, a princípio, me atraiu apagou-se como um fogo de palha que não foi alimentado com madeira. A voz da razão ecoou em minha mente, mostrando-me o quão estranho era o seu excesso de interesse. As atitudes do senhor Flemming pareciam fazer parte da encenação de um drama, em que o charme forçado do personagem era motivado pelo desespero em encontrar uma musa desavisada ou por algo que eu não saberia dizer.

Tudo aquilo era, para mim, como a promessa de uma fada travessa de um conto, prestes a lançar um feitiço sobre a donzela que ousou sonhar com algo inalcançável: o desejo de se casar com um belo príncipe que faria dela uma princesa após ter derrotado o cruel dragão que a perseguia – o medo de ser aprisionada.

– Oma é um pouco exagerada quando se refere aos seus netos – ele piscou para mim, e eu forcei um sorriso.

– Não tinha percebido – comentei, ainda de pé, com a voz baixa, mas cheia de ironia.

– O que disse? – A indagação da senhora Flemming me fez corar por não saber se ela havia me ouvido ou se falava com o neto.

De qualquer forma, tentei pensar rápido em algo que fizesse sentido para lhe responder.

– E-eu disse: sejam bem-vindos! – falei, sem muita convicção na voz e com um sorriso amarelo, repreendendo-me por ter pensado alto mais uma vez.

– Bela tentativa, doçura! – Aproximando-se por trás, o senhor Flemming falou perto do meu ouvido, causando-me um leve sobressalto. – Só que nem todos têm os ouvidos comprometidos pela idade.

Ora, Agnes! Que pena que você não esteja aqui para que eu lhe dissesse o quanto estou decepcionada por acreditar que esse cisne vaidoso seria um bom pretendente para mim, lamentei, *dessa vez em silêncio.*

Ignorando a provocação do senhor Flemming e, com um sorriso gentil, virando-lhe as costas, olhei para a idosa e disse:

– Seja muito bem-vinda, senhora Flemming!

– Obrigada, querida! Imagino que você seja Emma.

Balancei a cabeça, afirmando.

– Então, por favor, me chame de Oma, pois somos quase família.

Sorri, sem concordar, antes de olhar para tio Alfred, que, calado – ora enxugava a testa, ora desafrouxava o lenço do pescoço –, continuava observando a visitante que havia lhe dito algo.

Por que eles, em vez da Agnes e seu marido, estão aqui?

Essa pergunta rodeava a minha mente enquanto eu aguardava uma oportunidade de fazê-la sem parecer indelicada. Quando, ainda de costas e prestes a me sentar, tive a impressão de sentir um hálito quente na nuca, um arrepio percorreu minhas costas e braços, como se uma corrente fria do inverno, ainda distante, tivesse me tocado.

O que está acontecendo com tio Alfred e comigo?

– Preciso lhe confessar que a senhorita é bem diferente do que eu esperava – o senhor Flemming sussurrou, como se não quisesse atrapalhar o monólogo de sua avó com o meu tio.

– É mesmo? – Virando-me, olhei dos pés à cabeça a roupa que ele vestia, enquanto o arrepio se dissipava. Tentando recompor a compostura, completei: – Pois então, preciso lhe confessar que o senhor é exatamente como eu imaginava.

– Existe algo de errado no que vê, doçura? – Ele apertou a mão sobre o peito, como se desejasse aplacar a dor que o afligia. – Minhas roupas não lhe agradam?

Ao perceber que todos olhavam para mim, dei um sorriso forçado para esconder a careta de desagrado que, sem perceber, eu fazia.

– Não duvido disso – Oma balançou a cabeça em desaprovação.

– Uma roupa nova realmente lhe cairia bem, senhor Flemming. Sem contar que esse tecido antigo que está trajando pode estar infestado de mosquitos e doenças do Novo Mundo – tio Alfred enxugou a testa, que parecia suar, apesar da temperatura ambiente agradável naquele início de outono.

– Eu falei muitas vezes que, se você pretendia arrumar uma esposa, precisava encomendar uma roupa melhorzinha para a viagem – resmungou a avó.

– Melhorzinha? – O senhor Flemming encenou, um espanto exagerado. – Mas esta é a minha melhor roupa de domingo – justificou.

– Imagino como seria a pior – sussurrei.

– Como disse? – a senhora Flemming perguntou, com os olhos curiosos em mim.

– Falei que não imagino o motivo de Agnes não ter vindo. – Corei ao ver, estampado no sorriso do rosto do senhor Flemming, a mensagem clara: "Eu sei que você não falou a verdade".

– Agnes ficou muito triste em não poder vir, como prometeu em sua última carta, mas o médico desaconselhou que ela enfrentasse uma viagem tão desafiadora como esta.

– Ela está enferma? – perguntei, aflita, pensando no que poderia ter acontecido.

– Certamente! – tio Alfred respondeu de imediato, e eu o olhei, estranhando sua resposta. – Eu lhe disse, Emma, que aquele lugar é perigoso e infestado de mazelas. – Ele se remexeu inquieto no assento, e eu quase pude ver a lista das possíveis causas se formando diante dos olhos dele.

– Não concordo com o senhor – retrucou a senhora Flemming. Virando-se para mim, com os olhos brilhando, contou: – Agnes está esperando meu primeiro bisnetinho.

– Que notícia maravilhosa! – Bati palmas, animada demais com a novidade para conseguir me conter.

– Ela acabou de descobrir e já está parecendo uma vaca ruminando no pasto. O pior é que nem estou lá para ajudar. – A idosa enxugou o canto dos olhos.

– Oma! – o senhor Flemming segurou o riso e a repreendeu antes de continuar contando, enquanto a avó fungava, emocionada. – O médico desaconselhou que ela fizesse a viagem por considerar a jornada muito penosa.

– Entendo. Inclusive, imaginei que eles viriam bem antes.

– Ela lhe mandou uma carta. – Arregalei os olhos antes que um entortar de boca refletisse minha tristeza por não a ter recebido.

– Pode ter se perdido no caminho.

– Infelizmente já ouvimos muitas histórias sobre as correspondências perdidas dos nossos amigos colonos – o senhor Flemming deu de ombros, sabendo que não havia o que ser feito. – Aconteceram alguns imprevistos com a plantação que impediram Klaus de se ausentar. Quando, enfim, tudo se normalizou, Agnes descobriu-se gestante, e nós nos oferecemos para entregar os papéis ao professor Reis em seu lugar.

– Também porque assim Max poderia logo encontrar uma esposa e...

– Perdoe minha indelicadeza, senhora Flemming... – tio Alfred interrompeu a idosa, secando o suor, que parecia ser imaginário, da sua testa franzida –, mas insisto que a senhora e seu neto tomem um banho de vinagre e que todas as suas roupas sejam lavadas.

– Tio Alfred!

– O senhor está insinuando que estou cheirando mal? – A idosa, indignada, levantou os braços para cheirar as axilas.

– Longe de mim, senhora Flemming! Tio Alfred aproximou-se da idosa, tomando o cuidado de deixar um espaço seguro entre eles, quase medido por uma fita métrica. – Estou apenas preocupado com a segurança de todos – ele tentou se justificar, parecendo mais preocupado do que o costume com a opinião alheia. – A senhora sabia que muitas vidas são perdidas nessas viagens de navio e até depois do desembarque?

– Claro que sei! – A mulher torceu a boca, como se tivesse comido algo amargo. – Eu mesma já fiz essa travessia duas vezes.

– Pois então, ninguém melhor que a senhora para me entender, já que os jovens sempre acham que são imbatíveis.

– Isso é verdade! Estou cansada de alertar meus netos, mas eles nunca me ouvem.

– Sei bem como se sente – tio Alfred balançou a cabeça com uma compreensão um tanto exagerada, como se houvesse mais jovens em sua vida, além de mim, para lhe causar preocupação. – Eles ignoram os conselhos dos mais velhos até sentirem a primeira pontada nos próprios ossos.

– Sim, passei a viagem inteira dizendo a Max que não deveríamos ficar em uma área tão exposta ao vento, mas...

Saí discretamente da sala, temendo por minha sanidade mental caso continuasse ali, ouvindo o diálogo daqueles dois, que pareciam ter encontrado seu par perfeito para lutar contra o mundo. Decidi que seria mais proveitoso procurar a governanta, a fim de solicitar um quarto extra para o cunhado de Agnes, garantindo, é claro, que o aposento fosse o mais afastado possível do meu.

Depois de conhecer o cunhado de Agnes, não pude deixar de admitir que talvez tio Alfred estivesse certo em pensar que os homens do Novo Mundo eram selvagens. A visão do senhor Flemming, em seus trajes deveras desconfortáveis e justos, como se ele fosse alimentado de bolinhos recheados de fermento, apenas confirmava a crença do meu tio.

Seus braços protuberantes ameaçavam estourar as mangas do casaco. Ainda assim, para minha surpresa, os botões da frente da veste, apesar de evidenciarem um peito avantajado pelo excesso de trabalho braçal, não pareciam repuxados.

Havia resistido com louvor à tentação de examinar mais de perto o restante do corpo dele – afinal, não queria parecer uma devassa. Contudo, não consegui impedir que minha imaginação fértil, alimentada pelos romances que lia, completasse as lacunas, como quem pinta a óleo o retrato daquele fazendeiro rude, cuja constituição física assemelhava-se à dos homens de classe mais baixa, acostumados ao trabalho árduo.

Um calor repentino tomou conta de mim, e afrouxei a gola do vestido, com o cuidado de não expor a cicatriz do meu pescoço.

– Gostei da sua ideia de fugirmos de lá.

– Ai! – gritei, virando-me de forma abrupta na direção da voz atrevida, com os olhos arregalados e o cenho franzido, indignada por ter sido seguida pelo senhor Flemming pelos corredores da casa, como se fôssemos íntimos. – Não foi educado de sua parte vir atrás de mim.

Senti o rosto corar, como se o homem à minha frente pudesse ler em minha face os pensamentos que eu tivera há pouco sobre ele.

– A senhorita não podia esperar que eu ficasse sozinho naquela sala, testemunhando seu tio e minha oma flertarem descaradamente.

– Meu tio não estava flertando – retruquei, sem muita convicção, já que eu mesma estava estranhando o comportamento de tio Alfred desde a chegada dos visitantes.

– Não mesmo?

– Talvez o senhor acredite que todos os homens são atrevidos e inconvenientes, como é o seu caso. Contudo, garanto-lhe que um verdadeiro cavalheiro jamais deixaria uma jovem desconfortável com suas atenções.

– Então quer dizer que ficou desconfortável com a minha presença? – Um sorriso malicioso nasceu em seus lábios, deixando-o ainda mais perigosamente bonito.

– Não distorça as minhas palavras, senhor Flemming!

– Longe de mim tal coisa, doçura!

– Talvez a culpa da sua audácia e presunção seja dos elogios exagerados e constantes da sua oma, que fizeram com que o senhor tenha uma visão distorcida de si mesmo. – Dei-lhe as costas e continuei avançando pelo corredor.

– A senhorita está insinuando que sou feio?

– Não disse isso.

– Ah, então quer dizer que me acha bonito?

– Quantos anos o senhor tem?

– Deseja saber se tenho idade suficiente para cortejá-la?

– Apenas tento descobrir se o senhor já desfraldou, pois suas atitudes não condizem com a idade cronológica que aparenta ter.

– Garanto-lhe que sou maduro o suficiente para os meus trinta e um anos.

– Bom para o senhor.

– Não vai me dizer a sua idade?

– Vou tentar ajudá-lo com um conselho: nunca faça essa pergunta a uma mulher que acabou de conhecer, pois isso parecerá ofensivo.

– Desculpe, não quis ofendê-la – ele suspirou, com uma tristeza exagerada. – Vocês, mulheres, são muito complicadas. Para mim, não é um problema que a senhorita esteja tão próxima dos quarenta anos.

– Quarenta anos? – resmunguei, indignada. – Fique sabendo que tenho apenas vinte e sete anos. Imagino que o senhor queira confirmar que sou uma solteirona, mas fique sabendo...

– Para mim, a senhorita parece perfeita.

– Não tente me bajular depois de ter me chamado de velha. – Parei e, virando-me para encará-lo, continuei: – Confesso que estou surpresa. Afinal, pensei que o senhor fosse um especialista em mulheres. Mas, para um libertino, parece ter pouca habilidade em agradar uma dama.

– O que a senhorita conhece sobre libertinos?

– Mu-muitas coisas que eu li nos livros – sem ter tempo para pensar, falei a primeira coisa que me veio à cabeça.

– Ah, livros – ele revirou os olhos.

– O que o senhor tem contra os livros? Sabia que eles são uma grande fonte de conhecimento?

– Como a senhorita pode acusar de libertino um homem que acabou de conhecer? – Ele fez a pergunta ignorando a minha. – Isso soa… ofensivo.

Se não fosse o meio sorriso brincando no canto da sua boca, eu poderia ter acreditado que sua indignação era verdadeira.

Ignorando sua provocação, virei-me de volta e continuei andando em silêncio, esforçando-me para manter a compostura. Mas o som dos seus passos firmes atrás de mim era um lembrete constante da sua presença, que fingi não notar. Até que sua mão envolveu meu pulso com firmeza, obrigando-me a parar.

Uma inquietação quase palpável formara-se entre nós, carregada de palavras não ditas. Permaneci imóvel, embora minha mente insistisse: *prossiga!* Contudo, meu coração acelerado e minha respiração ofegante me traíram, mantendo-me como estava – de costas para ele, esperando… ansiando por sua aproximação.

– Vejo que minha má fama me precede, até mesmo aqui – sua voz soou próxima à minha nuca, quebrando o silêncio e roubando de minhas pernas a capacidade de me sustentar. – Minha oma sempre diz que não devemos fazer mau juízo de alguém sem antes conhecê-lo, doçura.

CAPÍTULO 3

Um arrepio percorreu minha espinha quando sua mão deslizou, atrevida e sem pressa, pelo meu braço, em uma busca que findou apenas quando encontrou minha mão trêmula, úmida e fria.

Sua respiração ofegante roçou meu ouvido, como se ele desejasse dizer algo, mas as palavras haviam se perdido ao som do compasso acelerado dos nossos corações. Tudo o que chegou a mim foi o sussurro do meu nome, suave como uma carícia apaixonada, que me envolveu como em um sonho, quase me fazendo esquecer onde estávamos.

Mesmo quando ele me virou de frente para si, mantive os olhos fechados, temendo que, ao abri-los, ele pudesse enxergar, escrito neles, toda a minha inexperiência na arte de beijar.

– Olhe para mim, doçura, para que eu possa beijá-la – ele pediu, retirando meus óculos devagar. Sua voz rouca e seu sotaque melodioso, carregado de paixão, me enfraqueceram.

Como uma heroína apaixonada nas páginas de um romance de amor, obedeci, abrindo os olhos sem pressa. Mas, de repente, os olhos escuros que costumavam povoar os meus sonhos mais lindos haviam sido substituídos por duas pedras azuis, carregadas de atrevimento.

– Você não é o senhor Darcy!

Sentada na cama, percebi que havia acordado com meu próprio grito de indignação ao ver os olhos impertinentes do senhor Flemming.

– Não acredito na audácia daquele atrevido em atrapalhar o meu encontro com o senhor Darcy.

Ainda resmungando, tateei a mesinha de cabeceira em busca dos meus óculos e, só depois de ajustá-los sobre o nariz, levantei-me da cama.

O sol guiou meus pés descalços, convencendo-me de que seria inútil qualquer tentativa minha de retornar ao mundo encantado dos livros, para os braços do melhor personagem que a senhorita Jane Austen já havia criado em sua breve jornada como escritora.

Enquanto lavava o rosto com a água fria do jarro no lavatório do quarto, tentava entender como aquele homem havia conseguido invadir meu momento preferido do dia: os meus sonhos com o senhor Darcy.

Deveria ter suspeitado de que algo estava errado, pois, em anos sonhando com o senhor Darcy, ele jamais havia sido tão ousado quanto aquele fazendeiro selvagem que quase roubara meu primeiro beijo.

Nem mesmo o senhor Krause foi tão longe em suas atenções durante o nosso cortejo.

Coloquei a mão sobre o peito, tentando desacelerar o coração ao recordar as sensações que havia experimentado naquele sonho.

Certamente, a culpa era da conversa inconveniente e inadequada que havíamos tido no dia anterior. Ou talvez até da frustração de ser deixada, de forma inesperada, sozinha no corredor, depois de ele ter me perseguido pela casa como um lobo em busca de uma pobre ovelhinha, sem a chance de contestar a acusação de tê-lo julgado por antecipação.

De qualquer forma, mais tarde, durante o jantar, ignorei seu olhar insistente sobre mim. Por sorte, não houve nenhuma tentativa dele de falar comigo, e eu preferi concentrar minha atenção em oma, que tagarelava sobre a vida no Novo Mundo, enquanto tio Alfred ouvia tudo ora com espanto, ora com extremo interesse.

Ainda determinada a evitar ao máximo qualquer contato com aquele homem, além do inevitável durante as refeições, desci sem pressa as escadas naquela manhã, com o volume de lady Lottie debaixo do braço.

– Nada como fazer uma visita ao meu velho amigo literário para me lembrar do que é importante para mim.

Só não contava encontrar, logo ao descer a escada, quem menos desejava rever. Pela forma como o senhor Flemming estava parado em frente à porta que levava à sala de desjejum, fez-me crer que esse encontro não fora casual. E, ainda que tivesse tentado esconder o desconforto de encontrá-lo ali sozinho, não tinha certeza se havia conseguido.

Vê-lo me esperando, com um largo sorriso que invadia seus olhos, lembrou-me do meu primeiro beijo onírico, que ele quase roubou.

Não importava que agora ele exalasse uma combinação de frescor e elegância da loção pós-barba, uma mistura leve e envolvente de lavanda, com um toque sutil de madeira, que usara para deixar o maxilar forte e anguloso livre da barba fina. Antes, a barba não escondia sua masculinidade, mas lhe conferia um aspecto rude – que eu não estava certa de desgostar.

O casaco de corte reto, em um tom sóbrio de azul, intensificava a cor de seus olhos, fazendo-me pensar em como seria mergulhar nas típicas piscinas romanas, de um azul profundo, que jamais tivera a oportunidade de ver, mas que, em minha imaginação, já havia visitado diversas vezes através das descrições nos livros antigos.

Já a camisa branca de colarinho rígido e alto, de algodão de boa qualidade, parecia um convite para experimentar a maciez dos fios e a protuberância dos músculos que o tecido não conseguira esconder, apesar do colete de seda azul-claro sobre ele.

As calças de corte reto, do mesmo tom do casaco, cujo ajuste nas pernas, quase excessivamente apertado, deixavam claro que os músculos dos braços e do tronco não haviam sido os únicos moldados pelo trabalho braçal.

Desviei o olhar para as botas de cano curto, acreditando que seria mais seguro manter o decoro se me concentrasse nelas. Afinal, eu estava quase certa de que os calçados de couro polido de um cavalheiro não seriam capazes de causar palpitações em uma jovem dama. Ou seriam?

De qualquer forma, eu não podia esquecer que o sapo que agora se trajava como um príncipe era um libertino. O tipo de homem do qual jovens sensatas deveriam manter distância, se não quisessem ser difamadas. A verdade é que eu nem me espantaria se, além de devasso, ele fosse também dado ao álcool e aos jogos de azar.

Já havia lido romances suficientes em minha vida para saber que ele estava longe de ser o pretendente ideal para uma donzela. Sem contar que, apesar da alma romântica que me fora atribuída ao nascer, eu já havia entendido que seria impossível realizar o sonho do meu coração se me casasse com um homem como ele.

O rompimento inesperado por parte do senhor Krause de nosso compromisso havia me abalado muito a princípio, mas logo percebi que meu sofrimento não era por amor, e sim por me ver sem a menor ideia do que o futuro me reservava sem ele ao meu lado. Daquilo que eu já tinha como certo. Da perspectiva da vida que tanto sonhara viver após o casamento, que só o senhor Krause poderia me proporcionar.

– O senhor parece mais apresentável com as roupas novas que a modista enviou – comentei, sem rodeios.

– Bom dia, Emma! – Após uma mesura exagerada, o senhor Flemming pegou minha mão para beijá-la. Contudo, fui mais rápida, puxei a mão e a escondi atrás de mim.

– Senhorita Weber – corrigi, com frieza.

– Seu tio parece ser um homem bem influente – ele disse, tranquilo, como se não notasse minha indelicadeza.

– Ele é um conde.

– Conde ou não, estou muito contente com as roupas – ele disse, com um sorriso, enquanto alisava o lenço de pescoço com um nó simples, mas cuidadosamente ajustado, fazendo-me acreditar que o valete do meu tio o havia vestido. – Fiquei mesmo irresistível com elas.

Também humilde.

Revirei os olhos enquanto ouvia seu monólogo, no qual ele se deleitava com a própria beleza. Ainda que, no fundo, precisasse admitir – apenas para mim mesma – que ele tinha razão: as novas vestimentas realmente haviam valorizado seus atributos físicos, que certamente não passariam despercebidos aonde quer que fosse.

– Confesso que o que me incomodou foi o banho de vinagre de vinho. Além do cheiro forte, irritou minha pele, principalmente em locais que prefiro não mencionar – comentou o senhor Flemming de forma casual, lembrando-me que, apesar de vestido como um príncipe, por dentro ainda era um sapo.

– Agradeço sua gentileza em guardar essa informação apenas para si. – Virei-lhe as costas e continuei meu caminho, controlando a vontade de rir ao imaginá-los sendo obrigados a participar daquele ritual exagerado. Apesar disso, para a senhora Flemming, aquilo não devia ter sido difícil, já que ela parecia tão excêntrica quanto tio Alfred, seu novo amigo.

– A senhorita não dormiu bem?

Parei onde estava e, voltando-me para ele, que me seguia de perto como uma sombra, respondi de modo ríspido:

– Não!

– Espero que não tenha sido por causa das notícias que trouxemos do Brasil.

– Por que eu estaria preocupada, se o senhor e oma me garantiram que ela está bem protegida? Ainda mais agora que o professor Cruz foi deportado.

– Talvez por medo de que o criminoso apareça a qualquer momento.

Arregalei os olhos diante dessa possibilidade, mas logo meu coração sossegou, e neguei com um simples gesto de cabeça. O professor Cruz não tinha nada contra mim. Afinal, segundo o que foi descoberto, ele queria os papéis do professor Reis.

Apesar de que, caso soubesse da chegada dos Flemmings, poderia suspeitar que os documentos vieram com eles. Por sorte, ele nunca frequentou o mesmo círculo social que nós, e isso me deixou mais tranquila. O importante era que Agnes e seu bebê, ainda no ventre, estavam seguros.

– Então, foi por causa da história sobre os nativos?

– Aquelas que oma contou, sobre eles sequestrarem as mulheres da colônia onde vocês vivem?

Ele balançou a cabeça afirmando, com um sorriso nos lábios.

– Sonhei que estava sendo atacada por um primata, que tentava me roubar algo muito importante.

– Primata? – Ele arregalou os olhos, incrédulo.

– Sim, um macaco – expliquei pausadamente, para que entendesse o que eu dizia nas entrelinhas. – Um daqueles mamíferos peludos que andam sobre duas pernas e que o senhor deve ter visto repetidas vezes onde mora.

– Sei bem o que é um macaco. – Ele apertou os lábios, como se reprimisse um sorriso, em vez de ficar irritado, como eu esperava. – Oh, doçura! Pena que eu estava tão longe para salvá-la da fera peluda.

Coloquei as mãos na cintura, lutando contra a vontade de lhe dizer que era impossível que ele fosse o herói a me salvar, pois, no sonho, o verdadeiro algoz tinha sido ele mesmo.

– Eu disse algo errado?

– Agradeço sua disposição em me proteger, mas, como pode ver, estou bem segura aqui em Hamburgo.

– Isso eu não posso concordar.

– Por que não?

– Carroças correndo em alta velocidade como se estivessem desgovernadas, mulheres e crianças esfarrapadas mendigando à beira das ruas, incontáveis chaminés sujando o céu com suas nuvens de fumaça negra... Ora, isso me parece bem mais perigoso do que uma selva tropical.

– Talvez o senhor tenha razão. – Franzi a boca com tristeza ao pensar na população que sofria não só por essas questões, mas também com a fome, a falta de segurança, a precariedade da assistência médica, entre outras coisas.

– Sinto muito! Meu desejo era alegrar-lhe o dia, não o contrário.

– Senhor Flemming, creio que o senhor se tenha em altíssima conta para acreditar que está em suas mãos o poder de fazer uma dama feliz ou triste.
– De qualquer dama, não. – Ele piscou, com um sorriso travesso nos lábios. – Apenas daquela por quem tenho apreço.
– Então, sinto-me aliviada em saber que não faço parte de sua longa lista de senhoras carentes.
– Quem disse que não? Ouso até afirmar que uma mulher como você poderia, se quisesse, ocupar o primeiro lugar da minha curta lista.
– Oh, mas que alívio saber que o senhor generosamente permite que as damas escolham pertencer ou não à sua lista – disse, cheia de ironia.
– Acaso está com ciúmes das mulheres da minha lista, doçura? – ele coçou o queixo, pensativo.
– Como disse? – franzi o cenho, indignada com a insinuação.
– Isso mesmo que você ouviu. Mas não se aflija... – ele disse, com um sorriso no canto dos lábios, como quem sabia o efeito que causava nas mulheres. – Pois, para mim, você é bem mais bonita e interessante que todas elas.
– Azar o seu! – Virei-lhe as costas e praticamente corri em direção à sala de desjejum, torcendo para que oma ou meu tio ainda estivessem lá.

CAPÍTULO 4

– Bom dia, Emma!

Oma me puxou de surpresa para um abraço caloroso, que quase me matou ao roubar o ar dos meus frágeis pulmões. O cheiro de lar que emanava dela me envolveu, trazendo à memória minha avó, que partira, deixando um enorme vazio na minha vida.

Respirei fundo assim que consegui me libertar dos seus braços e, com o fio de voz que me restara, disse:

– Bom dia!

Depositei um beijo na bochecha de tio Alfred, sentado à cabeceira da mesa.

– Você está um tanto atrasada para o desjejum. – Ele passou discretamente seu lenço branco sobre a face.

– Lamento, tio Alfred! – disse, só então me dando conta de que oma estava confortavelmente sentada no meu lugar à mesa, ao lado do meu tio. – Perdi o horário de acordar.

– Não tem problema, minha filha – a idosa disse, com um sorriso cheio de compreensão. – O seu tio não está zangado. Afinal, o importante é que você coma um pouco melhor.

"Que eu coma um pouco melhor? O que ela quer dizer com isso?"

– Não é verdade, Alfred? – Ela colocou a mão sobre o braço do meu tio, dando-lhe palmadinhas, com um sorriso que salpicava mel.

– Hum-hum! – Mesmo com a boca ocupada mastigando, tio Alfred murmurou, inclinando levemente a cabeça em concordância.

"Alfred?"

Olhei para eles com os olhos arregalados, duvidando que meus ouvidos estivessem funcionando corretamente.

"Quem é essa mulher e o que ela fez com o meu tio?"

Ora, ela havia mesmo chamado o honorável e formal Sétimo Conde Eisenburg pelo nome de batismo, como se não tivessem se conhecido apenas no dia anterior?

O que piorou a sensação de que todas as páginas do meu livro favorito haviam sido embaralhadas foi a impressão de tê-lo visto corar. Além disso, a ousadia dela em falar por ele diante de mim e dos criados, quebrando todas as regras de bons costumes que ele tanto prezava, era chocante. Diante de tudo isso, em vez de corrigi-la, ele apenas mexeu a cabeça e soltou um resmungo de boca cheia?

"Boca cheia... não pensei que viveria para ver algo assim."

– Sente-se aqui ao meu lado, Emma. – A mulher deu batidinhas na cadeira do seu lado direito, indicando onde eu deveria me sentar. – Estava comentando com o Alfred que, se ele pretende lhe arrumar um marido, deveria se atentar à sua saúde, para que não continue assim, só pele e osso.

"Pele e osso? Oh, meu Deus!"

Eu havia perdido a fala em algum momento desde que entrara naquela sala e, sem ação, como se tivesse tomado uma dose de láudano para aliviar alguma dor, obedeci sem reclamar.

– Max, sente-se ao lado do Alfred – ela disse, orientando o neto, que acabara de entrar na sala.

Ele, ao passar rente a mim, inclinou-se tão próximo da minha nuca que fui capaz de sentir o hálito quente quando sussurrou:

– Você ainda me parece perfeita, doçura!

Ajustei a gola do vestido, grata por estar sentada, devido às minhas pernas bambas e ao arrepio que percorreu minha espinha. Olhei na direção de tio Alfred, buscando entender o que estava acontecendo e como deveria me comportar diante do atrevimento daquele fazendeiro. Afinal, meu tio não era alguém que costumava tolerar atitudes tão impertinentes.

Ajustei os meus óculos sobre o nariz, insegura se ainda serviam para corrigir a minha visão, e voltei a olhá-lo. No entanto, tudo o que meu tio fez foi um leve movimento de cabeça, ficando claro que não havia visto ou ouvido a afronta dita pelo devasso. Tio Alfred parecia fascinado por aquela mulher de modos inusitados.

Meu tio nunca tinha sido um homem carrancudo ou áspero, como tantos nobres do nosso círculo social. Longe disso, ele sempre respeitou as mulheres da família, zelando para que tivéssemos o melhor e para que nada nos faltasse.

No entanto, havia algo de incomum em sua postura. Minha avó me contara que, depois da morte de sua esposa, enferma por tantos anos, algo nele havia mudado.

Ainda no início da doença dela, ele se recolhera no campo, afastando-se da sociedade o máximo possível, e, mesmo após sua morte, permanecera distante. Talvez tenha sido ali que seu medo exacerbado de doenças começou.

Só com o falecimento do meu avô, tio Alfred, tomado pelo senso de responsabilidade, retomou o convívio social para cuidar da irmã viúva e de mim. Ainda assim, nunca demonstrou interesse em voltar a se casar.

Para mim, o motivo ficou claro com o passar do tempo e a convivência com ele: seu excesso de normas e o medo exagerado de doenças diminuíam o número de pretendentes que se enquadravam em suas rígidas expectativas de esposa ideal.

Até que, no dia anterior, uma certa mulher lhe despertara algum interesse. A situação chegava a ser hilária, considerando que tal senhora era o completo oposto de tio Alfred, assim como o som e o silêncio.

– Bom dia! – O senhor Flemming sentou-se com um sorriso ao lado de tio Alfred.

"Será que ele nunca se cansa de sorrir?", resmunguei, baixo demais para que alguém escutasse.

– Como disse, senhorita Weber?

Talvez não tenha sido tão baixo quanto eu imaginei.

O senhor Flemming gargalhou, como se tivesse ficado rico ao ganhar um navio abarrotado de sal.

– A senhora dormiu bem? – Ignorei-o e perguntei à oma, que parecia apagada com o tom discreto de verde de uma das roupas que tio Alfred havia lhe comprado.

– Se não fosse pela dor nos ossos, depois de ter passado semanas aguentando tanta friagem e de ter sacolejado naquele navio, eu poderia ter dormido como uma pedra. – A idosa tinha uma expressão que quase me fez acreditar em suas lamentações.

– Então, por que precisei dizer que jogaria um balde de água na sua cama para conseguir acordá-la? – O senhor Flemming espalhou tranquilamente a manteiga sobre o pão, sem se importar com a reação de todos à mesa: meu tio e eu, em choque, e sua avó, indignada.

– Ameaçar uma dama dessa forma não é nada cavalheiresco, meu jovem! – tio Alfred disse com firmeza, e eu tive a impressão de ter visto oma emitir um som semelhante a um suspiro antes de dizer:

– Oh, Alfred, que gentileza da sua parte me defender. – Ela colocou as duas mãos sobre o próprio peito. – Mas não se preocupe, isso foi apenas fruto do senso de humor exacerbado do meu pequeno Max.

– Não sou mais seu pequeno Max, oma! – O senhor Flemming mal terminou de falar quando gemeu, levando as mãos para baixo da mesa, como se tivesse sido acertado por algo nas pernas, resmungando baixinho algo em outra língua.

– Se você afirma isso com tanta convicção, Gerty, eu acredito.

Gerty?

Com os olhos esbugalhados e um tanto enjoados, o senhor Flemming e eu nos encaramos em silêncio, observando a troca de olhares entre os dois idosos. Assim, o restante do desjejum transcorreu quase como uma história de um amor perdido em um capítulo sem sentido.

Remexi a comida no meu prato, sem fome e sem saber o que dizer. Até que, diante do silêncio que se seguiu, cheguei à conclusão de que eu não era a única sem palavras. Era como se houvesse certo suspense no ar, como se todos soubessem de algo que eu não sabia.

Quase poderia jurar que vira oma olhar para meu tio antes de, com uma voz doce, dizer:

– Emma, precisamos da sua ajuda.

– Será um prazer lhe ajudar no que for possível – toquei a ponta do meu nariz por um impulso infantil, esperando que ele pudesse ter crescido com minha resposta.

– Maravilha! – Oma exclamou, batendo palmas antes de se virar para o neto. – Não lhe disse, Max, que Emma ficaria feliz em ir com você até a sede do jornal colocar o anúncio?

– Que anúncio? – tio Alfred pareceu bem curioso.

– Max decidiu que, assim como o irmão, também vai colocar um anúncio de noiva por correspondência no jornal da cidade. Já era hora de meu menino também encontrar uma esposa. Por mim, ele já estaria casado há muito tempo.

– Oma!

A pele dourada pelo sol do senhor Flemming coloriu-se de um vermelho intenso, mas isso não impediu a idosa de continuar:

– Não o culpo por nunca ter decidido por alguém da colônia. Afinal, apesar das inúmeras mulheres se jogando aos seus pés como acerolas maduras, nenhuma delas era adequada o suficiente para um pretendente tão bom quanto ele...

Revirei os olhos diante daquele discurso enfadonho sobre como o senhor Flemming era o tesouro perdido das Américas e de quanto a mulher que se casasse com aquela joia de valor inestimável seria uma verdadeira felizarda.

A princípio, a joia perdida parecia envergonhada, mas logo, ao lançar-me um olhar presunçoso enquanto sua avó o banhava de elogios exagerados, tive certeza de que era dela a culpa pelo excesso de autoestima e pela postura garbosa do neto.

Uma solteirona alemã por conveniência

Quase podia ler os pensamentos dele ao me olhar: *Aproveite a incrível chance que estou lhe concedendo antes que eu vá até aquele jornal e milhares de "acenolas" caiam aos meus pés.*

Pouco me importava o que eram acenolas, mas de uma coisa estava certa: eu não seria uma delas.

– Essas acenolas maduras são um tipo de mulher da vida? – tio Alfred cochichou, perguntando ao senhor Flemming.

Meu tio tentava nos poupar, evitando ser indelicado ao falar certos assuntos na frente das damas. Mas, graças ao meu bom par de ouvidos, também escutei, embora olhasse para outro lado, fingindo falta de interesse.

– Acerolas são umas deliciosas frutinhas vermelhas que, segundo minha oma, se assemelham à cereja – o senhor Flemming respondeu em voz alta, olhando para mim, como se soubesse que eu também ouvira e estava curiosa.

– Então, acredito que não entendi essa comparação – tio Alfred confessou, dando de ombros.

– É que as acerolas maduras, se não forem colhidas, caem das árvores em grande quantidade e ficam espalhadas pelo chão – o senhor Flemming explicou.

– Só que ninguém quer colher as que estão no chão, pois já não são consideradas as melhores opções – oma acrescentou.

– Ah! – exclamei, sem querer, ao entender o significado e constatar que, realmente, não queria ser uma "ace-alguma-coisa" madura.

– Mas como Emma poderia ajudá-los? – tio Alfred perguntou.

Quase gemi ao ouvi-lo, pois tinha esperança de que a idosa esquecesse o assunto e eu pudesse fugir da mesa antes que ela revelasse o que esperava de mim.

– Não se preocupe, Alfred! Não é nada de mais, querido.

Querido?

Com os olhos, fiz uma pergunta muda para o senhor Flemming, que me respondeu apenas com um dar de ombros.

Ele, embora parecesse tão surpreso quanto eu, balançou a cabeça e sorriu contido, como se achasse engraçada a situação, evidenciando que, ao contrário de mim, não estava preocupado com o flerte descarado entre sua avó e meu tio.

– Emma, apenas gostaria de lhe pedir que acompanhasse hoje Maximilian até o *Jornal Diário de Hamburgo* para colocar o anúncio dele, antes de partirmos para Frankfurt à procura do professor Reis, o cientista.

– Oma, lembre-se de que não podemos contar isso para qualquer pessoa.

– O Alfred e a Emma não são qualquer pessoa! Inclusive, pedi que a Emma fizesse a gentileza de cuidar dos papéis para nós.

– Entendi. De qualquer forma, é claro que eles não são qualquer pessoa – o senhor Flemming explicou com paciência, mostrando possuir uma natureza pacífica, ao menos ao falar com a avó. – Só estou reforçando por receio de que a senhora se esqueça disso e comente com mais alguém.

– Você está ouvindo, Alfred? – Ela fez beicinho para o meu tio, que colocou a mão sobre a dela, deixando-me novamente estarrecida. – É muito difícil a minha vida com essas crianças. Não vejo a hora de o Max casar para eu poder ter um pouco mais de sossego.

– Oma! O que a Emma... digo, a senhorita Weber vai pensar de mim ao ouvi-la falar assim?

– Fique tranquilo, senhor Flemming. Nada que me digam fará com que eu pense diferente sobre o senhor – respondi, com um largo sorriso falso e a voz escorrendo ironia.

– Só não acho segura essa nova forma de encontrar um casamento – tio Alfred comentou, antes de se virar na minha direção e dizer: – Espero que você, agora que o senhor Krause a abandonou, não seja tola a ponto de responder a um anúncio, como a sua amiga fez. Afinal, mesmo já estando com uma idade avançada, não está desamparada como era o caso dela.

Levantei-me e, com uma mistura de indignação e vergonha, disse o mais alto que minha boa educação permitia:

– Tio Alfred! Eu não sou velha.

Uma solteirona alemã por conveniência

– Concordo com a senhorita Weber. Qualquer homem deveria sentir-se honrado com a chance de desposá-la e, se neste continente nenhum cavalheiro ainda o fez, significa que eles são desprovidos do mínimo de inteligência aceitável para um ser humano.

– Muito obrigada! – agradeci, com sinceridade.

– Sendo assim – o senhor Flemming fez uma pausa estratégica antes de continuar: – talvez a senhorita devesse mesmo dar uma chance para um homem que não seja da sua cidade. – Ele levantou a sobrancelha três vezes, oferecendo-se vergonhosamente para mim.

Ignorando todo o seu galanteio, eu disse:

– Senhor Flemming, acredito que seria bem melhor para o senhor se tio Alfred... – Seguindo o exemplo da senhora Flemming, virei-me na direção do meu tio e completei: –, com toda a sua influência, o acompanhasse em sua ida ao jornal.

No entanto, antes que tio Alfred tivesse a chance de se sentir poderoso com meu elogio calculado, oma disse:

– Pena que o seu tio tenha amanhecido tão atacado da gota. – A expressão dela era de grande pesar, mas não o suficiente para me convencer. – Alfred, esqueci de lhe dizer que trouxe comigo uma erva poderosa para essas dores que estão lhe atormentando.

– Você acredita que é algo seguro?

– Sim, já usei centenas de vezes – oma respondeu ao meu tio, afirmando veementemente. – Foi uma nativa que me ensinou. Aquelas florestas escondem medicamentos para incontáveis enfermidades.

– Acontece... – Tentei argumentar, mas tio Alfred, parecendo não ter me ouvido, me interrompeu, dizendo:

– Senhor Flemming, estarei confiando minha única sobrinha aos seus cuidados e espero que o senhor a proteja com sua vida.

– Obviamente, milorde! – Depois de responder ao meu tio, o senhor Flemming teve o descaramento de piscar para mim.

– É claro, Emma, que você não deve esquecer-se de levar uma criada como acompanhante – tio Alfred lembrou-me, como se eu já não soubesse.

– Mas pensei que era eu quem tinha de cuidar para que o senhor Flemming não se perdesse ou fosse atacado pelas inúmeras mulheres que, desvairadas e atraídas pelos atributos incomparáveis dele, o perseguiriam pelas ruas de paralelepípedos de Hamburgo.

Ele deu uma gargalhada longa e contagiante antes de dizer:

– Não precisamos brigar para saber quem cuidará de quem. Está decidido: eu cuidarei de você, e você cuidará de mim.

– Está vendo, Max? – oma disse, com o sorriso inocente de uma vespa pronta para ferrar. – Eu lhe disse que poderíamos contar com a Emma para nos ajudar, já que acordei tão indisposta e com enxaqueca. – Ela colocou a costa da mão sobre a fronte enquanto dizia.

– Gerdy, venha comigo para que eu lhe dê um pouco do remédio que meu médico me receitou. Ele é à base de raiz de valeriana com alcaçuz.

Coloquei a mão na base do meu estômago, temendo que, em vez da idosa dissimulada, fosse eu a necessitar do remédio de tio Alfred se continuasse exposta àquele excesso de afabilidade senil.

Estava sendo difícil admitir, até para mim mesma, uma romântica declarada. Jamais havia sequer imaginado dizer algo assim, mas aquelas gentilezas estavam me incomodando.

Será que eu estou com ciúmes do meu tio?

– Você tem certeza de que isso vai funcionar? – oma disse, com um fio de voz. – Tenho a impressão de que a minha cabeça vai explodir.

– É infalível para esse tipo de mal-estar – tio Alfred, já de pé, ajudava a desfalecente mulher, que há poucos minutos parecia a mais saudável das criaturas, a se levantar.

– Vou aproveitar e fazer um emplastro contra gota para o seu pé – Ela prometeu, enquanto saía da sala de jantar apoiada no Sétimo Conde de Eisenburg, em vez de sua bengala.

Fiquei em silêncio por alguns instantes, observando a porta por onde eles haviam saído, sem acreditar no que estava acontecendo debaixo do meu nariz.

Em vez de ser meu tio a zelar por mim e por minha virtude, seria eu a cuidar dele? Será que ainda existia amor em uma idade tão avançada como a dos dois? Como será que a senhorita Austen ou mesmo lady Lottie agiriam se estivessem no meu lugar? Será que aquele amor recém-descoberto pelos dois as inspiraria ou seria capaz de fazê-las reconsiderar os finais felizes dos seus romances?

Como uma mulher cristã que sou, comecei a suspeitar que o fim do mundo estava próximo, pois nunca me passara pela cabeça que um dia ouviria meu tio permitir que um homem simples e sem berço se aproximasse tanto de mim, a ponto de sairmos juntos, tendo apenas uma criada como acompanhante.

– Sua expressão de pesar por ter de me acompanhar ao jornal é desanimadora até para mim.

– Sinto muito, meu senhor!

– Não seja tão severa comigo – Ele pediu, com as duas mãos à frente do peito, como um cachorro implorando por um osso. – Garanto que não será o fim do mundo.

– Pois eu discordo – retruquei, deixando a sala com alguns biscoitos na mão.

CAPÍTULO 5

– Doçura, você precisa mesmo carregar esse livro para todo lugar? – o senhor Flemming apontou para o livro de lady Lottie sobre o meu colo, enquanto tamborilava os dedos no chapéu que segurava sobre os joelhos, como se algo o perturbasse.

O antigo relógio de parede, com um tique-taque irritante, lembrava-me de que já estávamos há mais de quinze minutos sentados, lado a lado, nas duas cadeiras de madeira, pequenas e desiguais, disponíveis para visitantes. O escritório onde deveríamos esperar era apertado e abafado, e o ar estava impregnado com uma mistura de papel velho, fumaça de charutos e tinta fresca.

A falta de espaço obrigou minha acompanhante, embora relutante, a aceitar a sugestão de aguardar do lado de fora do prédio, onde, apesar do frio, ao menos poderia encontrar um lugar para sentar-se.

– Considero proveitoso ter uma boa leitura sempre à mão – comentei, colocando a mão no bolso, mas constatei que era o último biscoito. Com uma careta de desgosto, deixei-o guardado para uma emergência. – O senhor costuma ler?

As várias janelas e os lampiões espalhados pela repartição do *Jornal Diário de Hamburgo* pareciam não ser suficientes para a iluminação. Talvez a sensação de penumbra fosse culpa das paredes amareladas pelo tempo e pelo uso excessivo de tabaco. Ou, quem sabe, até da densa nuvem de fumaça dos charutos que pairava em todos os cantos, onde vozes masculinas se erguiam em discussões acaloradas, seguidas pelo ruído metálico de uma prensa manual.

– Não – o senhor Flemming respondeu, sem rodeios, enquanto olhava na direção da porta aberta que levava ao corredor.

Aproveitei sua distração para enfiar o último biscoito na boca, com medo de precisar dividi-lo.

– Não pensei que as pessoas precisassem esperar tanto para colocar um anúncio – disse, depois de mastigar e engolir, tentando quebrar o silêncio enquanto folheava meu livro aleatoriamente.

– Nem eu.

Ajustei os óculos sobre o nariz pouco antes de o livro escorregar do meu colo, mas o senhor Flemming foi mais rápido e impediu que ele caísse no chão.

– Obrigada! – agradeci, com um sorriso. – Sabe, fiquei muito surpresa quando tio Alfred permitiu que eu viesse até aqui com o senhor.

– Por que pensa assim?

Olhei espantada diante daquela pergunta tão óbvia. Enquanto isso, ele, sem pressa, depois de examinar a capa do livro, entregou-o de volta para mim.

– Meu tio é um homem muito conservador... ou pelo menos era até vocês chegarem. – Franzi a boca em uma careta quando o vi sorrir. – E um ambiente de trabalho como os dos jornais e bancos é dominado por homens.

Com o máximo de cuidado, coloquei meu livro sobre uma beirada livre da mesa à nossa frente, abarrotada de papéis que ameaçavam cair a qualquer momento, seja sobre um par de óculos abandonado, seja sobre o tinteiro que o dono da mesa esquecera aberto.

– Sim, mas qual mulher ficaria satisfeita em trabalhar com algo assim?

– Uma mulher que sonhasse em ser livre para dizer e para fazer tudo aquilo que quisesse?

– Então, preciso responder à minha própria pergunta, pois minha irmã Greta poderia gostar de trabalhar em um jornal.

– Ela parece ser uma mulher incomum.

– Sim, ela é – ele disse, com um sorriso carinhoso, enquanto olhava outra vez para a porta.

Ainda que não parecesse, eu também era uma mulher incomum. Uma prova disso era estar ali, dividida entre o fascínio e o desgosto daquele reduto masculino: desorganizado, ruidoso e, ainda assim, vibrante.

– Julgo que o senhor talvez não conheça tantas mulheres assim como diz. – Dei de ombros e, ajustando os óculos sobre o nariz, peguei meu livro de volta, pois, para mim, tê-lo em mãos era como segurar uma âncora em meio à tempestade.

– Discordo de você, doçura. – Um sorriso travesso iluminou seu rosto, como se sentisse prazer em me contrariar.

– Insisto em dizer que isso é algo questionável, tendo em vista que, apesar de o senhor alegar esse exército de mulheres, atravessou o oceano para encontrar uma noiva.

– Faz sentido. Só que não procuro uma mulher qualquer, e sim uma esposa. A mulher que cuidará de mim, da nossa casa e será a mãe dos meus filhos.

Suas palavras pareciam carregadas de tanta sinceridade que, por um momento, fiquei sem reação.

– O senhor deveria acrescentar no anúncio o valor que está disposto a pagar pelos serviços dessa esposa – disse, com um sorriso, mas me arrependi assim que terminei de falar.

– Você fala como se acreditasse que ser minha esposa seria algo penoso.

Senti meu rosto queimar de vergonha por ter sido tão indelicada. O fato de ele não ser o homem que eu queria como esposo não significava que outras mulheres pensassem o mesmo. Muito pelo contrário, poderia haver uma, ou até mesmo algumas, que ficariam satisfeitas com o que ele estava disposto a dar. Sendo assim, tentei corrigir a situação, dizendo:

– De forma alguma! Tenho certeza de que muitas mulheres, principalmente dentre as trabalhadoras das fábricas, ficariam contentes em encontrar um homem para casar disposto a lhes dar teto e comida. – Sorri, sem graça, tendo a impressão de que meu comentário não soou como eu imaginava.

– Pelo visto, você me tem como um homem de pouco valor.

– Senhor Flemming, lamento que minha impressão sobre o senhor tenha sido capaz de abalar sua tão alicerçada autoestima – murmurei, remexendo nas páginas do livro, sem lhe dirigir o olhar, enquanto tentava ignorar seu talento teatral herdado da avó. Ele, sem dúvidas, estava acostumado a impressionar as jovens moças com seu discurso de cão sem dono.

Não que suas palavras não me abalassem, mas justamente por conhecer o coração que via romance em tudo, eu precisava me proteger dele e de suas palavras floridas, repletas de promessas de amor que ele não honraria.

Um sorriso vitorioso brotou em meus lábios. Estava orgulhosa de mim mesma por conseguir resistir aos galanteios daquele libertino sorridente.

– Lamento também que não acredite que eu poderia ser um bom marido para uma jovem sensível como você. – Ele olhou dentro dos meus olhos, como se quisesse ler o interior da minha alma.

O meu riso se apagou quando suas palavras foram levadas pelo vento. Em vez de ver um homem galante e sorridente, o que vi em seu olhar foi um coração solitário.

Será que, naquelas terras além-mar, existe mesmo tanta escassez de mulheres disponíveis para casamento?

Registrei em minha mente a intenção de perguntar isso na próxima carta que escrevesse para Agnes.

Enquanto pensava nisso, fui tomada pela curiosidade de ler o bilhete sobre a mesa. Aproveitando a breve distração do senhor Flemming, deslizei discretamente a ponta do dedo indicador sobre a xícara encardida de café, afastando-a do papel, escrito às pressas, com uma caligrafia descuidada.

– Quanto tempo ainda teremos que esperar? – indagou o senhor Flemming.

– Questiono-me se não poderiam ao menos servir um pouco de chá com biscoitos.

– Você já comeu todos os que trouxe escondidos no bolso? – Ele perguntou, com um sorriso travesso, antes de confessar: – Também estou com fome.

Corada, tentei mudar de assunto.

– Talvez o senhor já devesse rascunhar o anúncio, para que não demore ainda mais para sermos atendidos – sugeri, casualmente, ainda folheando o livro sobre o colo.

– Não é necessário. O anúncio já está escrito – avisou o senhor Flemming, devolvendo-me a folha que eu tinha acabado de lhe dar. – Você gostaria de lê-lo?

Afirmei com a cabeça, sem admitir que já conhecia o texto através da última carta de Agnes.

Peguei com desconfiança o papel dobrado que ele retirou de dentro do casaco, talvez esperando algum comentário atrevido por parte dele.

> Homem alemão, trabalhador, procura jovem entre 18 e 27 anos que goste de crianças e animais. Importante saber ler, escrever e desejar estabelecer residência no Império do Brasil.
> Objetivo: matrimônio.

– Algo de errado com o anúncio?

Levantei o olhar do papel para observá-lo, acreditando que ele estivesse inseguro – o que durou apenas alguns segundos.

– Está pensando em se candidatar, doçura? – ele indagou, com um sorriso que faria qualquer jovem desavisada aceitar viajar com ele para o Novo Mundo a nado.

– Eu? – Revirei os olhos diante de sua costumeira presunção. – Não, obrigada! Além disso, já tenho vinte e sete anos. – Pela primeira vez em anos, falei minha idade com gosto.

– Isso não importa. Inclusive, eu poderia lhe oferecer alguma vantagem na seleção ou até mesmo desistir do anúncio. – Ele piscou, com um sorriso no canto dos lábios, antes de completar preguiçosamente: – Tenho certeza de que oma ficaria radiante com a notícia de que já encontrei a mãe dos meus filhos.

– Oh, não, senhor Flemming. Não faça isso! – Levantei a palma das mãos à frente do corpo. – Agradeço sua generosidade em se oferecer para intervir em meu favor na seleção que sua oma fará para escolher sua esposa. Mas insisto que o senhor coloque o anúncio – continuei, com um sorriso forçado. – Não desejo privar outras senhoritas da oportunidade única de desposá-lo.

Ele riu antes de perguntar, com a expressão de quem conhecia um manuscrito perdido da senhorita Jane Austen:

– Quem disse que será ela quem vai escolher?

– Não seria preciso consultar o Oráculo de Delfos para saber disso.

– Oráculo de quem?

– Oráculo de Delfos... da mitologia grega... O lugar onde os gregos da antiguidade iam buscar respostas misteriosas com Pítia, a sacerdotisa de Apolo, deus grego. – Entortei a boca ao perceber que ele não fazia ideia do que eu estava falando. – Ah, esqueça!

– Era uma espécie de Urim e Tumim do Velho Testamento?

– Sim, exatamente! – respondi, admirada. – Só que o Oráculo de Delfos era um local onde se consultavam os deuses gregos, enquanto Urim e Tumim eram objetos guardados no peitoral do sumo sacerdote, usados pelos sacerdotes do povo de Israel para buscar respostas divinas.

Talvez ele não seja tão tonto quanto eu imaginava.

– Mitologia grega? Doçura, vejo que você é mesmo uma mulher letrada.

– Obrigada! Eu amo história e literatura.

– Se não fosse o seu apego exagerado pelos livros, eu diria que você seria a esposa perfeita para mim.

Com os olhos arregalados, apertei o exemplar de lady Lottie contra o peito.

Abri a boca e a fechei ao mesmo tempo. Faltaram-me palavras diante de tanta presunção. Eu precisaria estar muito desesperada para aceitar um homem que me proibiria de ler.

Esse homem me confundia. Talvez fosse um louco que, em um momento, diz querer uma mulher letrada e, no outro, critica "esse apego exagerado pelos livros".

Revirei os olhos, inconformada com o fato de um homem bonito como aquele ser tão estúpido.

– Você não precisa ficar envergonhada em voltar atrás na sua decisão, doçura. Sei o quanto a minha proposta, apesar de inesperada, parece tentadora – o senhor Flemming arqueou a sobrancelha três vezes, com um sorriso convencido nos lábios.

– Estou verdadeiramente inclinada a admitir que meu tio tem razão quanto aos riscos das doenças tropicais, pois me parece que uma delas afetou seu cérebro... e talvez até de forma irreversível – disse, com um sorriso forçado, enquanto ele se contorcia de rir.

– Aonde você vai? – o senhor Flemming perguntou quando me levantei depressa para fugir de perto dele.

– Vou procurar alguém que possa abreviar nossa espera, antes que eu me jogue aos seus pés como uma *acenola* madura, implorando que o senhor me tome por esposa, roubando, assim, a chance de que outra jovem, mais prendada e letrada do que eu, ocupe a vaga do seu anúncio.

– A-c-e-r-o-l-a – ele me corrigiu, sem esconder o quanto estava gostando de fazê-lo.

Revirei os olhos antes de acenar para o funcionário do jornal que acabara de passar, ignorando – ou não vendo – o meu apelo.

– Senhor Flemming, precisamos...

Ele levantou-se também e, por trás de mim, muito próximo à minha nuca, murmurou:

– Por que você resiste tanto a mim, quando claramente existe algo entre nós?

– T-temo não estar entendendo bem o que deseja me dizer, senhor Flemming – tossi rapidamente, tentando amenizar o leve tremor na voz.

– Max. Prefiro que você me chame de Max.

– Senhor Flemming... – frisei, ignorando sua insistência. – Parece que preciso esclarecer-lhe a situação com mais ênfase.

– Diga, doçura! Adoro ouvir o doce som da sua voz.

– Estou profundamente preocupada que o senhor prejudique suas chances de se casar devido ao uso dessas frases cafonas e das suas atitudes que mais condizem com o picadeiro de um circo.

– Ora, isso me parte o coração, doçura! – Ele colocou a mão no peito de modo teatral, e eu, sem conseguir segurar o riso, sentei-me novamente ao seu lado.

Ouvimos um movimento no corredor que nos fez acreditar que finalmente seríamos atendidos. Isso nos deixou concentrados – ou melhor, deixou o senhor Flemming concentrado. Era estranho vê-lo assim, em silêncio, quase como se existisse um vazio.

Sem saber o que fazer para me ocupar, voltei a folhear o meu livro, mas não sentia vontade de ler. *Será que estou doente?* Ajustei os óculos sobre o nariz para conferir o horário.

O relógio de parede parecia rir de mim. Seus ponteiros marcavam exatamente dez e dez, formando um sorriso zombeteiro, como se me dissesse que já estávamos ali sentados há quase uma hora. E pior: sem nada para comer.

Um rápido olhar para a xícara encardida sobre a mesa foi suficiente para que minha barriga roncasse. Como vingança, estiquei o pescoço para ler a anotação que ainda estava lá, me convidando para uma pequena travessura.

Percebi que precisava empurrar a porcelana um pouco mais para liberar a visão sobre o bilhete. Sentia-me tentada a descobrir o segredo gravado com tinta naquele papel, como se fizesse parte do enredo de uma história de mistério que o senhor Charles Dickens certamente poderia ter escrito em seu livro *Casa Desolada*.

Com o dedo indicador, ajustei os óculos sobre o nariz antes de olhar para o senhor Flemming, que continuava distraído, observando pela porta aberta o trabalho ruidoso e constante das prensas.

Estiquei lentamente o braço, com o dedo indicador em riste, já preparado para empurrar a xícara com delicadeza e precisão, uma última vez. Com o coração acelerado, como quem faz uma travessura, me aproximei da porcelana, segurando a respiração e usando a medida certa de força para movê-la.

Estava certa de que o cálculo que fizera mentalmente era perfeito. Só que me esquecera de um detalhe: os cálculos nunca foram meu ponto forte.

Como consequência, a xícara tombou, espalhando o líquido preto e espesso – quase viscoso – sobre o papel que era o alvo da minha empreitada.

– Por Deus, doçura! O que você estava fazendo? – O senhor Flemming levantou-se em um pulo quando ouviu o tilintar da xícara batendo no pires antes de capitular em uma queda trágica sobre o bilhete.

– E-eu... – gaguejei, enquanto tentava secar, em vão, com o meu minúsculo lenço bordado, os vestígios do meu crime. – Não fiz de propósito – murmurei com o rosto em chamas, entendendo que a leitura dos livros de mistério não era para mim.

– Deixe-me ajudá-la.

O senhor Flemming, levantando-se também, usou o seu próprio lenço para secar o restante do café, mas, antes que escondêssemos as nossas pistas, um homem magro e de bigode farto, que surgiu do corredor com uma expressão de impaciência, nos analisou brevemente antes de voltar sua atenção para o senhor Flemming e dar início à publicação do seu anúncio.

* * *

– Gostaria de agradecer sua ajuda com o café derramado.

Assim que saímos da sede do jornal, aproveitei para agradecer ao senhor Flemming por me salvar de um constrangimento maior. Lá dentro, quando o funcionário finalmente lembrou-se de nós, mal houve tempo para qualquer conversa. Além disso, eu estava profundamente embaraçada, a ponto de, mesmo depois de sairmos, ainda estar corada pela situação vexatória em que me coloquei.

– Disponha! – senhor Flemming piscou, com um pequeno movimento do canto dos lábios, como se segurasse o riso. – Não imaginei que o Velho Mundo pudesse ser tão quente.

Fiquei tocada com sua gentileza em mudar de assunto.

– O senhor nasceu em terras brasileiras? – perguntei, sem desviar os olhos dos paralelepípedos que revestiam a rua, por medo de tropeçar, já que algumas pedras, aqui e ali, apresentavam desníveis suficientes para uma pessoa desatenta acabar estirada no chão.

– Max, por favor! – Ele pediu, com um sorriso amigável que, já me sentindo em dívida, não pude, nem quis, negar. – Deixe-me carregar esse livro para você.

– Está certo – sorri, concordando com a cabeça. – Max... – experimentei pela primeira vez. – Talvez eu possa chamá-lo de Maximilian, desde que não seja em público.

Dei de ombros, enquanto ele ria, como se comemorasse uma vitória.

Aconteceu, inesperadamente, uma pausa momentânea. Paramos de caminhar no meio da rua por alguns segundos e nos olhamos. Seus olhos azuis pareceram brilhar com um sorriso genuíno que nasceu em seus lábios, como se o seu nome tivesse ganhado vida ao sair da minha boca.

– Meu nome soa muito melhor quando é dito por você – ele comentou, com um tom baixo e rouco.

Respirei fundo, tentando ignorar o calor que invadiu meu rosto, colorindo-o de vermelho.

– O senhor... quer dizer... você nasceu no Novo Mundo, Maximilian? – perguntei, olhando para o lado oposto, como se evitar seu olhar pudesse garantir o controle das minhas pernas fraquejantes.

– Sim. Apenas Klaus, o mais velho de nós três, nasceu aqui no Velho Continente.

– Como é viver lá?

– O contrário daqui. – Ele olhou para o céu manchado de nuvens de fumaça que saíam das inúmeras fábricas e disse: – Nossa terra é um lugar repleto de cores e risos. É ensolarada, cheia de sabores variados, com incontáveis animais e frutas. A população é formada por indígenas, negros e brancos vindos de diversas partes do mundo. A mistura desses povos criou um povo resiliente, que não se deixa abater pelas dificuldades. Ali, nem mesmo os negros, oprimidos pelas correntes da escravidão, se curvam à tristeza. Longe disso, eles encheram aquela terra de música e dança.

– Você faz o lugar parecer encantador, como o paraíso.

– Não fecho os olhos para os inúmeros desafios e atrocidades, contra os quais sou totalmente contrário. Contudo, tento sempre me lembrar de que é um lugar ainda em desenvolvimento, como um bebê que está aprendendo a engatinhar. Sendo assim, busco ser grato e aproveitar o que o lugar nos oferece de melhor.

– Admiro Agnes por ter tido a coragem de aceitar viver ali. Eu nem sei se teria coragem de viajar para um lugar tão distante.

– Então você nunca viajou para longe daqui?

– Nem mesmo para conhecer meus parentes espanhóis, do lado de minha avó – contei, ajustando os óculos com um leve sorriso, enquanto olhava para o chão. – A coragem de Agnes só me faz admirá-la ainda mais.

– Às vezes, o desespero pode se fantasiar de coragem – Maximilian disse, com o olhar distante.

– Do que você tem medo?

– De não encontrar alguém que aceite sonhar comigo.

Um silêncio constrangedor pairou entre nós. Uma parte de mim começava a imaginar como seria se esse "alguém" fosse eu, enquanto outra lutava bravamente para que eu não me deixasse levar pelas promessas românticas que seriam capazes de fazer a própria senhorita Jane Austen suspirar.

Ele queria alguém para dividir seus sonhos, e eu desejava o mesmo. Mas será que esses sonhos poderiam ser sonhados juntos? Como abandonar uma vida cômoda e conhecida para perseguir o desejo de construir uma família e vencer a solidão?

– O senh... – hesitei, lembrando-me de chamá-lo pelo nome. – Maximilian, você nota muitas diferenças aqui? Existe algo que jamais tenha visto ou presenciado?

– Certamente. – Ele olhava ao redor, como se desejasse captar cada detalhe.

– Como o quê? – Meus olhos seguiram os dele, na tentativa de descobrir o que o encantava.

— Como aquilo que aquelas pessoas estão comendo – ele indicou, com um discreto aceno de cabeça, um grupo de pessoas sentado a uma mesa do outro lado da rua.

— Sorvete? – Minha voz subiu meio tom, surpresa. – Você nunca comeu sorvete?

— Não – Maximilian balançou a cabeça, sem tirar os olhos da iguaria. – Mas, ao julgar pelas expressões daquelas jovens senhoras ao comer, posso imaginar que seja algo delicioso.

Eu ri, sem me preocupar com o quão espontânea soava minha risada, pois ela vinha direto do meu coração, sem zombaria. Havia algo tão inocente em seu olhar, com uma curiosidade quase infantil e, ao mesmo tempo, ele fora tão sério em sua análise sobre o sorvete, que não resisti em admirá-lo.

— Venha, você precisa provar! – Sem lhe dar tempo para protestar, agarrei seu braço e o arrastei em direção ao estreito edifício pintado de rosa-claro, onde a iguaria era vendida.

Só depois percebi o quão impulsiva havia sido, mas sua gargalhada contagiante – alta, rouca e profunda – fez com que eu ignorasse os olhares julgadores ao atravessarmos a rua correndo.

Depois que compramos dois sorvetes – um de baunilha para ele e um de morango para mim –, sentamos à mesa, um de frente para o outro. Não consegui segurar o riso ao ver a careta que ele fez quando os sabores de morango e chocolate foram oferecidos.

Maximilian exclamou alto, para quem quisesse ouvir, que se recusava a comer algo com aquelas cores. Apesar disso, quando as duas taças nos foram entregues, ele as observou como se fossem preciosas demais, até que o sorvete começou a derreter.

— Cuidado, pode estar gelado demais... – avisei, mas, antes que eu pudesse terminar de falar, ele já havia enfiado a colher com um pedaço exagerado de sorvete na boca, grande o suficiente para quase não conseguir fechá-la.

Eu quase chorei de rir ao vê-lo lutar para suportar o gelo na boca.

— Então, o que me diz? – perguntei, curiosa, colocando os óculos sobre a mesa para enxugar os olhos.

– É bem gelado – Maximilian respondeu, de olhos fechados, como se quisesse apreciar o sabor. – Mas posso lhe garantir, doçura, que é ainda melhor do que as expressões daquelas senhoras sugeriam.

– É verdade.

– Do que eles são feitos? – Ele perguntou, antes de colocar mais uma colher de sorvete na boca.

– São produzidos com leite fresco e açúcar, misturados a frutas da estação ou xarope.

– Interessante – ele lambeu os lábios depois da última colherada. – Oma precisa experimentar isso.

– O sorvete não aguentaria até que chegássemos em casa. Ela teria de vir até aqui para prová-lo. Você gostou do sabor?

– Sim, muito. É maravilhoso como ele derrete na boca... como um beijo apaixonado – Maximilian disse, olhando para a minha boca.

Engasguei-me, sabendo que nunca mais comeria sorvete sem me lembrar do que ele dissera.

– Você é mesmo um libertino! – exclamei, assim que recuperei o ar. – Estou admirada que tio Alfred tenha permitido que eu saísse sozinha com você.

– Não estamos sozinhos. – Ele olhou ao redor. – Além disso, não fiz nada que ferisse sua honra. Ou fiz?

– Não fez, mas é o que diz, a maneira como sorri, como olha para todas as mulheres...

– Por Deus! – Maximilian exclamou, colocando a ponta da colher na minha taça como se avaliasse o risco. – Agora é um crime ser gentil com as mulheres?

– Não é isso...

– Doçura, estou curioso para saber que tipo de homens você conhece, pois temo que sejam tão idiotas quanto aquele que a abandonou. Que tipo de homem com algum caráter deixaria uma mulher tão... interessante?

– Você nem me conhece. – Puxei discretamente a gola do vestido, ajustando-a.

Uma solteirona alemã por conveniência

— Ah, mas já vi o suficiente para saber que há algo diferente em você — Maximilian disse, com um sorriso malicioso, enquanto girava a colher dentro da taça, antes de erguer os olhos até os meus, sem pressa.

Ele fez uma pequena pausa, como se procurasse as palavras certas, e então continuou:

— Esses cavalheiros devem ser cegos por não enxergarem a verdadeira Emma por trás desse jeitinho recatado e dessas lentes redondas onde você se esconde — disse, seu sorriso brincando com cada palavra. — Mas eu consigo ver além disso, doçura.

Engoli em seco, tentando acalmar as batidas frenéticas do meu coração. Coloquei a mão no pescoço, ajustando a gola do vestido, antes de dizer, com a voz ligeiramente trêmula:

— V-vejo que subestimei sua habilidade de conquistar mulheres. Não duvido que, em breve, metade das solteiras de Hamburgo estará aos seus pés.

— Mas eu não quero todas — Maximilian murmurou, inclinando-se um pouco sobre a mesa. Olhou-me nos olhos antes de completar: — Quero apenas uma...

Ele fez uma pausa. Seu semblante ficou sério, como se aquelas palavras carregassem um peso maior do que eu poderia imaginar.

— ... e talvez até possa ser você.

O sorriso travesso voltou aos seus lábios quando ele ergueu as sobrancelhas três vezes, num gesto exagerado que parecia mesclar charme e provocação.

— Precisamos voltar para casa, senhor Flemming! — Levantei-me abruptamente e, sem olhar para ele, agarrei meu livro sobre a mesa e acenei para minha acompanhante do outro lado da rua.

CAPÍTULO 6

– A senhorita tem certeza de que não quer usar os brincos de esmeralda? Eles combinariam perfeitamente com o tom esverdeado dos seus olhos.

Olhei para meu reflexo no espelho da penteadeira. Nunca me sentira tão bonita. Ellen tinha razão ao dizer que a joia seria a combinação ideal para o vestido de cetim verde-oliva no estilo princesa que ela escolhera para mim. A cor intensificava meus olhos, e os brincos seriam o toque final para atrair a atenção de qualquer cavalheiro – o que não era, nem de longe, minha intenção.

– Não há necessidade de tanto esmero – disse, negando com a cabeça.

– Se eu fosse a senhorita, não perderia a oportunidade de ficar linda para aquele moço galante que não tira os olhos da senhorita. – Ellen suspirou, suas bochechas, alvas e salpicadas pelo tempo, tornando-se rubras como um tomate maduro.

– Pois esse é um ótimo motivo para não me enfeitar tanto – murmurei, pensativa. – Estou até cogitando trocar de vestido pelo de cor lavanda.

– Por favor, não! – Ellen arregalou os olhos, como se visse uma aberração. – Aquele vestido a deixa apagada como uma alma penada, e o senhor Flemming pode querer sair correndo.

— Perfeito! — exclamei, tentada a trocar de roupa, mas sem coragem para desfazer todo o trabalho de Ellen. Pelo menos, era essa a desculpa na qual eu queria acreditar. — Assim ele ficaria bem longe de mim — pensei alto.

— Acho pouco provável. Ele não tira os olhos da senhorita — disse Ellen, ajeitando o último grampo no meu cabelo, deixando algumas mechas soltas para emoldurar meu rosto.

— Ele não tira os olhos de mim... nem de qualquer mulher por onde passa — retruquei, virando-me para ela. Antes que ela protestasse, acrescentei: — Já é o suficiente. Obrigada!

Sorri para Ellen, que apenas balançou a cabeça com um olhar de decepção por não poder me enfeitar ainda mais.

Será que sou a única mulher que não está caída aos pés daquele libertino?

Incomodada com o comentário de Ellen, desci as escadas com meu livro nas mãos, sem pressa. Minha vontade era de permanecer no quarto lendo, mas deixar os hóspedes a sós com tio Alfred seria indelicado. Além disso, eu não tinha uma desculpa plausível, como uma febre alta ou um súbito mal-estar.

Segui determinada a fingir que nada acontecera naquela tarde. Embora, de fato, nada tivesse acontecido... se eu ignorasse o turbilhão de emoções que me mantivera deitada na cama por horas, encarando o teto e repassando cada sorriso e cada palavra trocada entre nós.

Por sorte, quando Ellen irrompeu no quarto, decidida a me transformar em uma beldade, meu coração já havia retomado um ritmo aceitável — que eu nem sabia quantas batidas por minuto eram.

Ainda assim, adiantei-me na esperança de conseguir alguns minutos sozinha no lugar onde sempre renovava minhas forças antes do jantar: a biblioteca.

No entanto, assim que pisei no último degrau da escadaria, percebi que minhas esperanças foram em vão. Dali já podia ouvir sussurros vindos da sala íntima.

A curiosidade falou mais alto que a educação. Aproximando-me da porta de madeira, tão discretamente quanto uma leitora virando as páginas de um livro proibido, tentei escutar o que a senhora Flemming dizia – ainda que minha consciência pesasse.

A voz dela estava mais baixa que o habitual, como se sussurrasse um segredo. Isso tornava a compreensão difícil. Além disso, pareciam misturar outra língua à conversa – português, eu supunha –, entremeando frases como um novelo de lã de duas cores, emaranhado por um gato travesso.

– Você deveria lhe contar a verdade.

– Não é assim tão simples, oma.

– Claro que é! – insistiu a idosa. Fez uma pausa e, por instinto, prendi a respiração. Até que ela completou: – Basta dizer: Emma...

– O que você está fazendo aí, encolhida?

Pulei ao ouvir a voz masculina atrás de mim, tão próxima e inesperada que senti o coração disparar. Eu estava tão concentrada que sequer percebi sua chegada.

Ploc!

O livro que eu tinha nas mãos caiu no chão com um baque surdo, seguido pelo farfalhar das folhas se espalhando pelo piso de madeira encerada.

– Tio Alfred! – minha voz saiu como um miado baixo.

Abaixei-me apressada para juntar tudo com uma rapidez exagerada, enquanto minha vontade era de que a terra se abrisse e me engolisse. A vergonha me consumia ao perceber que nossa presença já havia sido notada pelos hóspedes.

– Aqui está, Emma! – o senhor Flemming disse, entregando-me meu pequeno lápis, que ele acabara de recolher.

Ainda trêmula, peguei o lápis de sua mão com pressa, sem o olhar, e levantei.

Pá!

– Aiiiiii! – exclamei, levando a mão à cabeça quando nossa testa se chocou, embaralhando minhas ideias.

– Perdão, Emma! Parece que meu crânio estava no seu caminho – ele disse, esfregando a testa e exibindo um sorriso divertido, que só aumentou meu vexame.

– Sinto muito – murmurei, rápido e baixo, sem me certificar se ele tinha ouvido.

– Posso lhe acompanhar até a sala?

Desviei os olhos dele à procura de tio Alfred, mas ele havia desaparecido, abandonando sua ovelhinha sozinha com o lobo. Para um tio tão zeloso, estava abismada com sua repentina permissividade.

– Onde já se viu largar uma moça sozinha com um homem claramente afoito? – resmunguei, para mim mesma.

– Desculpa, é você quem me deixa assim. – O senhor Flemming piscou com um sorriso travesso.

Ignorando minha expressão de surpresa por ele ter conseguido me ouvir, enlaçou meu braço e me conduziu à sala íntima. Movida pela culpa de ter sido pega em flagrante em um ato tão deliberado de falta de educação, aceitei calada caminhar com ele os dez passos exatos até a sala, contando-os mentalmente para me distrair do constrangimento.

Ao entrarmos, encontramos tio Alfred sentado no sofá ao lado da senhora Flemming, que passava a mão distraidamente pelo veludo verde do assento enquanto conversavam.

– Eles parecem se entender muito bem – a senhora Flemming comentou ao nos ver.

– Acredito que "muito bem" seria um excesso de otimismo da sua parte, Gerty.

Revirei os olhos ao escutar o diálogo dos dois idosos, como se nós não estivéssemos ali. Enquanto isso, ao meu lado, o senhor Flemming, rindo, cochichou ao meu ouvido:

– Eu os invejo.

Seu hálito quente roçou minha pele, provocando um leve tremor que me fez soltar seu braço num ímpeto para sentar-me ao lado da avó dele.

– Boa tarde, senhora Flemming! – Virei-me para ela, ignorando o olhar insistente do neto. – A senhora está se sentindo melhor?

– Max, sente-se aqui conosco – ela pediu com um largo e acolhedor sorriso, daqueles que trazem aconchego até em meio a uma guerra.

Dissimulados!

– Sim, o medicamento que Alfred me deu é mesmo milagroso.

Alfred?

Baixei a cabeça, tentando disfarçar meu desconforto ao ouvi-la chamá-lo pelo nome de batismo mais uma vez, sem ser repreendida. O Sétimo Conde de Eisenburg, que sempre zelou tanto pelo decoro, agora permitia ser chamado com tanta intimidade?

Poucas eram as pessoas que ousavam chamá-lo assim. Contei mentalmente... uma só: eu, sua única sobrinha.

– Fico aliviada em saber que o remédio de tio Alfred foi tão eficaz – comentei, com um sorriso discreto, lançando um olhar furtivo para meu tio, que parecia não se incomodar com o toque sutil da senhora Flemming em seu antebraço.

– Fiquei realmente aliviada – ela continuou –, pois o remédio à base de banha de cobra que eu costumava usar, extraída da cobra de cabeça verde lá na nossa comunidade, não estava fazendo efeito.

Ela fez uma breve pausa, coçando o queixo, pensativa.

– Agora estou aqui me perguntando: será que aquele mascate me enganou, vendendo um remédio malfeito?

– O João mascate é um bom homem, oma – o senhor Flemming discordou, com a paciência de quem já ouvira essa história inúmeras vezes. – Não acredito que ele faria algo assim de propósito.

– Talvez ele tenha sido enganado por algum aproveitador das doenças alheias, porque o preparo da banha de cobra não é tão simples quanto parece. Começa pela cobra, que precisa ser a de cabeça verde e abatida na hora. Para preparar a barriga dela, é preciso abrir com cuidado e retirar a banha.

Ela gesticulava enquanto explicava, e eu alternava meu olhar entre ela e tio Alfred, que a escutava atentamente, sem demonstrar qualquer repulsa.

– O processo é um pouco demorado, pois a banha, depois de horas cozinhando em fogo baixo, fica grossa e pegajosa. Mas, se for feito corretamente, basta passar nas articulações e, apesar do cheiro de carniça assada, a dor desaparece imediatamente.

— Interessante — disse o senhor Flemming, concentrado na explicação da avó, enquanto eu sentia o estômago embrulhar.

— Ah, mas esse que eu lhe dei foi feito com uma combinação especial de ervas que eu mesmo colhi no meu jardim — contou tio Alfred, estufando o peito, orgulhoso. — Antes dele, eu usava um à base de banha de porco doméstico, misturado com banha de porco selvagem e gengibre esmagado. A banha fresca precisava derreter em fogo médio até formar um caldo espesso antes de adicionar as ervas, que ajudavam a suavizar o cheiro de porco molhado que ficava depois de pronto. Era infalível, mas parei de usar porque o odor impregnava a casa. E, sempre que a Emma ia me visitar, passava mal — tio Alfred voltou-se para mim, e, como se fosse um sinal, todos os olhares se voltaram também. — Não é mesmo, Emma?

— A senhorita está bem? — perguntou o senhor Flemming, levantando-se apressado na minha direção. — Ela parece prestes a desmaiar.

Coloquei a mão sobre a boca, tentando conter o revirar do estômago, sem ser exposta ainda mais ao olhar atento de todos.

— Céus! Ela está meio azulada — oma comentou, como se dessa maneira estivesse ajudando.

— Emma, querida, o que você está sentindo? — meu tio questionou, a voz carregada de preocupação.

Mas eu apenas balancei a cabeça de forma desconexa — ou respondia ou respirava.

Enquanto tentava recuperar o fôlego, sentia-me sufocada, cercada por olhares como se eu fosse uma espécime rara em observação. Ao mesmo tempo, lutava para afastar da mente não só a imagem, mas também o cheiro da banha de porco selvagem, impregnado na minha memória.

Tio Alfred nunca soube, mas, quando criança, eu havia bisbilhotado seu "laboratório" — como ele gostava de chamar aquele lugar repleto de frascos, ervas e poções. Algumas eram até toleráveis, mas aquela banha... Só de lembrar, meu estômago dava piruetas, e o líquido dentro dele parecia subir e descer, prestes a escapar pela boca.

— Talvez seja melhor que a senhorita Weber tome um pouco de ar fresco.

Antes que eu pudesse protestar, senti a mão firme e quente do senhor Flemming segurando-me pelo cotovelo, guiando-me com cuidado.

Eu deveria protestar. Afinal, ele era tudo o que eu não queria.

Eu não queria protestar. Não daquela vez.

Aquele cheiro de loção pós-barba, a mesma que eu já havia notado antes, parecia me envolver, dissipando o desconforto.

— Vou mandar buscar os meus sais, Emma — tio Alfred avisou, enquanto oma também dizia algo que não consegui captar.

Ainda de braços dados, passamos pelas portas francesas que davam para o jardim. Com o braço livre, o senhor Flemming pegou uma manta — uma das que usávamos nas tardes frias — e a colocou sobre meus ombros, conduzindo-me até o banco de pedra.

Contrariando a advertência que eu mesma havia me feito, fechei os olhos e me permiti, só daquela vez.

— Respire fundo — ele instruiu.

E eu obedeci.

O doce perfume das rosas, plantadas por minha avó, me envolveu como um abraço. Quando abri os olhos, encontrei os dele — azul-cobalto, atentos, carregados de uma preocupação genuína.

Ele teve o cuidado de me posicionar de costas para a casa, mas de frente para o roseiral, permitindo que eu apenas sentisse o perfume das flores.

Quase me senti culpada por desejar, no íntimo, que aquele momento se prolongasse.

Queria ter uma desculpa para desfrutar daquele cuidado, sem que minha consciência me acusasse de estar cedendo aos meus instintos mais primitivos.

— O tom rosado que colore seu rosto ao ar livre lhe cai bem — murmurou o senhor Flemming.

A ponta dos seus dedos fez deslizar uma mecha solta do meu cabelo para trás da minha orelha.

— Mas esse tom que surge quando você fica envergonhada... — sua voz soou rouca, enquanto seu dedo indicador descia suavemente pela minha face, como se abrisse um caminho de fogo em meio à floresta – ... esse lhe favorece ainda mais.

Eu não devia estar aqui.

Fechei os olhos, confusa.

Ele jamais poderia ser o cavalheiro que eu precisava.

– O-obrigada! – murmurei, pronta para fugir dali.

Mas um simples toque no meu braço e um pedido murmurado me fizeram parar.

– Não vá ainda.

– Preciso ir. Não é decente ficar aqui sozinha com um homem...

– Como eu?

Afirmei com a cabeça.

– O senhor é um devasso, e isso significa que está longe de ser o cavalheiro ideal para mim. Eu preciso que...

Antes que eu terminasse, a expressão apaixonada em seu rosto murchou – como uma página úmida marcada por lágrimas.

Mas, antes que a culpa me atingisse, uma sombra escureceu seus olhos, trazendo de volta aquele sorriso irônico e tingido de malícia que lhe era tão característico.

– Ah, doçura, eu não mereço toda essa fama que me persegue – o senhor Flemming sussurrou, piscando com atrevimento.

Como era possível que, no instante seguinte, tudo tivesse se apagado? Como se o relógio houvesse badalado meia-noite, levando consigo até o último vestígio do momento anterior?

– Que expressão foi essa? – ele perguntou ao me ver revirar os olhos.

– Você não me acha lindo? – Colocou a mão no peito de forma teatral, e eu precisei morder os lábios para não rir do drama mal interpretado.

– Senhor Flemming...

– Max! – ele me lembrou. – Nós já combinamos que você me chamaria assim.

– Senhor Flemming... – enfatizei, deixando claro nosso retorno à formalidade. – ... com o expressivo número de conquistas que o senhor carrega, duvido que precise dos meus elogios.

— Claro que preciso, doçura! — Ele arregalou os olhos, como se estivesse genuinamente ofendido. — Nenhum deles é mais importante que o seu.

— Parabéns, senhor Flemming! Quase sou capaz de acreditar nos seus galanteios. — Torci a boca ao dizer, levantando-me com rapidez, determinada a não lhe dar outra chance de me deter.

— Por Deus! Meu charme parece estar perdendo o brilho!

— Meu tio já está à minha procura — afirmei, tentando escapar enquanto podia.

— Não me parece que ele esteja apressado para encontrá-la... — comentou o senhor Flemming, com um sorriso provocador, apontando com o queixo na direção da porta.

Franzi o cenho e, contra a minha vontade, segui seu olhar.

Ele estava certo.

Meu tio não parecia ansioso por minha presença. Caminhava calmamente, com oma confortavelmente apoiada em seu braço, como se aquele momento fosse mais importante do que qualquer outra coisa no mundo.

Cruzei os braços, desconfiada.

— Talvez seja eu quem deva zelar pela virtude de alguém aqui... — murmurei, baixinho, para mim mesma.

— O que disse, doçura?

A voz rouca do senhor Flemming veio carregada de diversão, mas me recusei a olhar para ele.

Ignorando sua provocação, caminhei em direção ao meu tio, deixando-o para trás.

O riso dele me acompanhou.

E, para meu próprio desgosto, eu gostei de ouvi-lo.

CAPÍTULO 7

Pouco depois, durante o jantar, o tema principal da conversa foi o Império do Brasil e suas incontáveis qualidades. Era quase como se o senhor Flemming e oma estivessem determinados a nos convencer a embarcar para o Novo Mundo no próximo navio.

Confesso que, ao ouvir sobre as delícias culinárias e as frutas de nomes exóticos, senti-me tentada a experimentá-las, apesar de seus nomes curiosos e impronunciáveis para meus ouvidos alemães – mamão, araçá e camapu.

Antes da partida de Agnes, eu sequer tinha ouvido falar naquela antiga colônia de Portugal. No entanto, após seu embarque, fui tomada pela curiosidade de saber mais sobre o lugar onde ela passaria a viver. Mas, com o tempo, esse desejo foi sendo ofuscado pela piora da saúde da minha avó, que trocou sua alegria e vitalidade – herança do seu lado espanhol – por apatia e dor.

Desde a morte dos meus pais, meus avós haviam sido minha única família. Minha avó era minha fiel apoiadora. Sua perda foi dolorosa demais, a ponto de eu não me permitir sofrer pelo abandono do senhor Krause, que rompeu nosso compromisso logo após o falecimento dela.

Na verdade, o rompimento não me causou dor, mas eu sabia que mudava completamente o meu destino. Ainda assim, todos pareciam acreditar que aquilo havia agravado o meu sofrimento.

– Você ainda está se sentindo indisposta, Emma? – a pergunta de tio Alfred me tirou do devaneio.

Dessa vez, fui quase mais rápida e esperta que oma, sentando-me ao lado dele na mesa. Só não contava que ela articulasse a situação para que o neto ocupasse o lugar ao meu lado, contrariando a organização feita pela governanta.

Oh, céus! Aquela mulher era ardilosa!

– Pena que não estamos em São Leopoldo... – oma começou, lançando um olhar significativo na minha direção. – Ou eu poderia lhe preparar um chá de casca de laranja seca. Tem gosto amargo como fel, mas é infalível para esse mal.

Meu estômago se embrulhou só de imaginar o tal chá, e quase senti o amargor brotar na minha língua.

– Estou bem, só um pouco distraída – justifiquei, forçando um sorriso, enquanto ajustava a gola do vestido.

Peguei o garfo, pronta para me servir do assado com ervilhas, mas, naquele momento, não me parecia tão apetitoso. Era como se meu estômago fosse um leitão escandalizado ao se deparar com um parente servido na travessa.

Será que estou doente?

Provavelmente, não. Afinal, não sentia opressão no peito, nem tosse, nem falta de ar. Era apenas falta de apetite, o que, para mim, era incomum. Talvez a culpa fosse do desconforto causado pela proximidade do senhor Flemming, que parecia me afetar bem mais do que eu gostaria.

Ou, quem sabe, fosse apenas um sinal do outono. O médico sempre me alertara de que a fraqueza pulmonar, resultado da fumaça quente que havia comprometido meus pulmões, poderia me deixar mais sensível.

– O que pensa da ideia, Emma?

Despertei do meu devaneio tarde demais.

– Tenho certeza de que ela ficará encantada em visitar novos ares, principalmente se for em minha adorável companhia – o senhor Flemming respondeu antes que eu pudesse abrir a boca, tocando suavemente a minha mão, que repousava sobre a mesa, como se aquilo fosse tão aceitável quanto normal.

Por reflexo, puxei minha mão tão rápido quanto se tivesse tocado em uma brasa viva.

Ele, como sempre imperturbável, apenas piscou, deixando um sorriso travesso brincar no canto dos lábios.

Indecente!

– Desculpa! – Dei um sorriso sem graça na direção dos idosos. – Não compreendi o que foi falado.

– Maximilian Flemming, pare de pressionar a Emma! – oma ralhou, cutucando o neto com a bengala. – Você não tem mais cinco anos.

– Querida oma, um garoto de cinco anos jamais teria todo esse charme.

Mordi o lábio, engolindo a vontade de rir que me veio a contragosto. As atitudes do senhor Flemming quase me faziam invejá-lo.

Apenas um pouquinho da autoconfiança daquele ganso atrevido já faria um bem enorme à minha vida.

– Menino tolo – ela disse, com um sorriso, enquanto o cutucava novamente com sua bengala. – Ignore-o, Emma. Eu dizia... como seria maravilhoso para nós ter a sua companhia durante a nossa viagem a Frankfurt.

Arregalei os olhos, e, muda, de queixo caído, olhei para tio Alfred, esperando que ele respondesse algo no meu lugar. Mas, em vez de falar o quanto aquela ideia era absurda, permitiu que oma continuasse:

– Confesso que estou receosa de que Maximilian e eu não consigamos chegar ao nosso destino sem nos perdermos. O pobre Max...

– Pobre Max? – o senhor Flemming resmungou, baixinho, como se, apesar de indignado, não quisesse atrapalhar a maquinação da avó.

– O *pobre Max*... – oma repetiu, com ênfase, contrariada pela interrupção, enquanto eu, cobrindo o rosto com a mão, tentava disfarçar o riso, uma mistura de pânico e diversão. – ... ele tem o senso de direção de um pássaro cego! – Ela continuou gesticulando aquela bengala de maneira quase perigosa aos meus olhos, e eu temi pela segurança do meu tio, que estava com ela do outro lado. – Sem contar que, antes dessa viagem, ele nunca tinha sequer percorrido uma distância maior que a de São Leopoldo para Porto Alegre.

– Sinto-me caluniado! – O senhor Flemming colocou a mão no peito, assumindo o papel de vítima.

Se não fosse a minha inquietação com a ideia absurda de eu viajar junto com eles, provavelmente teria rido da batalha dos dois.

– Por que eu viajaria para longe se nunca houve a necessidade disso? – o senhor Flemming perguntou, mas a idosa o ignorou.

– Sabe, Alfred, está tudo tão diferente desde que parti – a senhora Flemming disse, com a voz baixa e pesarosa, que eu poderia ter definido como de partir o coração. – Parece até que as pessoas não entendem o idioma que eu falo.

Estreitei os olhos, desconfiada com o comentário.

Aonde ela está querendo chegar com isso?

– Entendo sua preocupação, Gerty – tio Alfred disse, empático.

Sabia que precisava ser mais esperta que aquela velha raposa e pensar rápido se quisesse impedir que ela manipulasse o meu tio para conseguir o que queria: levar-me para Frankfurt. Por isso, disse:

– Acredito que a senhora está se subestimando... – disse, com uma voz tão doce que poderia ter escorrido mel pelos meus lábios. – ... Eu a compreendo perfeitamente.

Quando a senhora Flemming olhou para mim com um sorriso de quem comera o último biscoito de Natal e ainda tinha migalhas nos lábios como prova do crime, eu soube que estava encrencada. Ela havia me atraído para a sua armadilha, e eu tinha caído com a ingenuidade de uma leitora de romance que acredita que todos os homens podem ser como o senhor Darcy.

– Então, está resolvido! – a senhora Flemming exclamou, triunfante. – Você virá conosco. Assim poderá nos ajudar caso alguém não nos entenda.

Uma solteirona alemã por conveniência

Sem contar que viajar é melhor do que ficar trancada nesta casa imensa. Então, enquanto Max cuida da nossa missão, você me fará companhia – ela continuou, sem tomar fôlego, como se já tivesse planejado tudo. – Estou animada para visitar boas casas de chás e a biblioteca da cidade.

Ao contrário dela, eu não estava nada animada com tal possibilidade. Apesar de que, talvez, isso fosse uma oportunidade de eu visitar o *Karmeliterkloster* – o convento carmelita cuja principal atração são os murais do século XVI criados por Jörg Ratgeb.

Apesar dos meus interesses históricos, ainda preferiria ficar em casa com os meus livros. Sem contar que havia tanto que eu precisava fazer até a minha mudança para a casa de tio Alfred. Não que estivesse ansiosa por isso, mas em algum momento os visitantes retornariam para o Novo Mundo. E eu me despediria do resto de liberdade que havia tido até a morte da minha avó.

– Agradeço muito pelo convite, mas lamento não poder acompanhá-los nessa viagem. Talvez a senhora não saiba, mas estou organizando minha mudança. Partirei para a casa de tio Alfred assim que vocês retornarem ao Novo Mundo.

– Você está de mudança? – a senhora Flemming perguntou, sem esconder a mesma curiosidade que eu vi refletida nos olhos do neto dela.

– Sim, Gerty. Afinal, como eu poderia deixar Emma sozinha nesta casa? – tio Alfred respondeu no meu lugar. – Claro que eu poderia permanecer com Emma aqui nesta cidade insalubre, mas, sinceramente, de que adiantaria? Com a idade dela, as chances de um casamento aceitável estão cada vez mais distantes. – Ele completou, falando como se não se desse conta de que estava me expondo ao ridículo.

– Tio Alfred! – Meu rosto queimou de vergonha.

Oma, que se levantara da mesa – *sem o auxílio da bengala* –, aproximou-se de mim e, dando leves batidinhas na minha mão, como se quisesse me consolar, disse:

– Não se zangue. Seu tio não teve a intenção de chamá-la de solteirona.

Antes que a indignação fizesse evaporar o sangue que corria em minhas veias, forcei um sorriso, tentando esconder o desconforto que me sufocava.

– Não quis? – o senhor Flemming sussurrou, e sua avó, em resposta, lançou-lhe um olhar fulminante.

– Seu tio apenas se preocupa que você fique desamparada neste mundo após a partida dele, Emma – oma justificou, sua voz carregada de sinceridade, apesar de suas palavras sempre saírem como uma enxurrada invadindo uma casa despreparada. – Preciso lhe contar que uma mulher sozinha enfrenta muitos desafios.

– É tão injusto tudo o que nós, mulheres, precisamos aceitar... – lamentei, desanimada. – Como se nossa vida fosse um jogo de azar com cartas marcadas.

A mesa ficou em silêncio por um momento. Senti os olhares sobre mim, sabendo que aquele fato não poderia ser mudado.

– Essas coisas são assim desde que o mundo é mundo – tio Alfred falou, dando de ombros, como se dissesse: *o que podemos fazer?*

– Isso não impede que as mulheres se sintam incomodadas por serem menos favorecidas – o senhor Flemming disse, enquanto estudava as unhas.

A surpresa em meu rosto deve ter sido evidente, pois ele apenas arqueou a sobrancelha, entretido com minha reação.

Apesar de libertino, ele parecia mais sensível às dificuldades das mulheres do que os outros homens que eu conhecia. Nem mesmo Krause, que se dizia um homem de ideias inovadoras, havia demonstrado tamanha compreensão sobre o assunto.

Será que ele estava apenas fingindo para que eu o visse com bons olhos?

Muitas vezes, eu tinha a nítida sensação de que o senhor Flemming não era inteiramente quem se mostrava ser.

– Isso não altera o fato de que as coisas são como são – tio Alfred rebateu. – As mulheres precisam de um homem para ampará-las.

– Talvez nós, mulheres, pudéssemos trabalhar e cuidar de nós mesmas – murmurei, mais para mim do que para os outros.

A cadeira de tio Alfred rangeu quando ele se virou para mim, franzindo o cenho.

– Como isso seria possível? – Seu olhar refletia a incredulidade de quem acabara de ouvir um disparate. – Emma, você nunca trabalhou! Se tivesse trabalhado, entenderia o quanto tem sorte de não precisar se submeter a uma vida degradante como fazem as mulheres que não têm a proteção de um pai, marido ou tio para sustentá-las.

Abri a boca para retrucar, mas a fechei mais uma vez.

Faltou-me coragem para argumentar.

Para dizer ao meu tio que uma mulher poderia fazer muito mais do que apenas aceitar um trabalho sub-humano em fábricas.

Eu sabia que suas preocupações eram legítimas. Mas doía pensar que eu deveria me dar por satisfeita com minha vida, ainda que meu coração clamasse por liberdade.

Sendo assim, apenas afirmei com a cabeça, resignada.

– Acredito que Gertrudes tenha razão.

– Eu tenho? – oma arregalou os olhos, surpresa, mas logo endireitou a postura, recompondo-se com altivez. – Sim, claro que tenho... mas a que exatamente você se refere, Alfred?

– Uma viagem fará muito bem a Emma – tio Alfred anunciou, com um tom categórico na voz.

Ergui o olhar rapidamente, prestes a protestar, mas ele levantou a mão para me silenciar.

– Desde que sua avó morreu, você vive trancada nesta casa, comendo biscoitos e mergulhada nos livros. – Sua voz suavizou levemente. – Em Frankfurt, poderá conhecer novas pessoas. Quem sabe até nos surpreender... encontrando um casamento.

Minhas mãos se apertaram sobre o colo, enquanto meu estômago se revirava de indignação.

– Apesar da minha idade – murmurei, desviando o olhar, carregando a voz com ironia.

– O que disse?

A pergunta de tio Alfred e o olhar zombeteiro do senhor Flemming deixaram claro que eu havia resmungado mais alto do que pretendia.

– Disse que seria uma boa oportunidade.

Oh, não!

Assim que as palavras escaparam dos meus lábios, percebi meu erro fatal.

Na pressa de corrigir meu resmungo, acabei, sem querer, reforçando os argumentos deles.

– Que bom que concorda! – oma exclamou, radiante.

Revirei os olhos, exasperada.

– A verdade é que acho muito imprudente viajar para tão longe... – tentei argumentar, fingindo preocupação. Se não conseguisse dissuadi-los, ao menos poderia apelar para a prudência.

– Outro dia mesmo, li no jornal sobre os perigos de viajar de carroça por horas a fio e o quanto isso pode prejudicar a saúde permanentemente.

A mentira saiu com facilidade, sem peso na consciência.

Era uma emergência.

– Mas a viagem será feita inteiramente de trem.

Arregalei os olhos, fulminando o senhor Flemming com um olhar de pura fúria.

Ele apenas deu de ombros, com um sorriso angelical.

Dissimulado!

– Mas, tio Alfred, o senhor se dá conta de que está enviando sua única sobrinha para uma viagem de trem? – apelei descaradamente para o sentimentalismo.

Ele sustentou meu olhar por um instante e, então respondeu:

– Sim, estou.

Endireitei-me na cadeira, respirando fundo. Se o senhor Flemming podia ser teimoso, eu poderia ser ainda mais.

– Mas, tio, duvido que o senhor tenha lido, na semana passada, no *Jornal de Hamburgo*, sobre o risco de contrair doenças nesse tipo de viagem. – Falei pausadamente, como se explicasse algo óbvio a uma criança.

Olhei de esguelha para o senhor Flemming, lançando-lhe um olhar de triunfo ao ver tio Alfred hesitar.

Agoraa sim!
Minha vitória era certa!
Aproveitei o silêncio carregado, baixando os olhos para minhas mãos sobre o colo, contendo um sorriso de alívio. O pior já passara!
Agora, eu só precisava esperar que a conversa mudasse de assunto, enquanto mentalmente já enumerava os livros que leria no período de tranquilidade e sossego que se seguiria sem o senhor Flemming por perto.
Talvez até reler Orgulho e preconceito...
Mas, então, ela falou.
– Mas o que não é perigoso nesta vida? – oma argumentou, desafiadora.
Ergui a cabeça imediatamente, sentindo um arrepio de alerta subir pela espinha.
– Outro dia mesmo, lá em casa, o pequeno Max...
– Oma! – o senhor Flemming protestou, escandalizado.
Cobri a boca com as mãos para conter o riso, observando a pele dourada dele corar como um tomate maduro.
– De qualquer modo, não se preocupe, Emma! – tio Alfred interveio, sua voz carregada de uma certeza perigosa.
Assenti com um sorriso inocente, certa de que minha brilhante argumentação havia sido suficiente para livrar-me dessa loucura.
Mas meu alívio se desfez instantaneamente, como um castelo de cartas sendo derrubado pelo vento, quando ele completou:
– É justamente por isso que irei junto... Irei para cuidar de você.
– O senhor vai? – minha voz saiu tão alta quanto um grito.
– Que notícia fantástica, Alfred! – oma exclamou, radiante.
Minha cabeça girou.
Era isso. A derrota absoluta.
Eu não sabia se chorava, se protestava ou se simplesmente aceitava meu destino e começava a empacotar meus vestidos.
Mas, antes de qualquer decisão, o senhor Flemming já me observava do outro lado da mesa, com um brilho divertido no olhar.
Como se soubesse que, no fim, eu não tinha a menor chance de escapar dele.

CAPÍTULO 8

Dois dias depois – e apenas um antes da viagem –, eu estava distraída na sala íntima, meu livro aberto e anotações espalhadas sobre a mesa, quando o toc-toc já conhecido reverberou pelo piso de madeira.

Oma.

Levantei os olhos e sorri ao vê-la entrar, seus passos lentos, mas firmes, avançando na minha direção.

– Bom dia, oma! – saudei, rapidamente juntando os papéis dentro do livro antes de fechá-lo.

– Bom dia, Emma! – ela respondeu, seu sorriso tão brilhante quanto o sol da manhã, que inundava o ambiente com uma luz dourada e acolhedora. Do lado de fora, folhas coloridas desprendiam-se com elegância das copas das árvores, bailando ao ritmo da brisa outonal.

– A senhora gostaria de sentar-se aqui comigo? – convidei-a com um aceno cordial para o sofá perto da janela. – Acabei de pedir chá de frutas e alguns *vanillekipferl*.

Oma arregalou os olhos, inclinando-se ligeiramente para a frente, como quem compartilha um segredo.

– Vejo que você gosta muito desses biscoitos natalinos... – Ela sussurrou, cúmplice. – Sou louca por eles.

— Sim, eles são um clássico natalino... mas meu problema é que eu os como o ano inteiro — confessei, com um sorriso acanhado.

— Eu também! — A idosa riu, acomodando-se ao meu lado. — Não entendo por que as pessoas só comem biscoitos natalinos no Natal.

— Talvez porque... eles sejam biscoitos natalinos? — Dei de ombros, divertida.

Oma franziu os lábios, fingindo ponderar.

— Pois agora recuso-me a chamá-los assim!

— E como a senhora os chamaria? — perguntei, arqueando levemente as sobrancelhas.

Ela olhou para o teto, pensativa, como se buscasse inspiração divina.

— Já sei! Que tal *GlücksKipferl*?

— Meia-lua da felicidade... — repeti, olhando para os biscoitos recém-assados que a governanta acabara de trazer. Depois de uma breve reflexão, sugeri: — *Kipferl* faz referência à forma, mas que tal *Glückskeks*?

Oma ergueu um dos biscoitos com ambas as mãos, como se fosse uma oferenda sagrada.

— Perfeito! Está decidido: de agora em diante, eles serão chamados "Biscoitos da Felicidade"! — declarou, solenemente.

— Acredito que fizemos uma excelente escolha. — Sorri, selando nossa decisão com um aceno cúmplice, enquanto mordiscava um dos agora oficialmente rebatizados biscoitos. As migalhas dançaram sobre minha saia, misturadas ao som leve de risos compartilhados.

Depois que a empolgação do momento se dissipou, perguntei:

— A senhora se sente melhor hoje?

— Ah, sim. Muito melhor depois do medicamento que Alfred me deu para a enxaqueca.

— Tio Alfred tem um grande interesse no estudo das plantas para fins curativos — comentei, levando minha xícara de chá aos lábios.

— Sim, percebi.

Oma girou a colherzinha de prata dentro da própria xícara, observando o líquido quente com um brilho especulativo no olhar.

– Não deixe que ele descubra que conversamos sobre isso, mas... acredito que o sonho dele era ter estudado medicina.

Ela arqueou uma sobrancelha, interessada.

– É mesmo?

– Sim. Mas, sendo o único filho homem, isso era inaceitável. – Soltei um suspiro. – Como herdeiro, ele precisava administrar as terras e assumir as responsabilidades do título de conde.

Oma bateu levemente os dedos sobre o braço do sofá, como se ponderasse algo importante.

– Greta, minha neta, ficaria encantada em conhecê-lo.

Levantei os olhos, surpresa.

– Ela também se interessa por medicina?

Oma esticou o peito com orgulho.

– Durante anos, Greta trabalhou como assistente do médico da nossa colônia. – Seus lábios se curvaram em um sorriso cheio de afeto. – Ela mostrou tanta determinação e competência que, no fim, convenceu toda a família a apoiar sua decisão de cursar medicina.

Fiquei impressionada. Não só pelo fato de uma mulher sonhar com a medicina, mas também pelo apoio da família.

Ajeitei meus óculos sobre o nariz, fascinada.

– Que incrível!

– Ela é uma jovem admirável. Sempre soube que Greta não aceitaria um destino comum. – Oma sorriu, com um brilho orgulhoso nos olhos.

Eu tomei outro gole de chá, refletindo sobre a liberdade e a coragem da jovem Greta.

Talvez... apenas talvez... ela fosse uma mulher com a qual eu poderia aprender muito.

Nunca havia ouvido falar de uma mulher que estudasse medicina. Isso, sem dúvida, era algo inédito, e eu mal conseguia esconder meu espanto diante daquela notícia grandiosa. Para mim, foi como se tivesse acabado de ler um final mágico, digno dos contos de fadas.

Uma solteirona alemã por conveniência

Talvez o Novo Mundo não seja tão atrasado e primitivo quanto dizem. Quem dera o estudo nas universidades também fosse permitido para nós, mulheres do Velho Mundo.

Para mim, aquilo era tão extraordinário que me peguei pensando no que estudaria caso tivesse uma oportunidade como aquela.

Direito? – Oh, não, pelo amor de Deus! Isso seria muito enfadonho.

Medicina? – Jamais! Eu desmaiaria diante dos enfermos.

Engenharia? Impossível! Mal consigo fazer os cálculos simples.

– É permitido que as mulheres cursem a universidade no Império do Brasil? – Coloquei um biscoito na boca, com o coração disparado, aguardando a resposta.

– Não que eu saiba. – Oma bebeu um gole do chá, antes de completar: – Mas isso não vai impedir minha Greta de, ao menos, tentar. Agora ela está na casa da tia materna, com Adele como sua acompanhante, decidida a encontrar uma maneira de ser aceita pela universidade – afirmou com firmeza, como se quisesse parecer severa, mas o brilho nos olhos emocionados era de evidente admiração pela neta. – Aquela menina, quando coloca algo naquela cabeça... Sinceramente, não sei a quem puxou.

Sorri, tocada pelo amor que aquela avó demonstrava pelos netos, recordando com carinho os meus.

– Imagino que já esteja com saudades de casa.

– Um pouquinho – admitiu, com um sorriso melancólico. – Em especial da Docinho, a cadelinha que acredito que você já conheça. Tem sido minha companhia constante, alegrando os dias. – Oma abanou a cabeça, como se tentasse espantar a saudade. – Mas tenho uma missão a cumprir aqui e só volto quando estiver resolvida!

– Não se preocupe. Será fácil encontrar o professor Reis – tentei parecer otimista. Afinal, não fazia ideia dos detalhes da tal "missão" nem tinha curiosidade em saber.

– Também acredito.

Coloquei outro biscoito inteiro na boca para não precisar responder à idosa, que às vezes me parecia meio confusa.

– Estou atrapalhando? – perguntou, com um sorriso. – Parecia tão compenetrada escrevendo quando cheguei.

– De modo algum. Apenas marcava alguns trechos do livro que estou lendo.

– Mas por que faria isso? – O olhar exibia uma mistura de curiosidade e desaprovação.

– Marco os parágrafos mais importantes para encontrá-los com mais facilidade posteriormente, caso deseje.

– Certo dia, Judite e eu presenciamos o neto da nossa amiga, Anna, fazendo o mesmo em um de seus livros de estudo. Judite, claro, ficou ainda mais horrorizada que eu, pois adora uma fofoca. – Revirou os olhos, frisando bem a palavra, como se a achasse quase tão abominável quanto o hábito de rabiscar livros. – Para mim, e para Judite também, esse costume é um tanto peculiar – murmurou, com um sorriso que mais parecia uma careta. – Diga-me, rabiscar as páginas é algo comum aqui no Velho Mundo?

– Não exatamente. – Dei de ombros. – Não conheço ninguém além de mim.

– O professor Neumann parecia adepto desse costume.

– Sim, é verdade! – confessei, com um sorriso saudoso. – Acredito que tenha me influenciado.

– Amo nossa Agnes, mas confesso que não vi com bons olhos o fato de o pai dela ter riscado as Escrituras, como se fosse um pagão – oma sussurrou, balançando a cabeça em indignação. – Não consigo entender como um homem temente a Deus risca a Bíblia.

– Acredito que fizesse isso para memorizá-la melhor – justifiquei, com o rosto em brasas, sabendo que fazia o mesmo. – Afinal, de que adiantaria a Bíblia parecer intocável se seu dono não conhecesse o conteúdo?

Oma refletiu por um momento antes de responder:

– Faz certo sentido.

Estiquei os lábios em um sorriso, sem acreditar que a convencera de algo.

– Mas não havia lógica no que fez ao rabiscar apenas dois versículos – disse, inconformada, balançando o dedo indicador em negação. – Queria decorá-los? Ora, poderia muito bem tê-los escrito em outro lugar. Assim, alcançaria o mesmo propósito.

— De fato — precisei concordar. — Parece, no mínimo, curioso.

— Sem contar que só um deles fazia sentido com toda aquela perseguição daquele homem, mas o outro...

— Sabe quais eram? — perguntei, depois de beber um gole de chá, olhando por entre as lentes embaçadas dos óculos.

— Ah, não dei muita importância. — Oma deu de ombros. — Estava cansada no dia. — Fez quase uma careta, como se tentasse lembrar. — Mas recordo que o versículo que não fazia sentido era a data do meu nascimento.

— Qual é a data do seu nascimento?

— Nove de abril — sussurrou, com a mão em concha, como se fosse um segredo e não estivéssemos sozinhas.

— De qual livro?

— Deixe-me ver... — Coçou a cabeça, puxando pela memória. — Sei que era no Novo Testamento...

— Antes ou depois da crucificação?

— Ah, sinto muito, esqueci.

— Não importa — eu disse, servindo um pouco mais de chá para nós duas. — Era apenas curiosidade.

— Ah, lembrei! — exclamou, e com o susto derramei um pouco do líquido rosado sobre a mesinha de centro. — Era Atos dos Apóstolos — revelou, animada, enquanto eu, corada e constrangida pela distração, usava meu lenço para enxugar a mesa. — Sabe me informar se Maximilian já tomou o desjejum?

— Não. Eu o vi apenas rapidamente quando desci logo cedo — respondi, repreendendo-me por, no fundo, ter lamentado ter sido tão breve. — Pelo visto, tio Alfred e ele madrugaram. Ouvi-os comentar que sairiam para cuidar dos últimos preparativos da viagem de amanhã.

— Ainda está desanimada com a ideia de viajar conosco? — A senhora Flemming inclinou a cabeça, esboçando uma expressão de desamparo. — Confesso que me sinto culpada por obrigá-la a nos acompanhar.

Fingi não notar que seus olhos traíam a sinceridade de suas palavras. Para mim, não havia uma gota de arrependimento correndo em suas veias. Ainda assim, já que não havia o que fazer, sorri.

— Não precisa se sentir assim. — Tentei aliviar o desconforto, que só eu sentia. Afinal, o que mais poderia responder? — Acredito que vou gostar de conhecer a cidade.

— Tenho certeza de que sim — oma afirmou, e um brilho de nostalgia iluminou seu olhar. — Meu esposo conheceu Frankfurt quando criança.

— O que dizia da cidade?

— Quase nada. Não escondia sua preferência pela vida no campo — respondeu, olhando para um ponto distante, como se buscasse lembranças do passado.

— O que levou vocês a deixar tudo para trás e partir?

— A fome, as guerras e as doenças tornaram-se cada vez mais frequentes e impiedosas. Não havia esperança de dias melhores para nenhum de nós. Muitas vezes, perguntava-me que tipo de vida estaríamos deixando para nossos descendentes. — Ela abriu suas lembranças sem reservas, talvez encorajada pelo meu genuíno interesse. — A pedido do imperador brasileiro, o major Jorge von Schaeffer e seus homens percorreram as províncias germânicas, de norte ao sul, para encorajar famílias inteiras a emigrar. Eles nos ofereceram uma série de vantagens, entre elas: os custos das passagens, a promessa de um lote de terra para cultivo, alguns animais e o salário garantido por um ano.

Sem desviar o olhar, coloquei o último biscoito da felicidade na boca, fascinada pela história da família, que parecia tão emocionante quanto um dos romances da senhorita Austen ou de lady Lottie. Imaginei o quanto seria interessante ler um livro contando a vida daquela senhora — uma história verídica de uma mulher forte e resiliente.

— Em comum acordo, vendemos tudo que tínhamos e nos juntamos a uma caravana rumo a Hamburgo, de onde partiria o navio: meu marido, meu único filho, a mulher dele, Klaus, ainda um bebê recém-nascido, e eu.

— Não teve medo de perder o pouco que tinha?

– Escute esta velha mulher: quem teme o futuro jamais sairá do passado. – Os olhos estreitaram-se com as lembranças dos dias desafiadores. – Não vou lhe enganar dizendo que foram dias fáceis. Longe disso, Emma, a viagem foi infernal. Passamos fome, frio e dormimos ao relento por meses. Mas foi só ao embarcarmos no navio que descobrimos que o pior ainda estava por vir. E, quando desembarcamos em terras brasileiras, ficou claro que tudo que havíamos suportado até ali era apenas o começo.

Só notei que havia esquecido de respirar quando oma fez uma pausa para beber um gole do chá, já frio. Copiei o gesto sem pestanejar, receosa de perder alguma parte da narrativa.

– A terra que nos deram era um pântano no meio da mata virgem. Mas não nos acovardamos, apesar da comida estranha, dos animais perigosos, dos insetos horrendos e dos nativos, que não nos queriam ali. Trabalhamos sem descanso e construímos, com suor e lágrimas, uma comunidade forte e unida – contou com uma voz cheia de paixão, como se revivesse aquela jornada. – Infelizmente, anos depois, perdi metade da família em um curto espaço de tempo. Meu marido foi o primeiro, depois minha nora... e, por fim, meu filho.

– Sinto muito! – Coloquei a mão suavemente sobre a dela.

– Foi há muito tempo – respondeu com um sorriso, tentando me convencer de que havia superado a dor. – Deus foi bom comigo e me deixou três maravilhosas razões para continuar vivendo: Klaus, Max e Greta.

– A senhora se arrepende?

– Oh, por favor, me chame de oma!

Concordei imediatamente com o pedido, oferecendo-lhe um sincero e amigável sorriso.

– De termos seguido o coração em busca de uma vida melhor? – oma perguntou, e respondi com um breve aceno de cabeça. – Não. Aquela é a nossa terra, e fomos e ainda somos felizes nela.

Engoli em seco, esforçando-me para absorver as sementes de esperança que lançava e que chegavam aos meus ouvidos como palavras carregadas de amor.

– Gostaria de saber o que aprendi com todos esses anos, Emma?
– Sim, gostaria muitíssimo.
– A felicidade não pode ser contada em anos, e sim em momentos.

Desviei os olhos para conter as lágrimas, querendo escrever aquelas palavras nas paredes do meu coração.

– Como partiram?
– Meu marido morreu do coração, enquanto trabalhava no campo. Minha nora morreu em um incêndio terrível, quando as crianças ainda eram pequenas.

Calou-se por um instante – ou ao menos pareceu. Incêndio... aquela palavra, que tinha gosto de fumaça e dor, me transportou para outro momento, em que as chamas e o calor sufocante consumiram tudo o que eu tinha, deixando-me apenas farrapos sobre a pele e lembranças angustiantes.

Minha garganta secou. Com a mão esquerda, percorri a gola do vestido, como se, ao tocá-la, pudesse ocultar as marcas que ameaçavam trazer à tona memórias escondidas. Com a outra, tateei a mesa em busca do chá... Quem sabe, com um gole do líquido frio, pudesse lavar as cinzas que me queimavam por dentro.

– Emma, você está bem?

Os cantos da minha boca curvaram-se em uma tentativa débil de sorrir, enquanto afirmava com um aceno de cabeça que sim, temendo que a minha voz denunciasse minha verdade.

– Já o meu filho... – oma continuou, com a voz vacilante. – Ele, que nunca se recuperou da morte da esposa, alistou-se para lutar contra o Império por causa dos altos impostos e das injustiças com o nosso povo e acabou sendo abatido na guerra que nós chamamos de Revolução Farroupilha.

– Sinto muito – disse, com um fio de voz.

Naquele momento, me dei conta que o senhor Flemming e eu tínhamos mais em comum do que eu poderia imaginar.

CAPÍTULO 9

– Será mesmo necessário usar isso durante a viagem? – o senhor Flemming sussurrou atrás de mim enquanto subíamos no trem.

O perfume de madeira polida, chá fraco e charuto flutuava no ar, misturando-se aos murmúrios das conversas dos passageiros já embarcados. Respirei fundo e subi as escadas, deixando do lado de fora o cheiro de madeira queimada e óleo do maquinário.

O incômodo que o odor de fumaça me provocava foi aliviado assim que adentramos o vagão da primeira classe, onde o ambiente austero, mas aconchegante, revelava poltronas forradas em veludo vermelho e cortinas pesadas que emolduravam as janelas amplas e altas.

Reprimi o riso ao ver a expressão de sofrimento no rosto do senhor Flemming.

Ele sacudia a mão grossa e levemente dourada, tentando calçar as luvas brancas que tio Alfred, ao saber que ele não possuía nenhuma, lhe emprestara, insistindo que as usasse durante a viagem, como era de costume entre os cavalheiros.

Apesar de vestido com roupas novas, escolhidas sob a supervisão de tio Alfred, estava evidente que era apenas um charmoso homem do campo.

Afinal, não eram as vestimentas que determinavam a elegância, mas, sim, o comportamento e a fala.

Ainda que deslumbrante no traje em tons de azul, destoava entre os passageiros da primeira classe, assim como sua avó. Apesar de ter adquirido algumas roupas novas – coloridas e de bom caimento –, vestia-se de modo festivo demais para os padrões da sociedade aos quais estávamos acostumados.

No entanto, apesar dos olhares curiosos e julgadores por onde passávamos, em nenhum momento nos envergonhamos de nossos novos amigos. Nem mesmo tio Alfred, sempre tão rigoroso quanto às regras sociais, parecia se importar.

Ao contrário, surpreendia-me um pouco mais a cada dia com as atenções dispensadas a uma certa idosa. Ainda que eu não ousasse perguntar ou comentar, estava certa de que ele estava tão apaixonado quanto um jovem em seu primeiro amor.

– Deixe-me ajudá-lo – ofereci, acomodando o livro sob o braço, onde também havia guardado os papéis do professor Reis.

O primeiro dos muitos erros que cometeria durante aquela viagem – à qual me opus desde o início – aconteceu quando tomei suas mãos entre as minhas e senti, através do tecido rendado das luvas, o calor que emanava da sua pele.

Ao correr os olhos pelas mãos dele, as minhas criaram vida própria, deslizando sobre os pelos dourados que escondiam pequenas cicatrizes, convidando-me, de forma quase indecente, a segui-los até o punho do casaco.

O tecido bem cortado deixava pouco para a minha fértil e atrevida imaginação.

Aquelas mãos ásperas e calejadas claramente pertenciam a um trabalhador braçal, uma realidade distante do mundo de luxo e facilidades a que estava acostumada.

Era confuso, intrigante até, como algo desprovido de suavidade despertava pensamentos impronunciáveis, que me faziam ofegar sem querer.

Como seria o toque firme e áspero delas sobre meu rosto, caso ele me tocasse?

– Seria como a queimação que o rubor está me causando?

– Não estou certo de ter entendido – ele sussurrou, a voz rouca, como se carregasse o peso das palavras de um romance proibido.

Soltei suas mãos como se tivesse tocado brasas vivas, percebendo, horrorizada, que eu pensara alto.

– E-eu di-disse que não posso ficar... Digo, elas são tão justas que podem rasgar.

– Entendo. – Levou alguns instantes para continuar, como se refletisse sobre o que acabara de ouvir. Então, com um sorriso travesso, enfiou as luvas nos bolsos e, colocando o indicador sobre os meus lábios como se pedisse segredo, disse: – Acredito que seu tio não perceberá que as esqueci em casa.

Não estava certa disso, mas preferi apenas concordar com um sorriso trêmulo.

– Max, você esqueceu minha valise? – a voz de oma lembrou-me de que ainda estávamos parados no longo corredor do vagão.

– Como alguém conseguiria tal feito, com a senhora repetindo mil vezes para não a esquecer? – Piscou e riu para mim antes de beijar o rosto enrugado da avó.

– Menino impertinente! – Ela fingiu atacá-lo com a bengala, e ele fugiu na direção oposta, cobrindo a cabeça com os braços.

– Não esqueça que sou o neto preferido! – gritou de longe, e ela resmungou algo incompreensível em resposta.

O relacionamento dos dois era peculiar. Não havia as formalidades que eu conhecia tão bem e que marcavam as relações das famílias com quem convivia, incluindo a minha. Meus avós e tio Alfred sempre foram amorosos comigo, mas existia um limite claro que nunca era ultrapassado.

Já entre os Flemmings tudo parecia diferente: um relacionamento leve, franco e divertido, sem, contudo, ser desrespeitoso.

Era compreensível a afeição de Agnes por aquela família. Quem, depois de perder tudo, não gostaria de conviver com pessoas assim?

– O senhor Flemming desceu do trem? – perguntei, surpresa ao vê-lo do lado de fora.

– Está ajudando duas senhoras desacompanhadas – avisou tio Alfred, que acabara de subir.

— Meu Max sempre foi muito solícito — oma justificou, olhando o neto pela janela à direita.

— Isso que é desespero! — sussurrei, esticando o pescoço para ver melhor as duas "mulheres desamparadas", que se abanavam e riam sem parar, exibindo descaradamente o interesse pelo homem desconhecido que importunavam.

— Como disse?

— Que seu neto é um cavalheiro. — Virei o rosto para que ela não me visse revirar os olhos.

— Então, vamos esperá-lo aqui? — oma perguntou, olhando atenta ao redor, como se procurasse nossos lugares.

— Não é necessário — tio Alfred passou o braço da idosa pelo seu, e eu os segui logo atrás. — Eu mesmo irei acompanhá-las até a cabine.

O senhor Flemming não perdeu tempo. Fiz uma careta. *Parece que não terá dificuldade para encontrar uma pretendente.*

Estava, ao menos, aliviada por ter tio Alfred conosco naquela viagem, ou, naquele momento, seríamos apenas oma e eu — as abandonadas.

— Cavalheiro! — resmunguei baixinho. — Esse é bem o tipo de homem de quem uma mulher sensata deveria manter distância.

— Tentem não tocar em nada e permaneçam com as luvas até chegarmos à cabine — alertou tio Alfred mais uma vez, enquanto procurávamos nossos assentos.

Agora entendia o medo de oma de que ele se perdesse durante a viagem.

Piiiii! Piiiii!

O apito soou pela primeira vez, alertando sobre a finalização do embarque. Logo o trem começaria a vibrar suavemente sob nossos pés, e nem mesmo o luxuoso carpete do vagão poderia amortecer.

— Seria bem-feito se ele ficasse para trás — resmunguei, olhando pelas janelas, mas não havia qualquer sinal dele, sem me dar conta de que os dois idosos haviam seguido sem mim.

Será que esqueceu que é um estrangeiro e pode facilmente perder o trem?

Seria interessante ver como o senhor Flemming sobreviveria sozinho em Hamburgo. Certamente, como homem, não teria problema para encontrar um emprego no comércio, com sua constituição física avantajada.

Se bem que, provavelmente, nem precisaria trabalhar, caso usasse seus galanteios para atender senhoras desamparadas como aquelas duas que acabara de conhecer.

O coração disparou quando o apito soou pela segunda vez, anunciando que o trem estava partindo. Era a última chance para quem estava na plataforma oferecer seu adeus aos amados que embarcavam na viagem recém-iniciada.

Busquei pelas janelas um sinal do senhor Flemming correndo para alcançar o trem, mas não havia vestígio algum dele. A plataforma foi se distanciando conforme a locomotiva ganhava velocidade, cortando o ar e a paisagem externa.

O balançar do vagão, suave a princípio, tornou-se mais perceptível, e logo o som do maquinário, o atrito metálico sobre os trilhos, o tilintar das lamparinas presas às paredes amadeiradas e o assobio da locomotiva misturaram-se ao burburinho das conversas sussurradas.

A sensação de movimento e conforto criava um ambiente semelhante a um mundo à parte, onde o senhor Flemming havia sido deixado para trás. E foi assim que, abraçada ao meu livro, constatei que me importava com ele mais do que gostaria de admitir.

Em meio ao devaneio, o som dos trilhos mudou ligeiramente. Um ranger mais alto e ritmado chegou como um aviso tardio de que o chão ganharia vida sob meus pés. Surpreendida por uma curva abrupta, busquei apoio, por reflexo, no encosto das poltronas, tentando recuperar o equilíbrio. Foi em vão. O livro que eu carregava junto ao peito escapou das mãos, desabando no corredor.

– Oh, não! – murmurei, frustrada.

Minha lamentação não evitou que o livro, ao cair, espalhasse páginas e anotações pelo chão do vagão, atraindo olhares curiosos dos passageiros mais próximos.

Com a face em fogo e sem pensar duas vezes, ignorei a elegância, ajoelhando-me no chão, determinada a resgatar os pertences.

– Deixe-me ajudá-la.

O som da voz masculina, tão próxima, me fez congelar.

Levantei o olhar para o homem ajoelhado diante de mim e, para o meu espanto, deparei-me com o senhor Flemming.

– Co-como conseguiu subir?

– Usei a escada – piscou, com um sorriso travesso brincando nos lábios, enquanto organizava as folhas que acabara de juntar.

– Engraçadinho! – Puxei as páginas de suas mãos, enfiando-as de volta no livro. – Obrigada!

Será que ele acredita que sou o tipo de mulher que basta um sorrisinho para me derreter aos seus pés?

Ergui o olhar e notei que ele já estava de pé, com a mão estendida, oferecendo ajuda, enquanto eu permanecia no chão, bem aos seus pés.

Ignorando sua mão, tentei erguer-me sozinha, mas o volume das saias enrolando-se nas pernas não cooperava. Duas tentativas depois, continuava caída, roxa de vergonha e frustração.

– Não seja teimosa, deixe-me ajudá-la a levantar – a voz gentil e firme era irritante, mas o toque de paciência era ainda pior.

Diante dos olhares da plateia acomodada em suas poltronas, engoli o orgulho e aceitei sua ajuda, tentando salvar o resto da dignidade.

– Obrigada! – agradeci, com o nariz empinado e sem o olhar. – Já pode, tranquilamente, ir para sabe-se lá onde estava.

– É isso que pretendo fazer, assim que levar uma certa dama perdida até a cabine. – O Senhor Flemming cruzou os braços, avaliando-me com um sorriso contido. – Seu tio falou que a senhorita estava logo atrás deles antes de desaparecer. Logo, ofereci-me para procurá-la, com medo de que, distraída como é, tivesse entrado em uma cabine errada.

Precisei de alguns instantes para perceber que ele havia vindo pelo lado oposto ao que eu o aguardava.

Eu não o aguardava!

– Acredita que sou incapaz de perceber se estivesse no local errado? – perguntei, com o cenho franzido, mas ele apenas deu de ombros, irritando-me ainda mais.

– Voltaremos a nos tratar com tanta formalidade?

– Não pretendo chamá-lo de você na frente de ninguém – sussurrei.

– Ah, só quando estivermos sozinhos? – Um sorriso malicioso atravessou sua face sem que ele ao menos ficasse constrangido, enquanto eu poderia ser confundida com um tomate. – Gostei disso, doçura.

— E-eu me distrai olhando pelas janelas e depois, como o senhor bem sabe, acabei derrubando o livro ao tentar me equilibrar – disse tentando mudar de assunto.

— Sobre o que é esse livro?

— O senhor não leu o título quando o juntou do chão?

— Não sou tão mal-educado quanto você pensa. Não costumo sair lendo o que não me pertence.

— Confesso que tento entender o senhor, mas acabo sempre surpreendida com os seus... rompantes de cavalheirismo.

— Sinto-me envaidecido em saber que tenho ocupado tanto os seus pensamentos ao ponto de você fazer conjecturas ao meu respeito — Sr. Flemming respondeu, com um sorriso malicioso.

Senti um ardor subir pela minha face e, rápido, desviei o olhar temendo que ele testemunhasse meu constrangimento. Ele não podia descobrir que sua presença me afetava de uma maneira que eu jamais havia experimentado, um sentimento que ao mesmo tempo me apavorava e também roubava-me o ar.

– O senhor poderia, por gentileza, me indicar onde fica a cabine?

Sem esperar resposta, passei por ele, apertando-me no corredor, que parecia estreito, devido ao volume das minhas saias. Justo naquele momento, como se fosse uma conspiração do maquinista contra mim, os trilhos rangeram alto e uma nova curva abrupta roubou o chão sob meus pés, lançando-me nos braços firmes e quentes de quem eu menos queria.

Os segundos que passei envolvida ali pareceram uma eternidade.

Se não fosse a vergonha e o orgulho, talvez tivesse tentado prolongar o instante, para entender se era assim que as mocinhas dos romances se sentiam.

Com certeza, o coração da senhorita Elizabeth teria galopado tão rápido quanto o meu caso houvesse caído nos braços do senhor Darcy.

– Deixe-me segurá-la até a cabine, doçura – pediu o senhor Flemming, com um sorriso que me fez perder o fôlego só de imaginar-me de volta aos seus braços.

Neguei com a cabeça, sem coragem para enfrentar tamanha provação.

– Então, deixe-me ao menos levar o livro – ele pediu, e cedi, por medo de cair novamente.

— O senhor me considera uma tola por gostar de ler? — perguntei, entregando-lhe o livro.

— Talvez — ele deu de ombros. — Acredito que a prática pode ser prejudicial quando as mulheres são obcecadas por livros.

— Não sou obcecada!

— Então, por que precisa carregar um exemplar por toda parte? — Sr. Flemming ergueu o livro que tinha em suas mãos para enfatizar suas palavras.

— Não poderia tê-lo deixado em casa ou colocado na bagagem?

— O senhor faz parecer que a leitura é algo maléfico.

— Depende do que se lê e de como a pessoa reage ao que leu. Não nego que há quem perca o senso da realidade por causa deles...

— Só diz isso porque não conhece o prazer na leitura — retruquei, indignada com os punhos apertados ao redor do corpo.

Que homem mais estúpido! Eu já chegara a perder a noção de onde estava ou até já tropeçara por causa de um bom romance. É claro que nunca admitiria isso para aquele prepotente... arrogante...

Jamais casaria com um homem que odiava os livros.

J-A-M-A-I-S!

– O senhor desconhece o poder que os livros têm de nos levar a lugares onde nunca pisaríamos, de nos fazer refletir sobre quem somos e o que fazemos. Os livros podem nos tornar pessoas melhores.

Com uma das sobrancelhas arqueadas e olhar que sugeria impaciência, ele disse:

– Ou pode transformá-la em uma tola, fazendo-a tropeçar nos próprios pés enquanto anda distraída lendo ou, quem sabe, roubando-lhe a vida e também a paz daqueles ao seu redor.

– O senhor diz isso porque...

– Venha! – Ele segurou o meu braço com firmeza. – Vou levá-la até a cabine. Seu tio e minha oma já devem estar preocupados com você.

Surpresa com sua reação, engoli a minha resposta e o segui em silêncio.

CAPÍTULO 10

O senhor Flemming abriu a porta de correr, feita de madeira e vidro, e afastou-se para o lado, indicando que eu deveria entrar primeiro. Ao menos foi o que pensei. No entanto, assim que passei pela entrada, sem dizer uma única palavra, ele fechou a porta atrás de mim – e desse modo ela permaneceu por um bom tempo.

Na tentativa de disfarçar o constrangimento, forcei um largo sorriso e murmurei um pedido de desculpas pela demora, explicando que havia me distraído.

– Se não fosse pelo Alfred, eu também teria facilmente me perdido – oma comentou, com um sorriso gentil.

Tio Alfred, meio sem graça, sorriu para mim e corou levemente. Foi então que reparei no ambiente da cabine, onde duas poltronas duplas estavam posicionadas frente a frente, separadas apenas por uma mesa estreita. Ele estava à janela oposta ao movimento do trem, enquanto oma, sentada junto à outra janela, segurava sua mão sobre a mesa com um aperto temeroso, como se a vida dependesse daquilo.

Meu tio, o conde de Eisenburg, estava corado. Nunca imaginei que viveria para testemunhar algo tão... estranho.

— Foi uma honra ajudá-la – ele disse, dando-lhe pequenas batidinhas na mão, tentando confortá-la. – Asseguro-lhe que este é um transporte seguro. Já fiz inúmeras viagens como essa.

Revirei os olhos, colocando meu livro sobre a mesa. Como aguentar aqueles dois idosos enamorados e o galante bobo da corte, confinada em um trem por cinco longos dias – tempo que duraria nossa viagem até Frankfurt – se não existissem livros?

O itinerário fora programado para começar logo cedo, a cada manhã, e findar no início da tarde, devido à necessidade de abastecimento de água e carvão. Pernoitaríamos em quatro cidades, sendo a primeira delas Hannover – a primeira cidade do território germânico a introduzir a iluminação pública a gás.

— Max não lhe disse para onde iria? – oma perguntou, com um tom apreensivo na voz. Neguei com a cabeça. – Estou preocupada com ele, sozinho, andando nesta máquina de Satã – desabafou, apertando ainda mais a mão de tio Alfred, que já estava quase cochilando.

Permaneci calada para não acabar dizendo algo inadequado sobre o que pensava da atitude do netinho dela. Entendia que estivesse ansioso para voltar para junto das novas amigas, mas será que não poderia ao menos ter avisado à própria avó para onde iria, poupando-me do constrangimento de admitir que não fazia ideia?

Sem contar que sequer teve a decência de se despedir. Claro que não havia ido tão longe – afinal, estávamos confinados em uma locomotiva –, mas teria sido de bom-tom se ao menos tivesse dito algo antes de sair, em vez de abrir a porta de lado, como se temesse que a avó o visse e impedisse de estar com suas amigas.

— Deve ter ido apenas checar se as senhoras que ele ajudou estão bem instaladas – tio Alfred justificou, e revirei os olhos, sabendo que essa suposição era verdadeira.

Existe um "código" oculto em que todos os homens, ao nascer, juram lealdade entre si?

— Quanta gentileza! – disse baixinho, tentando esconder o gosto amargo na boca. – Talvez tenha ido olhar o funcionamento do maquinário da locomotiva e logo estará de volta. – Forcei um sorriso, pensando, injuriada, que deixei claro que não era necessário ele ter perdido tempo me acompanhando até a cabine.

Inspirada em tio Alfred, fechei os olhos. Quem sabe assim conseguiria, como ele, dormir um pouco para acalmar os nervos.

Pouco tempo depois, já mais tranquila, olhei para oma. Mantinha os olhos cerrados com força, como se estivesse com uma banda de limão na boca – diferentemente de tio Alfred, que parecia pleno em seu descanso.

– A vista não está lhe agradando? – perguntei, tentando parecer solícita, já que parecia claramente incomodada.

Desfrutaria bem mais que ela desse lugar na janela.

– O problema não é a paisagem – resmungou, apontando para fora. – Caso fosse possível enxergar algo além de meros vultos... Vinte quilômetros por hora, disse seu tio. Você consegue acreditar nesse absurdo?

Com os olhos esbugalhados e o temor evidente, agarrou-se ao assento quando mais uma curva ruidosa foi vencida. Mordi os lábios, tentando conter o riso e repreendendo-me por achar divertida a situação – exatamente como faria o neto debochado dela.

– Não há estômago que aguente ser jogado de um lado para o outro nessa velocidade vertiginosa! – resmungou, olhando de soslaio para tio Alfred.

Será que ela está com receio de que ele escute suas reclamações?

– Agora entendo o motivo de tanto conforto desse caixote sobre rodas. Afinal, quem aceitaria viajar nesse cavalo endiabrado se não houvesse ao menos algum conforto para compensar? – cochichou, levando a mão em concha à boca, mas se calou quando viu tio Alfred se mexer, confirmando minha teoria.

Olhei para a janela. Ao contrário dela, estava fascinada com o que via. A paisagem diante de mim era como uma pintura impressionista em movimento, garantindo que, a cada instante, a obra diante dos olhos se renovasse.

Naquele momento, o céu salpicado de poucas nuvens brancas estendia-se até perder de vista. Na base do quadro, em tons de ocre e marrom, os campos cobertos de restolhos dourados – últimos vestígios da colheita

– brilhavam sob a luz do sol, tomando o lugar das plantações verdejantes já colhidas.

Aqui e ali, surgiam vilarejos com casebres de estilo enxaimel, telhados de terracota e chaminés de onde subiam pequenas nuvens de fumaça. Igrejas de torres pontudas misturavam-se à paisagem, enquanto, ao fundo, colinas acanhadas despontavam em pequenas elevações, ensaiando a grandiosidade das montanhas que se erguiam no horizonte.

E, por fim, compondo o quadro, as florestas de pinheiros, em variados tons de verde, morada dos cogumelos, coelhos assustados e esquilos curiosos.

O som do arrastar da porta sinalizou sua abertura. O coração disparou no ritmo cadenciado do trem sobre os trilhos. Fechei os olhos, fingindo dormir para evitar encará-lo. Ainda assim, sua presença tornou-se impossível de ignorar.

– A senhorita é uma péssima mentirosa – o senhor Flemming sussurrou ao meu ouvido, provocando-me um arrepio na espinha antes de acomodar-se silenciosamente ao lado de tio Alfred.

Abri os olhos imediatamente, temendo que tio Alfred ou oma tivessem presenciado tamanha ousadia.

– Eles estão dormindo – sussurrou, piscando e apontando com um leve gesto de cabeça para o ronco do meu tio, que soou como confirmação.

– Ótimo. Vamos fazer o mesmo.

– Isso soa um tanto tentador – ele disse, com um sorriso insolente, arqueando três vezes as sobrancelhas de maneira exagerada, como se fosse para me irritar.

– O senhor é um desavergonhado – murmurei entre os dentes.

– Eu? – Abriu um sorriso de falsa inocência, exibindo a arcada dentária quase perfeita, não fosse por um único dente inclinado de modo quase imperceptível, um rebelde entre os outros. Um detalhe que parecia um toque a mais em seu charme libertino.

– Sim. – Estreitei os olhos, cruzando os braços. – O que aconteceu com suas novas amigas para que agora venha me importunar?

– Sentiu minha falta, doçura? – Suspirou, com uma voz que escorria mel.
– Tanto quanto de uma dor de dente – retruquei, virando o rosto na direção da janela.
– Não é isso?
Tentei ignorá-lo, mantendo-me em silêncio, mas ele parecia persistir em um monólogo, enquanto corria o olhar sobre mim de modo quase palpável.
– Então, vejamos o que poderia ser.
Com o canto dos olhos, vi quando coçou a cabeça, até que, com um estalo dos dedos, como se tivesse tido uma ideia brilhante, disse, fazendo pausas dramáticas:
– A senhorita estaria... por acaso... com ciúmes?
– Por quem me toma? – disse, injuriada, em um tom mais alto do que gostaria.
– Fale baixo ou vai acordá-los. – Colocou o dedo indicador sobre meus lábios, pedindo silêncio. Tentei mordê-lo.
– Atrevidinha! – Sorriu, malicioso, aumentando minha indignação.
– Deixe-me dormir, pois minhas novas amigas não me deram descanso.
– Seu... seu pervertido! – sibilei entre os dentes. Ele riu, já de olhos fechados, deixando-me sozinha com meus pensamentos.

Será que existe alguma jovem tola o suficiente para se casar com esse jocoso e devasso?

Não fazia sentido que alguém aceitasse um homem assim. Claro que havia moças sem opções – o que não era meu caso. Na minha cabeça, existia uma lógica: toda mulher sensata procurava um casamento seguro, alguém com quem pudesse contar, e não um desavergonhado que só pensava em diversão.

A menos que encontrasse no anúncio de jornal uma insensata que o aceitasse daquele jeito mesmo. Mas, de uma coisa, estava certa: eu é que não seria essa desmiolada.

O que será que ele fez com aquelas mulheres por tanto tempo?

Fiz uma prece mental, tentando afastar os pensamentos pecaminosos que aquele homem provocava.

– Prometo que vou ser mais frequente nos cultos de domingo! – murmurei uma promessa silenciosa.

– O pastor ficará bem feliz – ele sussurrou em resposta, ainda com os olhos fechados e os braços cruzados sobre o peito, como quem tenta encontrar uma posição para cochilar. – Mas, enquanto isso, que tal deixar os outros passageiros descansarem sem balançar tanto essa perna?

Abri e fechei a boca, engolindo a resposta que gostaria de dar. Mas, justo naquele momento, oma acordou e começou a tagarelar, cobrindo-o de perguntas e impedindo-o de dormir – o que me trouxe uma satisfação nada louvável.

No entanto, ao contrário do que eu esperava, ele não reclamou. Em vez disso, respondeu à avó com um sorriso, fazendo-a rir também.

* * *

Quando o trem chegou a Hannover, estávamos visivelmente aliviados e ansiosos para desembarcar. Diferentemente da partida, o senhor Flemming permaneceu ao nosso lado o tempo todo e ainda teve a audácia de me oferecer a mão para descer. Sem alternativa, aceitei, agradecendo aos céus por tio Alfred ter insistido no uso das luvas. Não que uma senhorita que prezasse pelo recato saísse de casa sem elas.

Na estação, o vento frio de outono soprava, trazendo o cheiro do carvão queimado, o som dos passos apressados sobre o piso de pedra e as conversas cruzadas. Homens carregavam bagagens de mão, mulheres envoltas em casacos pesados se protegiam do frio, enquanto trabalhadores descarregavam baús das locomotivas.

– Encantada com algo em particular? – O senhor Flemming inclinou-se levemente na minha direção, parecendo cheio de segundas intenções, enquanto caminhávamos para a saída. Tio Alfred e oma seguiam à frente, conversando, ou melhor, ela falando e ele, como sempre, escutando, enquanto vínhamos logo atrás.

– Não sei do que está falando.

– Não mesmo? – Ele fez um gesto discreto com a cabeça, apontando para os trabalhadores. – Parece atenta demais à paisagem.

– Apenas observando a estação – respondi, dando de ombros, antes de sussurrar: – Não que isso seja da sua conta.

– Ah, mas é claro que é – disse, com um meio sorriso, ajeitando a gola do casaco. – Afinal, está aqui para garantir que eu não me perca durante a viagem.

Revirei os olhos, mas antes que pudesse dizer algo, oma interrompeu:

– Maximilian Flemming, deixe Emma em paz. As mulheres precisam de um pouco de sossego para organizar os pensamentos, principalmente depois de sacolejar tanto – ela disse. Fez uma pequena pausa para respirar fundo e completou: – Veja, só agora consigo respirar... parecia que aquela máquina sugava o ar dos meus pulmões com aquela velocidade louca.

– Gerty, não estávamos tão rápidos assim – tio Alfred tentou acalmá-la diante de um súbito ataque de nervos.

O senhor Flemming sorriu, sem dizer mais nada, e seguimos até a hospedaria, próxima o suficiente para irmos a pé, apesar do vento gelado como companhia.

Ao chegarmos, dirigimo-nos direto aos quartos para nos aquecermos. Oma e eu dividimos um quarto grande, enquanto os homens ficaram em quartos individuais, menores e ao lado do nosso.

Nosso quarto era amplo e iluminado por janelas altas. As paredes, revestidas de papel de parede amarelo-claro com arabescos brancos, tornavam-no ainda mais acolhedor. No centro, duas camas dispostas paralelamente, cobertas com colchas de cetim amarelo-pálido decoradas com motivos florais, convidavam ao descanso merecido.

Oma, exausta da viagem, não hesitou em atender ao chamado do leito confortável. Eu, no entanto, após me refrescar, desci em busca de algo para comer. Assim que cheguei à sala de refeições, percebi que minha ideia não fora das melhores, mas não havia como retroceder sem parecer deselegante.

Logo na entrada, acomodado em uma mesa para duas pessoas, estava quem eu desejava evitar: Maximilian Flemming. Antes que conseguisse formular qualquer desculpa, ele já havia se levantado com um sorriso confiante, puxando uma cadeira à minha espera, tornando impossível fingir que não o vira.

– Não esperava encontrá-lo aqui tão cedo.

– Que alegria vê-la também, doçura! – disse, em voz alta, com uma mesura exagerada e um sorriso galante.

– Não me chame assim – sussurrei, sentando-me rapidamente e puxando o cardápio, tentando me esconder dos olhares curiosos que ele atraíra. – Já pediu algo para comer?

– Ainda não.

– Não encontrou nada que lhe agrade?

– Na verdade, nem estou com fome.

– Não? – Estreitei os olhos, avaliando-o com desconfiança. – Mas não comemos nada desde o desjejum. Tem certeza de que se sente bem?

– Está preocupada comigo, doçura?

– Não seja tolo – murmurei, ajustando os óculos sobre o nariz enquanto examinava o cardápio. – Acredito que haja algo que possa agradá-lo aqui, doçura – pisquei, com um sorriso atrevido.

Mas logo ficou evidente que minha tentativa de provocá-lo fracassara. Ele, com um olhar concentrado, pegou o cardápio, deixando claro que eu não tinha nem uma pitada de charme.

Ele deve acreditar ser o único capaz de fazer alguém rir.

Corri os olhos pelo cardápio, o rosto rubro de vergonha, indecisa diante de tantas opções disponíveis. Ele também olhou o cardápio por alguns instantes antes de colocá-lo sobre a mesa e cruzar as mãos sobre ele.

– Já decidi. E você?

– Sopa de ervilha com torradas. E o senhor?

– O trivial... carne e batatas. Simples e delicioso, não concorda?

– Sim, mas oferecem diversas opções de carne e preparo – comentei, abrindo o cardápio em sua direção. – Aqui há várias especialidades que imagino que possam lhe agradar.

– Agradeço o empenho, mas sou um homem do campo, acostumado a comida simples, que dá força para o trabalho. Não com pratos requintados e cheios de enfeites, como os cabelos de uma dama – disse, com uma careta de desgosto, apontando com um leve gesto de cabeça para a refeição do casal da mesa ao lado.

– Engraçado... para quem gosta tanto de variedade, um cardápio é como um livro aberto, cheio de possibilidades.

Ele sorriu, mas não com os olhos, como de costume. Algo em sua expressão indicava certo incômodo.

– Oma não quis descer para comer? – perguntou, lançando um olhar para a porta.

– Disse que preferia descansar um pouco e depois jantaria com tio Alfred.

* * *

– A senhora notou algo estranho em seu neto? – Virei a página do livro que repousava sobre meu colo, tentando soar casual.

Sob a luz bruxuleante da única vela sobre a mesa de cabeceira, entre nossas camas, vi oma sentar-se, já pronta para dormir, com sua touca cheia de babados e duas rodelas de pepino cobrindo os olhos.

A iluminação tênue, suficiente apenas para que eu lesse o livro em meu colo, aliada à aparência de oma – que seguia uma espécie de ritual de beleza recomendado por outra hóspede da hospedaria –, deu ao momento um toque levemente sinistro, ao menos a meu ver.

– Não – ela afastou as rodelas dos olhos, revelando um olhar preocupado. – Emma Weber, você sabe de algo que eu não fiquei sabendo?

– Não, nada. – Fechei o livro com um gesto apressado, como se pudesse encerrar a conversa, já arrependida de tê-la começado. – Eu apenas... bem...

– Diga de uma vez o que quer que seja – pediu, comprimindo os lábios antes de se deitar. – Aquele levado a destratou?

– Não. De modo algum. – Coloquei os óculos sobre a mesinha e me deitei, puxando o cobertor até o pescoço. – Mas tive a impressão de que estava incomodado... talvez até um pouco chateado comigo.

– O que levaria Max a ficar chateado com alguém tão gentil como você?
– Não sei.
– Acredito que você não deva se preocupar com isso. Max, ao contrário do que pensa, parece bem interessado em você.
– A senhora não entendeu. – Sentei-me na cama de supetão. – Não estou interessada em me candidatar como esposa do seu neto.
– Que pena!
– Oh, na-não me interprete mal – gaguejei, sentindo minhas bochechas corar. Minhas mãos inquietas alcançaram a trança grossa e escura que eu sempre usava para dormir, como se brincar com ela pudesse aliviar o desconforto. – Não é nada contra seu neto ou sua família.
– Não?

Arregalei os olhos, engolindo em seco, sem saber como responder à pergunta direta e constrangedora sem ser indelicada e sem precisar contar-lhe meus desafios. Não que eu não sentisse necessidade de me abrir com alguém.

Depois da partida de Agnes e da morte da minha avó, não me restaram amigas com quem pudesse compartilhar meus anseios. E não que eu realmente quisesse me abrir. Nem mesmo para Agnes eu havia revelado, a fundo, minhas dores e inquietações.

Oma fora a única. Afinal, esteve ali para juntar meus pedaços e costurar minhas asas. Foi ela quem me levou ao alto da torre e, lançando-me de lá, ensinou-me a voar.

Mas, desde que se foi, a vida parecia querer me podar, devolvendo-me à gaiola. Casar-se com um homem como Maximilian Flemming seria como se o pequeno pássaro aceitasse essa nova poda. Como se viajasse para uma nova terra e saboreasse o vento da liberdade apenas de dentro de sua prisão.

"Prisão" era uma palavra forte, que parecia não combinar com "casamento", mas, apesar de ser uma jovem solteira, eu não era tola. Sabia que, em muitos matrimônios, as vontades e os sonhos da esposa não eram respeitados.

Minha avó fora um exemplo disso. Era um pássaro que vivera em uma gaiola dourada, onde nada lhe faltava – limpeza, água e alimento. No entanto, ninguém jamais perguntou o que ela gostaria de fazer. Ninguém nunca se importou.

Quando, enfim, conheceu a liberdade, com a partida definitiva de seu algoz, parecia já ser tarde demais para aprender a voar. Ela recusou-se a acreditar no que seus olhos viam, mas não parecia haver mais tempo para que suas penas crescessem.

Foi então que o pássaro decidiu usar o tempo que lhe restava para ensinar outro pássaro, mais jovem e de asas podadas pela dor e pela vida, a voar. E foi assim que minha avó fez comigo. E eu voei.

Como poderia aceitar aquele homem que, um dia, poderia podar as asas que minha avó me dera?

– Estou satisfeita com minha vida como está. Além disso, não creio que daria conta de ser esposa de um fazendeiro.

– Agnes também pensava assim, e hoje é muito feliz.

– Jamais poderia me casar com um homem que me proibiria o acesso aos livros – disse em voz alta, como se precisasse ouvir minhas próprias palavras... e não as esquecer.

– Você realmente acredita que Maximilian faria isso?

– A princípio, pensei que não. Afinal, ele mesmo escreveu um anúncio à procura de uma esposa letrada. O que é curioso, já que afirmou odiar os livros – comentei, hipnotizada pela sombra dançante da vela na parede.

Oma fez uma pausa, como se ponderasse antes de continuar:

– Sabe, Emma, cada um precisa vencer seus próprios fantasmas... Acredito que você também tenha alguns que ainda não conseguiu superar, não é mesmo? Max, da mesma forma, precisa enfrentar os dele. Quem sabe vocês juntos pudessem derrotá-los com mais facilidade...

Soprei a vela, mas não consegui soprar aquelas palavras para longe de mim.

CAPÍTULO 11

Logo cedo, no dia seguinte, iniciamos a segunda etapa da viagem, e cada um de nós tentou entreter-se à sua maneira: eu, com meu livro; tio Alfred, lendo o jornal local; oma, tricotando um par de meias de inverno, que eu suspeitava serem um presente para ele; enquanto o senhor Flemming passou a maior parte do tempo dormindo.

Parecia mesmo ter descansado pouco na noite anterior, mas não fora o único. Demorei a dormir e, dessa vez, não poderia culpar a senhorita Austen, já que não foi o irresistível senhor Darcy quem ocupou meus pensamentos, e sim o senhor Flemming e as palavras de sua avó.

Ele era um homem belo, ninguém poderia negar. A maior prova eram os suspiros pouco disfarçados das jovens por onde passávamos. Diante disso, era difícil entender sua dificuldade em conseguir uma esposa onde vivia.

Se bem que já havia ouvido sobre a escassez de mulheres na colônia, o que talvez gerasse maior concorrência entre os homens de lá.

Ainda assim, custava-me acreditar que, com a aparência do senhor Flemming, não houvesse mulheres no vilarejo dispostas a se comprometer com ele, apesar de seu modo provocador e de seu caráter libertino.

Quanto ao direito de escolha das mulheres, eu imaginava que, no Novo Mundo, não fosse muito diferente do Velho. Talvez até pior. Todas nós vivíamos fadadas a acatar as determinações dos homens e chefes de família, com raríssimas exceções.

As palavras publicadas por ele no anúncio do jornal ainda ecoavam em minha cabeça. De tudo que estava escrito ali, o que mais me incomodava era sua procura por uma esposa letrada.

Por que diabos queria uma esposa letrada se, no final das contas, iria privá-la daquilo que a qualificou para tal seleção?

Com um leve balançar de cabeça, repreendi-me mentalmente por pensar como um marinheiro desbocado. Mas como evitar? Era impossível não me indignar ao imaginar minha vida sem poder ler os romances que tanto amava e que me inspiravam.

Sendo assim, havia chegado à conclusão de que nenhum homem, por mais belo e atraente que fosse – e aquele em questão ultrapassava qualquer medida necessária –, valeria tal privação.

Olhei de relance para o senhor Flemming, sentado à minha frente, como no dia anterior. Sua cabeça estava levemente reclinada para trás, deixando exposta uma boa parte do pescoço dourado.

Como o sol conseguiu queimar-lhe a pele justo ali?

Talvez precisasse trabalhar com o colarinho aberto – respondi para mim mesma, engolindo em seco. De repente, parecia que eu havia comido um punhado de cinzas de carvão da locomotiva no desjejum.

Enchi um copo de água da garrafa sobre a mesa e bebi em um único gole enquanto analisava outra possibilidade para aquele tom de mel queimado sobre sua pele.

Talvez, trabalhando sem camisa, como carregadores de bagagens do trem ou das docas, segundo uma das serviçais de nossa casa me informara.

– A senhorita gosta do que vê?

Arregalei os olhos com a pergunta que me despertou do devaneio. Só então percebi que ainda estava com os olhos fixos nele, que, por sua vez, permanecia com os olhos fechados, na mesma posição.

Como ele percebeu que eu o observava?

– E-eu? – Olhei pela janela, sentindo o rosto corar, antes de responder: – Sim, estou apreciando muitíssimo a paisagem.

– Ah, doçura, saber que tem tanto interesse pela paisagem me alegra, mas não me surpreende.

Estreitei os olhos ao perceber um tom irônico em sua voz. Olhei rapidamente para tio Alfred e oma, para checar se ainda cochilavam, antes de retrucar:

– Não estou entendendo esse seu tom.

– Não mesmo, doçura? – O senhor Flemming abriu os olhos e endireitou-se na cadeira sem pressa, fixando-me um olhar desafiador. – Curioso... pensei que uma mulher inteligente como você entenderia.

– Por que pensa assim? Só porque carrego sempre um desses objetos que o senhor tanto despreza? – disse, apontando para o livro sobre a mesa.

– Sim.

– Isso é tudo que tem a dizer?

– Sim. – Ele deu um sorriso lateral e piscou, como fazia quando queria escapar de uma conversa.

– Pois eu, não.

– Não duvido. Vocês, mulheres, têm a tendência natural de gostar de falar mais do que nós, homens. Quase não conseguimos acompanhar.

– Que grosseiro! – eu disse, revirando os olhos.

– Digo uma inverdade, doçura?

– Não tente fugir do assunto, pois tenho algo que desejo lhe perguntar.

Por um instante, pensei ter visto seu maxilar se contrair e seus lábios se comprimirem, mas devia ser só impressão, porque logo ele abriu um largo sorriso, cheio de malícia, antes de dizer:

– Sou todo seu!

Corei violentamente ao imaginar o que faria se ele fosse todo meu. Certamente, começaria deslizando as mãos por sua face, coberta pela barba de dois dias, que lhe conferia uma aparência perigosa, até que meus dedos se perdessem em seus cabelos lisos e loiros, como as folhas douradas do outono, para sentir sua textura.

– E-eu andei pensando.

– Ora, ora! Andou pensando em mim... – ele fez uma pequena pausa – ... outra vez? – Sorriu com satisfação, aprumando-se no assento. – Resolveu candidatar-se ao meu anúncio?

Observei-o por um instante em silêncio, antes de falar:

– O senhor se considera mesmo irresistível, não é verdade?

– Sou? Isso eu adoraria que você me respondesse, doçura. – Ele passou a mão pelos cabelos revoltos, tão rebeldes quanto ele, como eu mesma desejava fazer.

Bufei, sem saber o que dizer. Usei o livro para me abanar, incomodada com a temperatura que parecia ter aumentado de repente.

– Seu precioso livro é grosso demais para ser usado como abanador. – Ele piscou, com um sorriso insolente. – Deixe-me ajudá-la a aplacar esse calor.

– Senhor Flemming! – Olhei para os lados, desesperada.

– O que a aflige, doçura? – Ele puxou delicadamente o jornal dobrado sobre uma das pernas de tio Alfred e me abanou com tranquilidade.

– Pare já com isso! – ordenei baixinho, gesticulando como uma desvairada, temendo ser flagrada naquela situação constrangedora. Meu rosto ardia, e meu coração doía de medo de que alguém nos escutasse.

Mas, ao mesmo tempo, sentia-me envaidecida pelo interesse de um homem como aquele, a tal ponto que quase fui capaz de esquecer a imagem medonha que vi, uma única vez, refletida no espelho do meu quarto. Quase acreditei que era linda.

Ajustei a gola do vestido e, com um gesto negativo de cabeça, tentei retornar à realidade. Contudo, levei alguns instantes para recordar o objetivo que havia traçado ao acordar naquele dia: confrontá-lo.

– O senhor parece estar tentando me distrair.

– Estou conseguindo? – Um sorriso travesso dançou em seus lábios.

– N-não! – respondi, desconcertada. – Quero lhe perguntar: por que deseja uma esposa letrada se vai proibi-la de ter acesso aos livros?

– Nunca disse isso.

– Não foi necessário.

– Gostaria que minha esposa fosse capaz de educar nossos filhos. Além disso, espero, é claro, poder conversar com ela sobre algo mais do que apenas o tempo.

– Entendo. Imagino que... como o lugar ainda é um tanto...

– Primitivo? Isso que você queria dizer?

– Rudimentar era a palavra. – Ajustei os óculos sobre o nariz. – Não há quem possa ensinar as crianças da comunidade? Assim, o senhor poderia se casar com a mulher que ama.

– Você é mesmo tão sonhadora quanto imaginei – ele disse, com um tom quase debochado. – Cuidado com as fantasias de seus livros, doçura.

– O senhor acredita que os livros podem me fazer mal? Que imaginar um mundo melhor é prejudicial?

– O que sei é que eles podem levar pessoas a perder o juízo, até o ponto de morrer por eles.

Engoli em seco ao ver que o sorriso, que costumava iluminar seu rosto, murchara. A dor ficou evidente no azul de seus olhos, sem o charme sempre presente para ocultá-la.

– O senhor se refere à sua mãe?

Ele congelou por um instante, olhando-me, antes de responder:

– Não quero falar sobre isso.

– Entendo mais do que possa imaginar.

Ele olhou para a janela, com o maxilar tenso, evitando encarar-me.

– Então por que pergunta como uma velha mexeriqueira? – Seus olhos estavam cheios de ressentimento quando finalmente me olhou.

– Por quem me toma? Meu desejo era apenas ajudá-lo.

Ele respirou fundo, disfarçando a inquietação com um sorriso forçado.

– Não preciso de ajuda.

Eu o desafiei com o olhar, decidida.

– Não mesmo? – Arranquei o jornal de suas mãos. – Então, pode, por gentileza, ler a matéria para mim?

O senhor Flemming soltou um riso curto, carregado de deboche.

– Não consegue ler por si mesma? – Ele se acomodou na poltrona, cruzando os braços e reclinando o pescoço para trás, como se tivesse a intenção de voltar a dormir.

– Posso ajudá-lo – sussurrei, temerosa.

Ele alinhou a postura e, com as duas mãos espalmadas sobre a mesa, pela primeira vez, havia raiva em seu olhar.

– O que você quer de mim?

Respirei fundo. Estava apreensiva, mas sabia que não podia recuar. Assim, com coragem e um leve tremor na voz, disse:

– Quero ensiná-lo a ler.

Ele engoliu em seco e levou alguns instantes antes de responder, ríspido:

– Meta-se com sua vida. – Com o dedo apontado para mim, disse entre os dentes: – Eu a proíbo de repetir isso outra vez.

– Quem mais sabe disso?

– Ninguém.

– Prometo que jamais contarei a alguém, mas diga-me, como conseguiu esconder isso por todos esses anos?

– Sou bom com números, e isso é tudo o que importa para trabalhar em uma fazenda. – Deu de ombros.

– Mas, se souber ler e escrever, ninguém irá enganá-lo com documentos e...

Parei por um instante, e tudo ficou claro para mim.

– Então é por isso que deseja uma esposa letrada? – perguntei, com os olhos arregalados.

Diante do silêncio dele, continuei:

– Deixe-me ensiná-lo, por favor – pedi e, levantando a mão em juramento, disse: – Prometo que ninguém jamais saberá.

Torci a boca, desanimada. O senhor Flemming passou alguns minutos me ignorando, fingindo dormir. Até que, de repente, sem abrir os olhos, ele disse:

– Se isso significar que vou passar mais tempo a sós com você... – Sua voz era tranquila, mas carregada de segundas intenções, o que quase me fez voltar atrás. – Eu aceito.

Com o coração acelerado e um sorriso vitorioso, tirei uma folha em branco de dentro do livro e, com meu pequeno lápis, comecei a colocar no papel minhas ideias para ensiná-lo.

– E não vai mais me tratar por "senhor" – ele disse, como quem não aceita objeções, e eu concordei.

CAPÍTULO 12

Chegamos no início da tarde à cidade que, segundo meu tio, era a cidade dos eruditos: Göttingen. Conhecida por sua universidade, fundada em 1734 por Jorge II, rei da Grã-Bretanha, a cidade logo se destacou no meio intelectual europeu. Apesar de suas atividades acadêmicas terem iniciado apenas em 1737, a universidade tornou-se um centro de excelência em diversas áreas do saber.

Mal percebi o tempo passar, tamanha era minha empolgação ao preparar a primeira aula de Maximilian. Durante o percurso, rabisquei no papel ideias e estratégias para que ele aprendesse o máximo possível no pouco tempo que teríamos.

Às vezes, respondia brevemente a alguma pergunta de tio Alfred ou de oma, sentindo sempre o olhar curioso de Maximilian sobre mim, mas sem o encorajar, evitando devolver o olhar. Em vez disso, mantive-me concentrada em minha empolgante tarefa. Ainda assim, cheguei a pensar em como faria para ensiná-lo sem comprometer minha reputação, diante dos galanteios descarados que ele parecia tão à vontade em distribuir.

Só percebi que havíamos chegado quando os murmúrios dos meus companheiros de cabine, aliviados, anunciaram que finalmente havíamos alcançado o destino do dia.

Depois de nos refrescarmos na hospedaria, saímos para conhecer a cidade, aproveitando o dia ensolarado de outono. As ruas estreitas e os prédios austeros carregavam o peso histórico do lugar, que se mostrava um refúgio de tranquilidade em comparação com a movimentada Hamburgo.

Contudo, insisti em voltarmos logo no início da noite, pois desejava começar as aulas de Maximilian o quanto antes. O problema foi que minha inquietação deixou tio Alfred e oma preocupados com minha saúde. Claro que rapidamente os convenci de que estava apenas cansada, por medo de acabar sendo obrigada a beber algum de seus chás ou poções milagrosas. Fiz careta só de imaginar a situação.

– Sua refeição está estragada? – Maximilian perguntou, ao perceber minha expressão durante o jantar, enquanto mexia de modo casual a sopa com a delicada colher de prata.

Virei-me para ele, sentado ao meu lado na pequena mesa, bem-arrumada com uma toalha branca impecável na sala de refeições da hospedaria pequena e aconchegante. Estreitei os olhos, zangada por ele ter atraído a atenção dos dois idosos para mim, já desconfiados.

– Não – respondi com rispidez, olhando para o prato de sopa de abóbora, um dos meus preferidos, através das minhas lentes embaçadas pelo vapor. – Está delicioso. Eu estava... apenas me lembrando de algo desagradável – completei, levando mais uma colherada do líquido quente à boca.

– Como seria sua vida sem mim? – Maximilian sussurrou ao meu ouvido.

Parte da sopa quente, que eu havia acabado de colocar na boca, espirrou sobre ele, enquanto eu tossia desesperadamente, tentando respirar.

– Engasgou-se, doçura? – Maximilian voltou a sussurrar, enquanto batia nas minhas costas.

– Tudo bem, Emma? – tio Alfred perguntou, preocupado.

Em meio à agitação, acabei esbarrando no meu copo de água, que tombou. Ainda tossindo, arregalei os olhos, sem acreditar no que estava acontecendo. Oma e tio Alfred tentavam secar o líquido derramado sobre a mesa com seus guardanapos, enquanto Maximilian, gargalhando, disse:

– Hoje você parece mais distraída do que de costume, doçura.

– Maximilian Flemming! – oma repreendeu o neto, acertando-o com a bengala por cima da mesa e derrubando o castiçal lustroso que iluminava nosso jantar, deixando-nos momentaneamente na penumbra.

Enquanto isso, eu, cravando-lhe um olhar mortal, desejava que o chão se abrisse e me engolisse, protegendo-me dos olhares curiosos dos outros hóspedes ao redor.

– Sinto muito, tio Alfred – murmurei, com a voz fraca, sentindo que a qualquer momento choraria de vergonha.

– Ah, não se preocupe, minha filha – oma disse, oferecendo um sorriso acolhedor. – Ser uma jovem solteira tem suas vantagens.

Antes que conseguisse lhe perguntar quais eram, ela acrescentou:

– Vocês podem sonhar acordadas com um homem bonito.

Meu tio tossiu, colocando o guardanapo encharcado de água sobre a boca.

– Não seja tão puritano, Alfred!

– Estava sonhando comigo, doçura? – Maximilian voltou a provocar, sussurrando bem próximo ao meu ouvido, aproveitando-se do fato de que os outros dois estavam distraídos, conversando com o garçom que havia chegado para arrumar o pequeno caos.

Revirei os olhos, ignorando a provocação, aliviada que nenhum dos idosos tivesse percebido sua audácia.

Usei todos os meus anos de experiência em permanecer em silêncio para me desligar do diálogo que se desenrolava à mesa. Era uma tentativa de evitar ouvir meu futuro amoroso – ou a falta dele – ser discutido ali. E, pior, na frente daquele pavão que as pessoas chamavam de Maximilian Flemming.

Enquanto isso, observando através da parede de vidro que separava a sala de refeições da recepção da hospedaria, vi o gentil e simpático atendente, trajado formalmente, recepcionando os novos hóspedes.

Será que ele não se cansa de, a cada oportunidade, tentar insinuar-se para mim?

Será que não percebe que eu jamais me casaria com um homem como ele?

Eu prezava demais minha vida para atá-la a um fazendeiro que me levaria para o meio do mato, onde a única leitura que eu poderia fazer seria algum contrato de compra e venda de seus produtos ou as cartilhas escolares das inúmeras crianças que certamente eu teria de lhe dar.

Sorri ao imaginar algumas crianças loiras e sorridentes, como o pai delas, ao meu redor. Essa parecia ser a parte mais agradável daquele quadro hipotético.

Nunca me imaginei sendo mãe, mesmo sabendo que era algo esperado em um casamento. No acordo de compromisso que minha avó fizera com o senhor Krause, isso não fora estipulado para aquele casamento de aparências – ele receberia meu dote e, em troca, me daria a liberdade e autonomia que eu tanto desejava.

O ambiente acolhedor que surgiu em minha mente ao imaginar uma família com Maximilian, para minha surpresa, acalentou o coração de alguém que crescera apenas na companhia dos avós. Nunca reclamei de tal fato. Ao contrário, sempre fui grata por terem me acolhido após a morte de meus pais e me enchido de todo o amor que poderiam dar.

Quando as dores das queimaduras finalmente me abandonaram, tentei aliviar suas preocupações, escondendo meus sentimentos. Ocultei que, quando aquele período de sofrimento físico partiu, deixando as marcas como companhia inseparável, levou consigo um pedaço de mim – a esperança de algum dia ser amada por um homem, como as mocinhas dos meus livros.

Incontáveis vezes, minha avó repetia o quanto eu era linda e como seria feliz o homem que se casasse comigo. Suas palavras, por mais doces que fossem, soavam amargas aos meus ouvidos, como zombaria, ainda que essa jamais fosse sua intenção.

Anos após a morte de meu avô, aos meus dezessete anos, oma, já conhecendo meus temores, passou a procurar com mais afinco um casamento para mim. Até que encontramos o senhor Krause, claramente interessado no meu dote. Afinal, de que outra forma eu atrairia um noivo?

Uma solteirona alemã por conveniência

    Todos na cidade sabiam do incêndio e, embora não fossem poucos os sequelados, ainda havia, entre as pessoas do nosso círculo social, um preconceito silencioso, porém implacável.
    Talvez fosse por isso que as atenções de Maximilian me perturbassem tanto. Ele parecia tão interessado em mim que, às vezes, eu me sentia tentada a acreditar que seria possível viver o amor dos meus sonhos.
    Aquele tipo de amor que eu imaginava, onde alguém seria capaz de me olhar sem repulsa, mas, sim, com ternura e desejo genuíno.
    No entanto, uma voz malévola logo sussurrava ao meu coração que o interesse de Maximilian só existia porque ele desconhecia a verdade que eu escondia por trás das roupas que usava.
    Tudo o que eu mais queria era ser normal, sem marcas. Mas eu não era.
    Sendo assim, já havia me conformado com a ideia de que seria melhor ficar sozinha.
    Cogitei contar a verdade a Maximilian, para que assim ele parasse de me atormentar com promessas sedutoras, envoltas em mel, que saíam de sua boca só para me confundir – promessas que, nas entrelinhas, ofereciam o que jamais suportaria me dar se um dia me visse sem minha "capa protetora" feita de tecido de alta qualidade.
    Quando oma revelou o que havia acontecido com sua mãe, uma pequena fagulha de esperança acendeu-se em mim. Talvez ele fosse capaz de me aceitar com as marcas repuxadas que o fogo deixou em meu corpo.
    Contudo, essa chama foi rapidamente sufocada pela voz cruel que habitava meus pensamentos.
    Deixei que se apagasse, pois, no fundo, concordava com essa voz.
    Não apenas por não me considerar merecedora de um homem com uma beleza que beirava a perfeição, mas também por não poder abrir mão daquilo que me salvou: os livros.
    Lembrei-me de minha avó, sentada ao lado do leito da menina franzina de dez anos que eu fora, quando acordei pela primeira vez após o incêndio, gritando de dor e agonia.

E foi assim, dia após dia, sempre que eu voltava à consciência após o efeito do láudano. Mas, mesmo em meu estado de estupor, sentia sua presença, lendo para mim.

Quando, enfim, a pior parte passou, ela me incentivou a ler sozinha meu primeiro romance – *Orgulho e preconceito*, da senhorita Jane Austen.

O primeiro de muitos, onde pude viajar para terras distantes, conhecer culturas diversas e viver, na pele das protagonistas, os beijos que nunca dei e o amor que jamais poderia experimentar.

– O dia foi mesmo agradabilíssimo, mas meu velho corpo está me avisando que já é hora de me recolher, se quiser aguentar a viagem de amanhã com dignidade – disse oma, trazendo-me de volta à realidade.

Tio Alfred levantou-se, mas foi Maximilian quem ajudou a idosa, puxando-lhe a cadeira.

– Emma, você deveria fazer o mesmo, já que há pouco estava se sentindo indisposta.

– Acredito que era fome, pois estou...

– Oh, Alfred, não obrigue a moça a dormir com as galinhas, como uma velha – oma disse, apontando a bengala para o relógio de parede, que ainda marcava dezoito horas. – Não é porque já escureceu que ela precisa dormir tão cedo. Deixe que ela aproveite mais alguns minutos. – Ela piscou para mim com cumplicidade, e eu segurei o riso.

– A senhora esqueceu que, aqui no Velho Mundo, quanto mais próximo estamos do inverno, mais cedo escurece?

– Como poderia? – oma resmungou.

– Mas, em compensação, quanto mais nos aproximamos do verão, mais horas de luz do dia temos – expliquei, ao ver o olhar curioso de Maximilian.

– Nem fale essa palavra, *inverno*, que meus ossos parecem reconhecê-la imediatamente – oma disse, fazendo uma careta.

Virando-se na direção de tio Alfred, perguntou:

– Será que você pode me ceder mais um pouco daquela sua milagrosa pomada para dores nas pernas?

– Sim, claro – ele respondeu, um pouco sem jeito. – Emma...

– Ah, não se preocupe com ela – oma disse ao meu tio.

Tive a impressão de vê-la piscar para o neto antes de completar com uma pergunta:

– Max, você poderia fazer o favor de acompanhar a Emma até que ela se recolha?

– Sim, claro – ele respondeu prontamente, enquanto oma saía quase arrastando meu pobre tio para longe dali.

Por que, afinal, ela usa bengala se consegue andar melhor do que eu?

Conseguimos convencer o atendente da hospedaria a permitir que usássemos o ambiente da sala de refeições, vazio após o jantar.

Claro que, para justificar o pedido inusitado, engoli meu orgulho e permiti que Maximilian dissesse que iria me ensinar a fazer contas.

Quando o atendente – que, pouco antes, eu tinha como gentil e simpático – olhou para Maximilian como se estivesse perdendo seu tempo, cheguei à conclusão de que precisava rever minha opinião sobre ele.

Maximilian, em vez de me defender – claro que ele não poderia fazer nada –, caiu na risada assim que o homem nos deixou a sós.

Depois disso, como prometido ao atendente, mantivemos a porta aberta – ainda que fosse de vidro –, por questão de decoro.

– Você esteve muito calada durante o jantar e, até agora, não reclamou uma vez sequer por ter de ficar sozinha comigo – Maximilian disse, sentando-se à minha frente, à mesma mesa onde havíamos jantado. – O que a preocupa, doçura?

– Nada. Apenas passei o dia pensando onde e quando teríamos nossa primeira aula.

– Você não desistiu disso?

– Claro que não! – Retirei uma folha de papel de dentro do livro sobre meu colo. – Veja, preparei sua primeira aula durante a viagem.

– Se insiste... – Ele deu de ombros, mas havia um toque de tensão em sua voz.

– Sim, eu insisto.

– Quero logo avisá-la que fiquei com a beleza, e Klaus, com a inteligência. – Ele piscou, com um largo sorriso que não chegou aos olhos.

– Existem vários tipos de inteligência e modos de pensar. Parece-me que as pessoas nascem com uma ou mais habilidades entre as mais variadas formas de saber: números, palavras, ciência, medicina, arte etc.

A meu ver, a inteligência não está no quanto de conhecimento se acumula, mas na capacidade de usá-lo de forma proveitosa, tanto para si quanto para os outros.

Fiquei surpresa com o desempenho e a disposição de Maximilian nos estudos. Ao contrário do que havia dito, percebi o quanto era inteligente, como aprendia rápido e como era leve ensiná-lo. Ao ponto de decidir que prepararia o dobro do material para a próxima aula. Todavia, após duas horas – por mais que eu quisesse continuar com as lições –, achei melhor não forçar demais. Desejava que ele percebesse o quanto a busca pelo conhecimento era agradável e prazerosa.

– Não entendo como conseguiu esconder esse segredo – comentei, guardando o material da sua primeira aula.

– Você é mesmo muito curiosa, doçura – ele disse, com um sorriso travesso, tentando me distrair.

Permaneci calada, observando-o. Ele se remexeu na cadeira, incomodado, até que disse:

– Acredito que oma, Klaus e Greta suspeitem. São espertos demais para não notarem algo assim depois de tantos anos. Contudo, nunca questionaram ou fizeram qualquer comentário a respeito.

– Entendo.

– Além disso, eu me escondia no celeiro, entre os animais, durante as aulas. Como passei muito tempo sem falar depois que minha mãe morreu, ninguém me obrigava a nada.

– Sua avó me contou um pouco sobre o falecimento dela.

– Um pouco quanto?

– Apenas disse que foi um incêndio que levou a vida dela.

– O fogo levou bem mais do que a vida dela.

– Como assim?

– Não estou pronto para falar sobre isso.

– Nem se... se eu lhe contar primeiro a minha história com o fogo? – perguntei, com um fio de voz, sem acreditar na sugestão que saíra da minha boca.

– A que marcou sua pele? – Maximilian sussurrou, deslizando o dedo, sem pressa, pelo meu rosto rumo ao meu pescoço.

Sabia para onde seus dedos iam, os olhos dele me contaram. Mas não o impediria, nem se quisesse. Estava paralisada. Engoli em seco, respirando com dificuldade, quando sua pele tocou o lugar proibido em meu pescoço. Ele afastou a gola do vestido, desnudando-o.

Para o meu espanto, a pele que eu tinha como morta reagiu ao seu toque. A ardência do fogo que não queimava provocou um arrepio em minha espinha, sufocando a vergonha de ele ter notado a cicatriz.

– Sim. Assim como você, não costumo falar sobre isso – por instinto, coloquei a mão sobre ela.

– Então, não fale – sua voz soou como um apelo.

– Eu preciso, Max. Isso está me sufocando tanto quanto a fumaça daquele dia – eu disse, com os olhos marejados.

Sério, ele assentiu com a cabeça e colocou as mãos sobre a mesa, um convite silencioso para que eu depositasse as minhas sobre as dele. E eu aceitei.

– Eu tinha apenas dez anos quando tudo aconteceu... – Depois de fechar os olhos e respirar fundo, comecei a narrar tudo.

Sem ser interrompida, contei que era noite de cinco de maio de 1842 quando a grande tragédia começou... implacável.

Acordei com o calor das chamas invadindo meu quarto, iluminando-o como se fosse dia, e com os gritos de minha mãe, vindos de outra parte da casa... chamando por mim.

As paredes do meu quarto, coladas ao prédio vizinho, estalavam, espalhando pequenas faíscas em protesto ao fogo que as consumia. O cheiro insuportável de fumaça me sufocava, enquanto um ardor na garganta parecia ter substituído toda a saliva da minha boca.

Sem conseguir respirar direito, o desespero começou a tomar conta de mim.

Gritei pela minha mãe quando os gritos dela cessaram, mas minha voz não saía.

Queria correr à procura de meus pais, mas minhas pernas recusavam-se a obedecer, e o máximo que consegui foi me arrastar para debaixo da cama, procurando abrigo.

Pela janela alta e larga, que dava para a rua, parecia não haver para onde fugir. Nosso prédio não era o único a queimar.

O calor extremo secava minhas lágrimas antes que pudessem escorrer pelo meu rosto. A sensação de queimação e ardência nos olhos me fazia piscar e esfregá-los em busca de alívio, mas, hipnotizada, sem desviar os olhos da porta no outro lado do quarto, de onde eu ouvia a voz do meu pai chamando por mim.

Mas, em vez dele, foram as chamas que vieram ao meu encontro pelo teto, caindo sobre a cama como uma cascata de gotas flamejantes.

Um grito mudo rasgou minha garganta quando um estrondo alto fez meu corpo tremer. Não era muito distante, mas, antes que eu pudesse entender de onde vinha, outro som menor ecoou dentro do meu quarto.

A porta chamejante fora ao chão. Meu pai a derrubara com um chute.

Pedaços de madeira, além da fumaça, entraram com ele, um vulto escuro, praticamente irreconhecível.

Rastros de suor haviam criado trilhas em seu rosto, enegrecido pela fuligem. Seus cabelos desgrenhados grudavam na testa, como se tivessem sido lambidos por vaselina ou por um lacaio bêbado.

Suas roupas de dormir, antes inteiras, estavam molhadas e rasgadas em vários pontos, revelando ferimentos e vermelhidão, principalmente no tórax e nos braços.

Sem pensar duas vezes, corri ao encontro do meu herói.

Sem perder tempo com um abraço prolongado, ele me envolveu com um cobertor grosso e encharcado de água.

O choque do tecido frio sobre minha pele me fez estremecer de alívio.

Antes que o peso do cobertor me levasse de volta ao chão, meu pai me tomou nos braços.

– Emma, nós amamos você – ele sussurrou, com a voz rouca e embargada, enquanto corria em direção à janela.

– Mamãe? – sussurrei, quando percebi que estávamos prestes a fugir daquele inferno.

– Vou já buscá-la.

Quebrou o vidro com uma cadeira e me lançou para o lado de fora.

Meu pai não conseguiu cumprir sua promessa... o fogo tomou tudo.

– Sinto muito! – Maximilian disse, com a voz embargada pela sinceridade que só quem já viveu um horror semelhante poderia expressar.

Ele segurou minha mão com força, como se implorasse que eu me calasse.

Eu sabia que minhas memórias doíam nele tanto quanto em mim, pois reviviam sua própria história de horror.

Mas, pela primeira vez, uma coragem brotava de dentro de mim.

Eu precisava quebrar a janela do quarto das lembranças que me manteve presa em meio às chamas do sofrimento por tanto tempo.

Com a voz trêmula pelo choro reprimido, continuei contando a história completa, aquela que jamais havia revelado a alguém – nem mesmo para Agnes.

– Caí sobre um arbusto logo abaixo da minha janela. Na queda, quebrei o braço e cortei a coxa direita com um galho. Não lembro o que aconteceu depois.

Minha família me encontrou três dias depois, entre as vítimas e os hospitais superlotados.

O azul dos olhos de Maximilian estava ainda mais intenso pela emoção e pelas lágrimas que ele não escondia.

Eu o invejei.

Às vezes, me pergunto se tudo teria sido diferente se o mundo à nossa volta não tivesse queimado.

Foram três noites infernais, em um quarto de cidade destruída, vinte mil desabrigados e cinquenta e um mortos.

Entre eles... meus pais.

O silêncio dominou o ambiente. Nenhum de nós sabia o que dizer.

Até que ele me abraçou forte, tentando me consolar.

Mas não havia lágrimas. Elas haviam me abandonado desde a noite do incêndio.

Ele se afastou um pouco e, olhando para o meu pescoço, perguntou:

– Emma... e a queimadura?

– Não sei exatamente quando aconteceu. Se foi enquanto aguardava no quarto ou quando atravessamos a janela em chamas.

Maximilian passou a mão sobre a cicatriz, sem pressa, e eu deixei. Não era a primeira vez, mas era como se fosse. Não havia desejo em seu toque. Era como se sua mão pudesse fazer sarar a pele repuxada da qual sempre me envergonhei.

Constrangida, me afastei e continuei contando:

– Acordei no hospital, gritando de dor. Era como se o fogo ainda queimasse minha carne, mas, ao contrário de antes, tudo estava escuro, o que tornava o desespero ainda maior. Lembro-me de levar as mãos aos olhos vendados, mas a voz da minha avó, pedindo que eu não removesse a venda, me acalmou. Ela garantiu que tudo ficaria bem.

– Mas nunca ficou...

– Não – respondi, com um sorriso triste. – Com o tempo, a dor física foi substituída pela dor da culpa e pela incerteza.

– Conheço essa dor... Por que eles e não eu? O que poderia ter sido diferente?

– Sim. E sorte nossa que não estávamos sozinhos – eu disse, tocando suavemente o braço dele.

Maximilian apenas olhou para minha mão sobre sua pele e assentiu.

– Maximilian, somos sobreviventes. E é nossa responsabilidade honrar aqueles que morreram vivendo. Sei que você tem feito isso, mas permita que a dor que esconde por trás dos sorrisos seja curada. As feridas do meu corpo começaram a cicatrizar mais rápido quando minha oma deixou de escondê-las. E eu me pergunto se não seria assim também com o nosso coração.

– Se é assim tão fácil, por que você ainda sofre? – ele disse, de modo ríspido.

– Ainda não estou curada desse mal. Mas sua coragem de aprender a ler e superar o sofrimento me inspirou a buscar a minha cura também. Contar minha história para você foi um começo. Obrigada por me permitir fazer parte disso. – Ajustei os óculos sobre o nariz, antes de continuar: – Sabe por que eu amo tanto os livros?

Ele deu de ombros, fazendo um leve movimento com a cabeça.

– Foram as histórias que minha oma lia para mim à beira do meu leito e que, mais tarde, eu mesma pude ler, que me salvaram. Elas me ofereceram a oportunidade de viajar com a imaginação para longe do sofrimento, ajudaram-me a superar as dores e os medos.

– Você não tem mais nenhum medo?

– Claro que tenho – confessei, com um fio de voz. – Um que é maior que eu. Mas, com a ajuda da minha oma, descobri que aquilo que passei me preparou para ser quem sou hoje. Acredito que o mesmo aconteceu com você. Hoje você é quem é por causa do que conseguiu superar.

– O que é maior que você, doçura?

– O medo de precisar escolher entre a solidão e a liberdade.

CAPÍTULO 13

    O terceiro e o quarto dia de viagem teriam sido iguais aos anteriores, não fosse pela estratégia que Maximilian e eu encontramos para que ele pudesse ter suas aulas de alemão. Além das lições após o jantar, resolvemos aproveitar também o cochilo dos idosos para estudar. Como sua professora, sentia-me orgulhosa de seu empenho e progresso.

    No terceiro dia, paramos para pernoitar em Kassel, uma cidade de médio porte com um ambiente tranquilo, ideal para uma breve pausa na viagem. Infelizmente, devido ao tornozelo inchado de oma, decidimos restringir nossa visita à cidade – apesar dos protestos dela – apenas ao trajeto entre a plataforma de embarque e a hospedaria mais próxima.

    No quarto dia, paramos em Fulda, uma pequena cidade cujo charme barroco era evidenciado por sua imponente catedral e seus palácios. As ruas estreitas e as casas tradicionais contrastavam com os grandes edifícios religiosos e palacianos.

    Apesar do tempo proveitoso que tivemos, todos estávamos cansados, especialmente oma, que não parava de externar o quanto ansiava por chegar a Frankfurt.

    Foi assim que, no quinto e último dia da nossa viagem, embarcamos na estação de Fulda para o trajeto final. Eu, no entanto, mal conseguia esconder minha inquietação para que os idosos dormissem, pois havia planejado um desafio maior para o meu aluno naquele dia: Maximilian escreveria, pela primeira vez, um pequeno texto que eu ditaria.

– Você é uma professora malvada – sussurrou ele, com o olhar desolado, sem perder a oportunidade de dramatizar. – Como pode exigir de mim algo assim tão desafiador?

– Oh, não reclame como um bebezinho – retruquei, tentando manter a seriedade na voz. – Não pediria que fizesse essa tarefa se não acreditasse que fosse capaz. Você já conhece as sílabas e poderá escrever conforme eu for ditando.

– Agora sim, serei chacota em toda...

– Deixe o drama para o teatro. Prepare-se, vamos começar.

Com o papel sobre a mesa, ele segurou o lápis com firmeza, mas com uma certa hesitação. O grafite parecia pequeno e frágil demais para os seus dedos grandes. A superfície da mesa trepidava levemente a cada movimento da locomotiva – o que tornaria o seu trabalho ainda mais desafiador. Contudo, Maximilian olhou para mim com um misto de apreensão e coragem, como se tivéssemos voltado ao passado e ele ainda fosse apenas um menino.

Com um sorriso encorajador, aguardei seu leve sinal com a cabeça antes de começar.

– Vou ditar para você um pequeno bilhete, para que você saiba como escrever um caso preciso – informei, mas, ao ver o sorriso travesso que bailava em seu rosto, completei – para o trabalho.

– Que pena, pensei que poderia escrever cartas de amor.

– Sem dúvida, poderá fazer isso mais para a frente. Por ora, ficaremos com um bilhete simples, do dia a dia.

– O que foi? – perguntou, desconfiado.

– Estou tentando imaginar como é o seu dia a dia.

– Isso é fácil – ele garantiu. – Acordo muito cedo para ajudar a cuidar dos animais, ordenhar e alimentá-los, antes do café da manhã...

– Ótimo! – interrompi. – Escreva aí: – ditei pausadamente – Querida oma.

Olhando para o papel, Maximilian apoiou a mão esquerda sobre o papel e, com a direita, empunhou o lápis no início da folha. Entretanto, a força empregada ao escrever fez com que eu temesse que a ponta se partisse antes mesmo de começar.

– Maximilian, lembre-se de que não estamos arando a terra seca – sussurrei, piscando ao estilo Maximilian. – Coloque o lápis com mais suavidade sobre o papel.

– Estou sendo suave.

– Não está – eu disse, sem lhe dar atenção. – Vamos continuar: ... não me espere para o jantar.

– Nã-o me es-pe-re... – ele repetiu pausadamente enquanto escrevia, cobrindo o texto para que eu não visse.

– Para o jantar – repeti. – Irei com o Klaus até a cidade. – Aguardei um instante antes de repetir: – Irei com o Klaus até a cidade.

Estiquei o pescoço tentando ver, mas ele estreitou os olhos usando a mão enorme para esconder seu trabalho do meu olhar curioso.

– Já?

– Sim – disse ele, despreocupado, com um olhar presunçoso.

– Com carinho, Maximilian.

– Oma vai preferir: Com amor, Max.

– Então, coloque!

Esperei alguns instantes enquanto ele escrevia.

– Deixe-me corrigir – pedi ansiosa, quando ele começou a olhar para o papel como se fosse um filhotinho.

Todavia, em vez de me entregar, ele levantou os olhos, agora vermelhos, e, com a voz trêmula de emoção, disse:

– Eu escrevi!? – Maximilian murmurou, como se pensasse alto.

Engoli em seco, esforçando-me para não desabar diante daquele homem que teve a coragem de se mostrar vulnerável diante de mim, uma mulher, e vencera aquele desafio com louvor.

– Sim, você conseguiu – confirmei, orgulhosa, afirmando com um gesto de cabeça.

Uma solteirona alemã por conveniência

Maximilian levantou-se com um pulo, puxando-me para um abraço apertado, esquecendo-se de que não estávamos sozinhos ali.

– Já chegamos? – oma perguntou, com uma expressão bem menos curiosa do que eu esperava para uma situação como aquela.

– Qual é o motivo do festejo? – tio Alfred perguntou, examinando pela janela se estávamos chegando.

Sentei-me rápido, sentindo o rosto ferver e a respiração falhar, mas aliviada por meu tio não nos ter flagrado naquela situação constrangedora.

– O que aconteceu com o seu olho, Max? Por que está tão vermelho? – oma perguntou, fazendo meu coração bater mais rápido que o trem, sem saber o que responder.

– É que eu tenho a melhor professora do mundo – ele sussurrou, bem próximo de mim, antes de se sentar novamente.

– O que disse, senhor Flemming? – tio Alfred perguntou, com um olhar desconfiado.

– O senhor Flemming disse que a situação é um pouco constrangedora – respondi a primeira coisa que me veio à cabeça, mas, ao ver os olhos do meu tio saltarem da órbita, completei rapidamente: – é que precisei soprar um bichinho que entrou no olho dele.

– Ah! – Oma suspirou, sem parecer convencida.

* * *

Chegamos a Frankfurt no início da tarde. Sua arquitetura, que combinava elementos antigos e modernos ao longo do rio Meno, refletia seu status como centro comercial e financeiro. No entanto, entre todas as qualidades da cidade, a que mais me encantava era seu comércio de livros, com a Feira de Frankfurt, fundada no século XV.

Estava ansiosa para conhecer a cidade, porém a minha fome superava até minha curiosidade. O meu estômago roncava, garantindo que nem mesmo os livros eram mais importantes do que a necessidade urgente de comer. Por sorte, eu não era a única faminta. Assim, concordamos em deixar apenas a bagagem na hospedaria antes de sairmos para comer em uma agradável taverna.

Andamos pelas ruas próximas, seguindo as orientações do hospedeiro, que nos indicou seu lugar preferido, onde era servido *Schnitzel* – uma espécie de bife empanado. Não foi difícil encontrar o local de estrutura rústica. A construção datava de 1765 e trazia um ar de aconchego com suas paredes de madeira escura e mesas simples, que nos prometiam uma refeição simples e tranquila.

No entanto, como a maioria das pessoas, escolhemos uma mesa sem muito acabamento do lado de fora, na calçada, para aproveitar o restante daquele dia de sol.

Em vez de cadeiras, nos acomodamos em dois bancos, um de cada lado da mesa. Maximilian sentou-se ao lado de oma, de frente para mim, enquanto tio Alfred ficou ao meu lado. Depois de acomodados, usamos os dois cobertores para cobrir as nossas pernas.

Oma e o neto pareciam animados com a experiência; já tio Alfred, nem tanto. Ele olhou para mim como se pedisse socorro, enquanto enxugava o suor que brotava em sua testa, apesar do frio, com seu lenço alvo.

– O senhor está bem, tio Alfred? – cochichei ao seu ouvido.

– Não estou certo de que esse seja um bom lugar para a nossa refeição – ele sussurrou em resposta, enquanto ajustava, com as pontas dos dedos enluvados, o cobertor sobre as próprias pernas.

– *Grüß Gott*! – nos saldou a atendente, uma mulher farta e avantajada, falando por entre os dentes um bom dia, como se não quisesse perder seu tempo abrindo a boca para falar.

Ela parecia tão rústica quanto o local, trajando um vestido longo e um avental – roupa típica da região.

– O que vocês vão querer comer? – ela perguntou, jogando um pano sobre um dos ombros, enquanto eu fazia uma prece silenciosa para que o local ao menos fosse limpo.

Tentei pensar rápido em um prato que provavelmente não fosse servido no local, pois isso me daria uma boa desculpa para salvar nossa vida sem parecer deselegante, mas nada vinha à mente.

No entanto, Maximilian, que parecia ter lido meus pensamentos, se adiantou e falou com a mulher.

– Boa tarde! – Ele piscou, usando todo o seu charme. A mulher carrancuda devolveu-lhe um olhar desconfiado. – Estamos à procura de uma refeição.

– Aqui é que não falta – ela retrucou, dando de ombros, com um torcer de boca impaciente.

– Acontece que estamos à procura de uma iguaria – ele disse, com a voz carregada do seu sotaque cantado.

Tio Alfred e oma, com os olhos arregalados, observavam sem piscar Maximilian e a mulher interagindo, enquanto eu mordia os lábios para segurar o riso.

– "Iguá" o quê? – a mulher perguntou, lançando um olhar de pena na direção dele. Em seguida completou, ríspida: – Não temos esse tipo de peixe.

Maximilian fez uma expressão de pesar tão exagerada diante da resposta que me fez acreditar que, na verdade, ele se preparava para um monólogo digno de uma peça de Shakespeare. Parecia prestes a proclamar, com a mão sobre o peito, que abandonar aquele lugar seria o maior infortúnio de sua vida.

Diante disso, tornou-se impossível para mim não o imaginar, sempre espirituoso, irônico e teatral, em um palco de teatro, interpretando *Hamlet*. Lá estaria ele, em uma pose introspectiva, usando uma capa longa, um gibão em tons escuros, ajustado ao corpo. As calças, bem ajustadas, realçariam suas pernas grossas e torneadas, atraindo atenção à sua postura confiante...

Cof! Cof! Cof! Engasguei, logo após dois suspiros involuntários.

– Ai! – gemi, ao sentir um chute por debaixo da mesa que, sem dúvida, só poderia ter vindo do Maximilian, em retaliação ao meu engasgo diante da atendente... e não pelos pensamentos inesperados que me atormentaram.

– Oh, que pena! É que minha senhora aqui – ele apontou para mim e, quando a mulher olhou em minha direção, forcei um sorriso de apoio, alheia ao plano vingativo que ele tramava contra mim. – Ela está *muito desejosa* de comer *iguaria*.

Maximilian então fez um gesto com as mãos sobre a própria barriga, insinuando... uma gravidez. A minha gravidez.

– Não posso fazer nada. – Jogando um pano de prato sobre os ombros, disse: – Nós não vendemos peixe aqui.

Oma aproveitou o momento para se levantar e puxou tio Alfred, que parecia verde e prestes a desmaiar, para fora do local, restando a nós, Maximilian e eu, a tarefa de agradecer e desejar uma boa noite à mulher ranzinza.

– Como ousa dizer para aquela mulher que eu estava grávida? – reclamei, assim que estávamos longe. – Você acabou com a minha reputação!

– Melhor do que ela acabar com o nosso intestino.

– Você não deveria falar de partes do corpo com uma dama.

– Como então eu posso chamar sem ferir os seus ouvidos, doçura? – Maximilian perguntou, com um sorriso travesso.

– Ora! Encontrando uma outra palavra que significasse a mesma coisa, mas que não seja tão rude.

– Ah! – Ele disse, condescendente. – O que me sugere?

– Ventre... trato digestivo – sugeri.

Mas ele riu alto e debateu:

– Intestino parece bom para mim.

– Ora essa! – resmunguei, dando-lhe as costas e saindo na frente, em busca do meu tio.

– Isso não me pareceu muito elegante, doçura.

Eu o ignorei, andando em passos rápidos rumo à praça, onde encontramos o meu tio sentado em um banco e oma à frente dele, abanando-o.

– Sente-se melhor, tio Alfred?

– Ele logo ficará bem – garantiu oma.

– Acredito que devamos seguir naquela direção – Maximilian sugeriu, indicando uma rua que parecia levar ao centro da cidade. Todos concordamos.

A princípio, ele caminhou ao lado do meu tio, por precaução. O ar fresco pareceu fazer bem a tio Alfred, de modo que, ao chegarmos à praça central repleta de restaurantes, ele já estava recuperado. Coube a ele, então, a escolha de um local mais condizente com seu nível de excelência.

O estabelecimento tinha uma fachada imponente, com enormes janelas envidraçadas que nos permitiam vislumbrar a iluminação do ambiente, proporcionada por candelabros de cristal pendurados no teto.

O piso de madeira escura, encerado, nos convidava a entrar naquele ambiente sofisticado. Um *maître* nos acomodou em uma mesa para quatro pessoas, coberta com uma toalha de linho branco, com talheres de prata e taças de cristal dispostas sobre ela. Sentamo-nos na mesma disposição de antes, mas, dessa vez, em cadeiras individuais, acolchoadas e cobertas com veludo vermelho-vinho.

Olhei para os nossos amigos e, para o meu alívio, mesmo parecendo um tanto inseguros, eles estavam maravilhados – principalmente oma, que cochichou quando o garçom nos serviu água e vinho, entregando o cardápio para cada um de nós.

– Será que temos como pagar uma água nesse lugar?
– Não se preocupe – tentei tranquilizá-la com um sorriso.
Maximilian pegou o cardápio e disse baixinho:
– Espero que aqui eles tenham o peixe *iguaria*.
Todos rimos da brincadeira.

Fingi que escolhia a minha refeição enquanto o observava, com o canto dos olhos, concentrado em ler as opções.

– Max, o que você acha de pedirmos *Schnitzel*? – oma sugeriu, como fazia todas as noites, tentando proteger o neto de ser envergonhado.

– Obrigado, Oma, mas não quero comer *Schnitzel* – ele respondeu, tranquilamente, sem sequer levantar os olhos do que lia. – Prefiro escolher sozinho o que vou comer.

Ela olhou com desconfiança para mim. Com um sorriso orgulhoso, fiz um sinal discreto com as mãos para que ela confiasse.

Sentada à frente dele, com o coração acelerado, acompanhei o seu dedo indicador deslizar devagar pelas opções disponíveis.

– Boa noite! – saudou um outro simpático garçom. – Em que posso servi-los?

Nós começamos a fazer os pedidos: primeiro tio Alfred, depois oma e, por último, eu. Só então, Maximilian olhou para mim, como se precisasse de aprovação. E eu, com um entalo no peito, afirmei com um gesto de cabeça que dizia: você pode!

– Eu gostaria, por favor, de um *bauernfrühstüke*.

– Você sabe o que vem nesse prato, Max? – a avó dele perguntou, parecendo aflita.

– Sim, oma, eu li aqui os ingredientes: ovos, batata, cebola, presunto, ervas frescas, sal e pimenta. Acredito que não seja muito diferente do que Martha às vezes faz em casa.

– Sim, você está certo – oma respondeu, sem esconder a surpresa.

Sorri para ele com o coração explodindo de orgulho. Um nó formou-se em minha garganta ao perceber que havia feito por ele algo semelhante ao que minha oma fizera comigo ao me apresentar à leitura.

Eu havia aberto as portas do mundo da escrita para alguém que vivia no silêncio das palavras.

CAPÍTULO 14

Na manhã seguinte, após um farto desjejum, saímos animados para conhecer um pouco da cidade. Maximilian e eu ainda estávamos extasiados com o sucesso dele na leitura do cardápio. Oma, sem querer constranger o neto, continuou agindo como se não tivesse notado, entretendo tio Alfred com histórias engraçadas sobre o Novo Mundo.

Decidimos aproveitar o dia para explorar Frankfurt, certos de que adiar a nossa missão de encontrar o professor Erich Reis por um dia ou dois dias era perfeitamente aceitável.

Sendo assim, caminhamos pelas ruas muito movimentadas – repletas de cavalos, carruagens e pedestres – encantados com a arquitetura, que exibia o velho e o novo construídos lado a lado, e com as embarcações que navegavam pelo rio Meno, abastecendo a cidade com suas mercadorias.

As vitrines das lojas mostravam seus produtos diversos, que iam desde tecidos finos até instrumentos musicais de corda. Sem me dar conta, afastei-me do nosso grupo, misturando-me com os pedestres – alguns em seus trajes simples, enquanto outros com vestimentas luxuosas.

Desviando aqui e ali da movimentação da rua, caminhei a passos lentos em direção a uma livraria que me atraiu imediatamente com suas portas abertas e vitrines decoradas com livros de todos os tamanhos e cores.

Encontrei alguns exemplares novos e vários antigos, com temas variados e interessantes, mas todos eles perderam sua luz quando os meus olhos encontraram dois livros expostos lado a lado, fazendo meu coração acelerar como se eu tivesse corrido até ali.

O primeiro era um romance cheio de humor, publicado em capa dura, com um elegante tom de verde-escuro, sob o título *O príncipe e a encrencada,* o mais conhecido de lady Lottie. O segundo, também em capa dura, marrom-escuro e marcado pelo tempo, trazia o título em dourado: *Orgulho e preconceito,* da senhorita Jane Austen – uma versão antiga do meu livro preferido.

Com o coração batendo ainda mais forte, entrei na livraria... Minha mão hesitou antes de tocá-los. Até que, como uma abelha atraída pelo mel, não resisti. Deslizei os dedos pelos dois livros, como se acariciasse o rosto do meu amado senhor Darcy. Um calor inexplicável percorreu meu peito, como se aquelas páginas carregassem segredos que poucos pudessem compreender...

– Estava certo de que a encontraria aqui, doçura.

– Sou tão previsível assim? – perguntei, com o coração acelerado, como quem é pega de surpresa fazendo algo proibido.

Maximilian balançou a cabeça em negativa, e eu completei:

– Ora, que desinteressante eu sou.

– Ao contrário, você é fascinante como...

– Como se fosse um livro raro? – interrompi, com meus olhos ainda fixos nos dois livros.

– Pensei em uma joia, doçura – ele disse, soltando uma risada.

– Mas há alguns tão raros que podem ser considerados verdadeiros tesouros – retruquei, com um leve sorriso.

– Não consigo imaginar algo assim.

– Olhe este exemplar, da senhorita Jane Austen – apontei para o livro de capa marrom que antes observava. – Já ouviu falar dela?

– Nunca.

– A senhorita Austen tinha uma habilidade impressionante de compreender a complexidade dos corações humanos.

– Tinha? Então, ela já morreu?

– Sim, ela já não está entre nós – contei, com um sorriso triste. – Faleceu em 1817, com um pouco mais de quarenta anos... e sem nunca ter se casado.

Olhei mais uma vez para os livros expostos, pensando em como a senhorita Austen me fazia refletir sobre minha própria vida. Será que, assim como ela, eu jamais experimentaria o que era viver um amor como aqueles descritos nas páginas dos romances que eu tanto amava?

Provavelmente, não. As marcas que eu carregava, somadas às exigências da sociedade para o casamento, me faziam inadequada.

Talvez, assim como Jane... Será que eu poderia chamar aquela amiga de longa data pelo primeiro nome? Era agradável pensar que sim.

Talvez, assim como Jane, eu pudesse me contentar com o amor descrito nas páginas de um bom livro. Eu seria, então, uma personagem viva, desafiando as convenções para seguir com coragem em busca dos anseios do coração.

Disposta a enfrentar com bravura as lutas internas que pareciam nunca ter fim, eu poderia, em paz, de mãos dadas com a minha imperfeição, encontrar alguma satisfação na vida solitária que me aguardava.

– Parece triste a história da senhorita Austen – ele disse, pensativo, olhando as pessoas que circulavam pela rua.

– Talvez ela tenha tido uma vida feliz. Como poderíamos saber? – Dei de ombros e, tentando justificar a nós duas, acrescentei: – Quem sabe ela até tenha escolhido permanecer solteira.

– O que há de tão especial no que ela escrevia? – ele perguntou, parecendo realmente interessado, e os meus olhos brilharam em poder falar do que eu tanto amava: literatura.

– Ela foi capaz de criar heroínas inteligentes e histórias que, com elegância e humor, expõem as ironias da vida, fazendo-nos refletir sobre nós mesmos. Já lady Lottie – apontei para o livro de capa verde –, com um toque de humor sutil e ironia, cria histórias leves, com personagens fortes e divertidos. Contudo, a popularidade das suas obras ainda é modesta diante do seu talento.

— Acredito que minha mãe teria apreciado esses livros – ele comentou, com a voz embargada.

— Estou certa de que sim – disse, com um sorriso sincero.

Permanecemos calados diante da vitrine como se aqueles livros falassem conosco sobre o que a vida reservara para nós. Ele já não parecia ter aversão aos vilões impressos que o atormentaram por tantos anos, e eu buscava respostas sobre qual caminho seguir, já que ansiava por preservar o que tinha sem abrir mão do que estava sendo escrito com fogo nas paredes do meu coração desde que certa pessoa – o oposto do homem de que eu precisava – chegara à minha vida, sem aviso.

— Deve ser incrível ver o seu livro exposto em uma vitrine – Maximilian comentou, apontando para o livro da senhorita Austen.

— Infelizmente, ela não pôde ver seu talento tão reconhecido como aconteceu após seu falecimento – respondi, com um leve suspiro.

— Emma, Max! – A voz de oma nos chamando chegou até nós, bem antes que ela nos alcançasse, desviando-se de algumas pessoas que passavam apressadas.

Sorri ao observá-la se aproximando. Era espantoso pensar em como aquela mulher alegre e colorida, tão diferente de tudo o que eu poderia imaginar para tio Alfred, foi capaz de atrair a atenção do conde de Eisenberg a ponto de fazê-lo tomar atitudes tão espontâneas. Uma coisa era certa: estava grata pelo bem que ela lhe fazia.

— Achamos vocês. Estou apaixonada por esta cidade. Ela é encantadora. Olhem isso, comprei este lenço de seda tão delicado... Não consegui resistir. – Ela balançou o tecido colorido diante de nós, com os olhos brilhando de satisfação. – Venha, Alfred!

Oma olhou para trás, acenando para o meu tio, que havia ficado para trás e vinha ofegante em nossa direção.

— Gostaria muito que depois passássemos na igreja de São Nicolau. Ouvi algumas pessoas falando que, além do ambiente de paz e tranquilidade, sua arquitetura é impressionante – ela, agitando as mãos para o céu, sem tomar fôlego, completou: – Deus é testemunha de que eu bem preciso de um pouco de paz com os três netos que tenho. Sem contar que podemos orar pela esposa do Maximilian. Tenho certeza de que ele voltará casado com uma moça inteligente e sensível que enxergará o cavalheiro gentil e compreensivo que ele é...

– Você está se sentindo mal outra vez, Emma? – tio Alfred perguntou, com um olhar preocupado, interrompendo oma e chamando a atenção dela e do neto para mim.

– É só um fantasma – pensei alto.

– O que disse, Emma? – tio Alfred perguntou, estreitando os olhos, intrigado.

– Eu... eu ouvi dizer que há vários, e não só um fantasma – expliquei, tentando parecer convincente, sem acreditar que eu falara tamanha heresia.

– Fantasma? Na igreja? – oma questionou, com um misto de espanto e incredulidade na voz.

– Venha, tio Alfred! Oma e eu gostaríamos muito de conhecer a igreja de São Nicolau.

Enlacei o braço de tio Alfred com o meu, quase o arrastando para longe da praça à nossa frente, para longe do fantasma que eu acabara de ver.

Olhei para trás uma última vez, certificando-me de que não havíamos sido vistos pelo senhor Krause.

Durante toda a viagem até Frankfurt, tentei convencer a mim mesma de que aquela cidade era grande demais para que nossos caminhos se cruzassem. Mas, pelo visto, não era, já que a poucos metros de nós estava aquele que um dia quase foi meu noivo.

No entanto, não me surpreendi ao vê-lo de braços dados com uma jovem de cabelos dourados, que o observava com um sorriso apaixonado. Sua aparência delicada contrastava com os cabelos e olhos escuros do senhor Krause, cuja beleza mediana era redimida pelo charme que possuía. Tudo nela exalava graça e elegância, deixando evidente que vinha de uma família abastada, ou seja, capaz de lhe oferecer mais do que eu.

Naquele instante, tudo fez sentido: sua disposição em adiar indefinidamente o casamento – que eu sempre enxergava como vantagem –, sem jamais me pressionar, escondia, na verdade, aquele motivo. O senhor Krause estava à procura de uma pretendente melhor, com um dote maior.

Como pude ser tão tola? Sorte a minha nunca ter me apaixonado por ele de verdade, ou, além da humilhação de ter sido abandonada, eu teria de carregar também os destroços de um coração partido.

O senhor Krause havia me usado para poder usufruir da proximidade do conde de Eisenberg e de seu prestígio, sem que um casamento eliminasse suas chances de encontrar uma jovem que lhe trouxesse mais vantagens. Quem sabe até uma esposa sem marcas? Alguém com quem pudesse compartilhar a cama sem lhe causar repulsa, alguém capaz de lhe dar filhos. Uma mulher que não carregasse cicatrizes ou segredos com o poder de envergonhá-lo, como eu.

Entramos na igreja, e quase me esqueci do motivo de estar me escondendo quando ouvi os ecos suaves dos nossos pés sobre o chão de pedra polida. Parada onde estava, girei em torno do meu próprio corpo, fascinada, apreciando o interior da igreja cujo teto abobadado e suas colunas elegantes eram de arrancar o fôlego.

A luz suave atravessava os vitrais coloridos das janelas, projetando sombras dançantes sobre o piso, e o cheiro forte das inúmeras velas queimadas trazia ao lugar sagrado o peso das histórias e das orações de quem já passara por ali.

– Melhor eu voltar daqui a alguns minutos. Não queremos que a minha presença fascinante desvie a atenção de alguma alma inocente – Maximilian sussurrou, com um dos seus sorrisos convencidos. – Volto logo.

– Pode ir... Enquanto isso, vamos ficar aqui, clamando pelos meus nervos – oma murmurou em resposta, pouco antes dos cinquenta e um sinos da igreja badalarem, como se ecoassem o conselho: *Paciência... paciência!*

CAPÍTULO 15

– O passeio foi agradabilíssimo, mas acredito que Gerty e eu precisamos de um descanso para os nossos velhos ossos – tio Alfred confessou, constrangido, aquilo que suas bochechas, rosadas pelo esforço, já haviam deixado claro.

Assim que saímos da igreja e começamos a caminhar pela praça, lá encontramos com Maximilian.

O que será isso que ele comprou? – pensei, enquanto ele se aproximava carregando um pacote pardo que ele distraidamente girava nas mãos.

– Apesar de você, meu caro, ser o único velho aqui, eu bem que gostaria de uma oportunidade para me refrescar – oma falou, tocando de leve no antebraço de tio Alfred, com um sorriso galante, semelhante ao do neto.

– Sim, evidente – tio Alfred corrigiu prontamente. – Foi isso que eu quis dizer.

– Isso não significa que vocês dois precisam nos seguir – oma avisou, piscando para mim, cheia de segundas intenções.

– Não tem problema. Tenho certeza que o seu neto também está cansado depois da longa viagem que fizemos – disse, ajustando os óculos sobre o nariz, antes de olhar ao redor à procura de algum sinal do senhor Krause.

– Não fale por mim, doçura – Maximilian sussurrou ao meu ouvido antes de dizer em voz alta: – Na verdade, eu gostaria de tomar um pouco daquela *iguaria* gelada. – Ele virou-se na minha direção, com um sorriso inocente, e perguntou: – Senhorita Weber, gostaria de tomar um sorvete?

– Isso parece mesmo uma ótima ideia – oma disse, parecendo satisfeita.

– Eu também gostaria...

– Outra hora, meu caro – oma interrompeu meu tio, já enlaçando o braço no dele. – Neste momento, tudo que os meus velhos ossos precisam é de um bom descanso.

– Também podemos deixar para outro dia – eu disse, pronta para seguir os dois idosos.

Afinal, qual seria o melhor lugar para eu evitar um encontro indesejado do que meu próprio quarto na hospedaria?

– De modo algum! – oma declarou, determinada, enquanto dava batidinhas com a bengala no chão. – Max, leve Emma para tomar sorvete. Vocês não são obrigados a ficar trancafiados na hospedaria só porque estes dois velhos precisam descansar.

– Não é apropriado que Emma ande pela cidade sem uma acompanhante.

– Não seja antiquado, Alfred! – oma retrucou, fazendo um gesto amplo com a bengala e indicando a movimentação ao nosso redor. – Olhe à nossa volta: a cidade está abarrotada de pessoas.

– Milorde, prometo salvar sua sobrinha de qualquer cavalheiro mal-intencionado.

– Como um lobo cuidaria de uma ovelha? – tio Alfred perguntou, comprimindo os olhos desconfiados.

– Você não está pensando que meu Max faria algum mal à sua sobrinha, está? – oma tinha o cenho franzido quando cutucou tio Alfred com sua bengala.

– Digamos que ele...

– Não seja tolo – oma interrompeu, mais uma vez, meu tio. – Veja, são as mulheres que se jogam aos pés dele. – Ela usou a bengala para apontar as jovenzinhas que haviam passado por nós, faceiras, com sorrisos afetados direcionados a Maximilian, sem que ele, concentrado em nossa conversa, ao menos tivesse visto. – Fique tranquilo, ela estará em boas mãos.

– Sim, quem melhor para cuidar de uma ovelha que o próprio lobo – tio Alfred sussurrou.

Temendo que eu fosse o estopim de briga entre os pombinhos, eu disse:
– Tio Alfred, pode ir tranquilo para o seu cochilo da tarde.

Ele olhou para mim por alguns instantes, como se ponderasse. Então, após um suspiro, do tipo *o que estou fazendo?*, assentiu para mim, antes de virar-se para Maximilian.

– Cuide bem dela, Flemming! – tio Alfred ordenou, com a voz firme, olhando diretamente nos olhos de Maximilian.

– Com a minha vida – ele respondeu, com a mão direita para o alto.

Assim que os dois se afastaram, começamos a andar em busca de um estabelecimento que vendesse sorvete. As batidas do meu coração não acompanhavam os passos lentos que dávamos sobre as pedras irregulares que recobriam as ruas antigas. Eu não estava completamente sozinha com ele. Ao nosso redor circulavam pessoas de todas as idades, indo e vindo.

Contudo, algo parecia diferente, tanto nele quanto em mim. Talvez a forma como ele olhou para os livros expostos na vitrine, sem a indiferença e o desprezo de quando eu o conheci. Isso me fez refletir se haveria uma possibilidade de que não fosse necessário que eu abraçasse a solidão. Talvez... só talvez... fosse possível que ficássemos juntos.

Abanei a cabeça para espantar aqueles pensamentos, forçando-me a lembrar que, ainda que Maximilian se mostrasse indiferente às minhas cicatrizes, ele precisava de uma esposa para cuidar de sua casa, procriar e educar seus filhos.

Encontrar o senhor Krause havia soado em mim como um alerta da vida, lembrando-me do que precisaria abrir mão caso sucumbisse aos galanteios daquele fazendeiro presunçoso, que fazia o senhor Darcy parecer comum e sem atrativos.

– Enfim, sós, doçura – Maximilian disse, com um sorriso faceiro. – Um sorvete pelos seus pensamentos.

– O que você tem aí? – apontei para o embrulho em papel pardo, atado com barbante rústico, que ele carregava.

– Comprei alguns livros. – Ele deu de ombros, olhando algo à nossa frente com extremo interesse.

– Você comprou livros? – arregalei os olhos, surpresa demais para conseguir disfarçar. – Pensei que você os detestasse.

– São para Greta, minha irmã – ele justificou.

– Ela também gosta de leitura?

– São sobre medicina – ele disse, dando de ombros. – Ela sonha em ser médica.

– Sim, sua avó me contou – tentei falar em um tom casual. – Preciso confessar que fui surpreendida. No bom sentido, é claro! – falei, sem tirar os olhos do seu rosto, estudando suas expressões para saber como ele realmente se sentia em relação ao desejo da irmã. – Nunca conheci uma mulher que tivesse tal ambição.

– Não duvidaria que Greta seja a única em todo o Império – Maximilian disse, com a voz cheia de orgulho. – Até mesmo Klaus, com toda a sua teimosia, precisou admitir que ela é admirável.

Era maravilhoso pensar que aquela jovem mulher era respeitada, amada e admirada pelos Flemmings, apesar de possuir desejos tão revolucionários.

Será que eles a toleram apenas por ser da família? Será que Agnes e a futura esposa do Maximilian receberiam o mesmo tratamento, caso fossem tão ousadas quanto Greta? Será que ele seria capaz de pensar de forma diferente dos outros homens sobre o que se espera de nós, mulheres?

– Isso é fabuloso – disse, antes de, curiosa, perguntar mais sobre a irmã dele.

– Ela se parece muito com oma – Maximilian sussurrou, com a mão em concha sobre a boca, como se contasse um segredo. – É voluntariosa, decidida, obstinada... – ele olhou para mim e, levantando as sobrancelhas três vezes, completou: – ... e linda, como o irmão.

– Agnes me contou o quanto o Klaus é lindo – provoquei, e ele me mostrou a língua em resposta.

– Eu sou o mais lindo entre os lindos.

— E o mais humilde?

Nós rimos alto enquanto caminhávamos sem pressa.

— Você parece estar muito orgulhoso da Greta.

— Como não estaria? — Maximilian me olhou, e seus olhos azuis brilharam ainda mais. — Sabe... foi ela quem me inspirou a dar o primeiro passo em busca do meu sonho, a pensar por mim mesmo e a parar de tentar me moldar às regras de Klaus... de tentar ser como ele — contou, com a voz rouca de quem segurava a emoção. — Desde então, tenho trabalhado para, assim como minha irmãzinha, andar com minhas próprias pernas.

— E qual é o seu sonho?

— Quero criar gado em minhas próprias terras.

— Mas vocês já não são fazendeiros? — perguntei, confusa.

— Sim, só que a fazenda Flemming é voltada para a produção de grãos. É claro que lá nós temos alguns poucos animais para o nosso próprio consumo. — Maximilian passou a mão pelos cabelos desalinhados, evidenciando o quão delicado era o assunto. — Acontece que eu quero criá-los para o abate.

— Abate?

— Sim, para o consumo humano — ele explicou, com um brilho especial nos seus olhos. — Quero abastecer boa parte da cidade de Porto Alegre com o meu gado.

— Estou surpresa — confessei, pasma. — Nunca imaginei que você tivesse um sonho tão grande.

— Porque gosto de rir e fazer as pessoas alegres, ninguém acredita que eu seja responsável e capaz de algo grandioso — ele falou, olhando para o chão como se contasse as pedras que revestiam a rua.

— Sabe... — tentei dizer algo, mas me faltaram as palavras.

Eu estava corada de vergonha por saber que eu fazia parte das pessoas que o viam daquela forma limitada. Na verdade, nunca havia imaginado que ele estivesse disposto a fazer algo além de aproveitar a vida à sombra do irmão, como era comum entre muitos nobres que eu conhecia.

Claro que, pelo seu porte físico e sua pele dourada, estava claro que ele trabalhava na fazenda, mas saber que ele estava disposto a fazer algo além disso era, no mínimo, espantoso.

– Já é mais que um sonho... – Maximilian parou de frente para mim e disse, com a voz rouca: – Emma, você é a única pessoa no mundo que sabe.

– Co-como assim?

– Nunca contei a ninguém... – ele falou, e sua voz carregada de empolgação parecia ter intensificado o azul dos seus olhos. – Quando eu voltar para casa com a minha esposa, finalmente partiremos para outra colônia, distante alguns quilômetros de São Leopoldo, onde começaremos a nossa família.

– Confesso que estou surpresa – repeti, sem saber o que dizer sobre tudo que ouvira.

– Acredito que todos ficarão – Maximilian deu de ombros, como se não se importasse, mas eu senti um toque de apreensão em sua voz.

– Como você conseguiu esconder isso da sua família? E por que não contou para eles?

– Meu irmão é contra a minha ideia. Klaus não entende que preciso seguir o meu próprio caminho. – Ele contou, a voz embargada carregando o peso de sua revelação. – Acredito que ele ainda me vê como aquele garotinho de quem precisou cuidar.

– Mas o que você pretende fazer?

– Já tenho as terras e o dinheiro para a casa e o gado... – sua voz saiu mais grave. – ... mas me falta o principal.

– O-o que seria? – Cobri a boca com a mão, sem acreditar no que acabara de perguntar, enquanto minhas pernas, cientes do que eu fizera, pareciam prestes a derreter como uma taça de sorvete esquecida ao sol.

– Alguém para sonhar comigo... – Maximilian deu um passo em minha direção. Eu quis recuar, mas meus pés não me obedeceram, permitindo que ele se aproximasse do meu ouvido para sussurrar: – ... uma esposa.

– En-enten-entendi! – falei, mais alto do que planejara, tropeçando nos meus próprios pés assim que eles, finalmente, me obedeceram.

Só que, em vez de cair no chão – o que teria sido preferível naquele momento –, fui parar nos seus braços, que me envolveram como as chamas de um incêndio violento e implacável, fazendo com que o meu sangue fervesse por baixo da pele, que gritava por mais daquele contato, enquanto minha mente ordenava *Afaste-se, sua tonta!*

– Que bom que você já postou seu anúncio e, em breve, quando voltarmos a Hamburgo, poderá escolher, entre todas as que lhe responderam, a sua esposa – disse, com a voz trêmula, enquanto o empurrava para longe de mim. – Você encontrará nas cartas a jovem ideal. Assim como aconteceu com o Klaus – comentei, enquanto esperávamos uma carroça passar para podermos atravessar a rua. – Agnes parece mesmo ter sido talhada para viver na fazenda com vocês.

Olhei em seus olhos e me surpreendi ao encontrar tristeza em vez de deboche. E meu coração parecia ter sido pisoteado pelas carroças que passaram por nós. Não queria magoá-lo. Nem mesmo acreditei que isso fosse possível diante de tanta vaidade. Muitas vezes cheguei a pensar que ele se banhava toda noite em um mar de presunção.

Será que ele não entendia que eu não era como a Agnes? Ela respondeu àquele anúncio e embarcou para o outro lado do mundo porque não tinha mais nada. Tudo lhe havia sido tirado. Não lhe restou escolha a não ser lançar-se rumo ao desconhecido. Quanto a mim... eu sabia bem o que tinha a perder.

CAPÍTULO 16

Quando encontramos uma loja de sorvetes, a dois quarteirões de distância da igreja, Maximilian já parecia ser o homem engraçado e sorridente de sempre.

– Dois sorvetes, por favor! – ele fez o pedido, sentando-se ao meu lado. – Um de baunilha para mim – ele frisou bem – e outro de morango para a senhorita.

Sua voz soou alegre, o que deixou seu sotaque levemente melodioso ainda mais irresistível. Pude comprovar tal fato ao observar, com o canto dos olhos, o efeito causado nas moças sentadas à mesa ao lado da nossa.

– Pergunto-me como vou ser capaz de viver sem essa iguaria quando voltar para casa. – Ele colocou a mão sobre o peito, de modo teatral, como se aquilo doesse.

– Que pena que não exista esse peixe lá onde mora.

Rimos alto, lembrando-nos da taverna onde a atendente pensou que "iguaria" era o nome de um peixe.

– Preciso defender aquela senhora do estabelecimento – Maximilian disse, tentando sustentar um tom sério, enquanto o atendente colocava sobre a mesa as duas taças de sorvete.

– Então, tente – provoquei, sorrindo, antes de fechar os olhos e me deliciar com uma colher bem cheia de sorvete, sentindo-o derreter na boca.

– É que a palavra "iguaria"... – Maximilian enfatizou a palavra e, aproveitando a saída das pessoas das mesas ao nosso redor, continuou com gestos teatrais – ... realmente soa como se fosse o nome de um peixe. – Ele explicou, rindo alto, sem medo de ser julgado, já que estávamos praticamente sozinhos.

– Tem razão – concordei, quase aos prantos de tanto rir.

Mas, de repente, ao olhá-lo, percebi que algo mudara. Ele estava paralisado.

Ao contrário do habitual, seu olhar era sério, sem o toque de humor que sempre carregava. A intensidade em seus olhos transformou-os em um azul-escuro, quase da cor que eu imaginava o mar em dias de tempestade.

Através das lentes dos meus óculos, que escorregaram rumo à ponta do meu nariz, vi sua mão aproximar-se, sem pressa. A expectativa pelo que aconteceria me fez prender o ar, incapaz de desviar o olhar quando ele, gentilmente, devolveu uma mecha de cabelo que escapara do coque frouxo que eu fizera pela manhã, para atrás da minha orelha.

Um arrepio frio percorreu o meu corpo, como uma antecipação do que estava por vir. Uma premonição de que a ponta do seu polegar deslizaria pela minha face, traçando um caminho de fogo rumo à minha boca.

Seu dedo roçou os meus lábios, entreabertos na tentativa de lembrar como respirar, até que ele encontrou o que procurava: o canto da minha boca. Então, com uma calma agonizante, limpou o lugar com o dedo e, em seguida, levou-o à própria boca.

– Acredito que morango agora será o meu sabor preferido – ele sussurrou, sem tirar os olhos da minha boca.

Não respondi nada. Meus olhos também estavam fixos em seus lábios, que se moviam como um convite ao desconhecido que tanto me fascinava quanto me aterrorizava. Maximilian aproximou-se de mim, movendo-se como um felino pronto para capturar a presa indefesa e hipnotizada pelo seu predador.

Ele estava tão próximo que o calor do seu hálito acariciava o alto da minha cabeça e eu, enfeitiçada, ergui o rosto. Seus olhos, ainda fixos em mim, intensos e irresistíveis, obrigaram-me a umedecer os lábios antes de fechar os olhos à espera do inevitável.

Mesmo incapaz de raciocinar com clareza, decidi que, já que caminhava a passos largos para a solteirice, ao menos poderia experimentar um beijo. O primeiro e único, suficiente para entender, de verdade, o que os personagens dos romances sentiam, em vez de apenas imaginar. E quem melhor para isso do que aquele experiente sedutor, que me desarmava com um sorriso e fazia o meu coração derreter como um sorvete de morango na boca?

Respirei fundo, talvez mais alto do que gostaria, aguardando o momento em que seus lábios, aproximando-se devagar, cobririam os meus.

Contudo, em vez disso, ele se afastou repentinamente.

Será que ele teve nojo de mim devido à minha cicatriz?

Ao abrir os olhos, com uma mistura de sentimentos agitados dentro de mim – humilhação, vergonha, raiva e frustração –, compreendi que o motivo do afastamento dele era outro.

Sem perceber, eu havia tombado minha taça de sorvete em nossas roupas.

– Oh, sinto muito! – Minha voz saiu mais como um gemido do que uma desculpa.

– Não foi culpa sua – Maximilian disse, mas nós dois sabíamos que era mentira.

Rindo, ele me ofereceu o seu lenço branco para que eu limpasse a mancha rosa que se espalhava sobre a frente do meu vestido.

– Sua roupa está pior que a minha – argumentei, olhando para o estrago sobre o seu casaco novo.

– O meu será mais fácil de limpar. – Ele deu de ombros, com um sorriso.

Depois que chegamos à conclusão de que pouco poderia ser feito sem água e sabão, e que nenhum de nós dois era qualificado para lavar uma roupa, rimos, aceitando o fato com leveza, enquanto contornávamos o rio Meno a caminho da hospedaria.

– Era impressão minha ou você estava se escondendo de alguém lá na praça?

– E-eu – gaguejei, desviando o olhar para o rio, tentando esconder meu desconforto com aquela pergunta. – Por que diz isso?

– Você estava estranha, doçura. – Maximilian parou, segurando o meu braço, e eu parei também, mas sem me virar para ele.

– Foi apenas impressão sua.

– Você sabe que não.

Ele se colocou ao meu lado e, juntos, em silêncio, contemplamos o quadro pintado pelo iminente pôr do sol que atingia o horizonte com uma mistura de cores – rosa, laranja, dourado e violeta suave –, onde o próprio céu era a galeria.

– Apenas vi alguém que não gostaria de encontrar – confessei, depois de uma pausa, mas sem o olhar.

– Isso já estava claro para mim – Maximilian disse, com a voz sem qualquer traço de brincadeira ou deboche. – Quem você viu?

Não respondi de imediato.

Mantive o silêncio por um pouco mais de tempo, como se quisesse guardar aquele momento para sempre.

– O senhor Krause... o que foi quase meu noivo... estava lá, de mãos dadas com uma jovem.

– Entendo.

– Duvido que um homem com sua aparência entenda o que uma mulher como eu sente ao ser abandonada – disse, com rispidez, só me dando conta da forma áspera como falei quando foi tarde demais. Afinal, não havia sido o Maximilian quem me traíra.

– Então, você admite que me acha irresistível, doçura?

Revirei os olhos, mas acabei sorrindo para ele.

– Não sei o que levou aquele homem tolo a abandoná-la, mas gostaria de lhe dizer que essa atitude desprezível fala mais sobre o caráter duvidoso dele do que sobre você.

– Não importa. Apenas não queria ter de encará-lo depois de ele ter terminado o compromisso por meio de uma carta. E pior, endereçada ao meu tio – disse, com a voz embargada.

A minha visão embaçou, tornando o horizonte uma imagem distorcida que escurecia lentamente, mas a culpa, dessa vez, não era das minhas lentes, ou da falta delas, e sim da mistura de sentimentos que a presença de Maximilian fazia aflorar em mim. Como se um turbilhão com as minhas dores houvesse me alcançado em meio ao oceano de esperança para o qual eu me sentia atraída desde a chegada dele.

Talvez Maximilian soubesse. Talvez até ele conseguisse sentir, pois, sem dizer uma única palavra e ainda olhando o horizonte, agora já sem cor, ele encostou a mão na minha.

Meu coração acelerou de ansiedade e de medo, mas, antes que eu pudesse pensar ou dizer algo, a mesma mão envolveu a minha com ternura. E, com uma linguagem desconhecida para mim, mas reconhecida pelo meu corpo, ele disse, sem palavras: *eu estou aqui com você.*

Aquilo fora o suficiente para que minhas pernas, incapazes de sustentar o peso do meu corpo, me levassem ao chão, arrastando-o comigo. Em silêncio, sentamos lado a lado sobre a grama verde. Minha cabeça tombou ao encontro de seu ombro, e Maximilian me envolveu com o braço, como quem consola um amigo. Mas não havia lágrimas para serem enxugadas... apesar de todos acreditarem que eu era frágil e sensível, na verdade, eu era tão seca quanto as folhas caídas pelo frio do outono, que já não podiam se reerguer.

– Ele não merece você – Maximilian disse, sua voz saindo entre os dentes.

Entrelacei os meus dedos nos dele, antes de dizer:

– Eu nunca o amei – confessei, com um fio de voz.

– Sei que não – ele respondeu, tão seguro e firme, que virei a cabeça para olhá-lo, querendo admirar aquilo que me faltava e que ele tinha em abundância. – Ainda assim, o desprezo, o descaso e o abandono causam uma ferida profunda que mulher alguma merece... muito menos você.

Sua mão se desprendeu da minha, mas, antes que eu sentisse o vazio da sua ausência, ele cobriu a base da minha nuca, permitindo que seus dedos afoitos invadissem meus cabelos sem qualquer resistência, aproveitando-se da frouxidão do meu coque para se embrenhar neles. Guiou-me com firmeza, mas ao mesmo tempo com doçura, ao encontro da sua boca.

Fechei os olhos, ainda que tudo ao nosso redor estivesse escuro, para que eu pudesse também, com meus outros sentidos, sentir a sua presença tão perto de mim. Reconheci seu hálito, lembrança de outros momentos em que estive tão perto de conhecer o seu sabor. Seu odor era simples e másculo. O frescor do sabão do banho, combinado ao cheiro da sua pele e do seu suor, lhe davam um toque especial, como se sua masculinidade aflorasse pelos poros da sua pele dourada.

Quando, finalmente, seus lábios alcançaram os meus, pensei que fosse desfalecer. Sua boca mordiscou meus lábios, como se os estudasse antes de, enfim, como um conquistador do Novo Mundo, tomá-los como seus.

Seu beijo foi intenso, sugando-me totalmente o ar – oscilando entre suavidade e força... calma e urgência. Sua boca explorou a minha, enquanto suas mãos seguravam firmes meu rosto, como se ele temesse que eu me afastasse dali.

Por sorte, eu estava sentada, ou teria desfalecido quando ele, sem fôlego, me soltou. Com os olhos arregalados, afastou-se de mim como se visse um fantasma.

– Sinto muito, doçura – Maximilian disse, a voz rouca, quase irreconhecível, estendendo-me a mão.

Levantei-me sem dizer uma palavra. Ainda zonza, nem saberia o que dizer. Por um momento, havia esquecido quem eu era, onde estava e, principalmente, o que queria. Porque, desde que ele me tomou em seus braços, eu só o queria. Queria continuar em seus braços e acreditar em suas promessas como a tola romântica que eu era.

Respirei fundo algumas vezes, tentando voltar a ser quem eu era antes... antes de conhecer algo que os livros jamais poderiam descrever. Senti-me quase enganada. Como se tivesse aberto a Caixa de Pandora sem querer. Mas e agora? Como eu iria viver sem aquele homem e seus beijos?

– Você está bem?

Estremeci quando a palma da sua mão pousou em minhas costas, enquanto ele me olhava preocupado.

Agitei a cabeça em resposta.

– Tem certeza?

Afirmei com a cabeça outra vez.

– Então, vamos. – Ele segurou o meu cotovelo, guiando-me até a rua iluminada pela luz amarelada e fraca das lamparinas a óleo, presas em pontos estratégicos.

– Por favor, não conte a ninguém o que aconteceu.

– Por quem me toma? – Maximilian disse, injuriado. – Jamais faria tal coisa.

– Seria melhor até esquecermos o que aconteceu – sugeri, sem saber se eu mesma seria capaz de fazer a sugestão.

Ele, depois de me olhar com os olhos arregalados, disse, com um sorriso travesso:

– Isso, doçura, eu não posso garantir.

– Insolente! – acusei, fingindo estar zangada, mas, por dentro, sentia-me uma hipócrita, já que eu mesma não queria esquecer, nem por um segundo, aquele beijo.

Caminhamos em silêncio por algumas ruas até a hospedaria, mas, antes de entrarmos, ele sussurrou:

– Sabe, doçura, decididamente, sorvete de morango é o meu preferido.

CAPÍTULO 17

Ao cair da noite, já no quarto, fui tomada por uma vontade desesperadora de inventar uma desculpa qualquer para não comparecer ao jantar. No entanto, nenhuma delas me pareceu convincente. A menos que eu optasse por ficar sem comer – o que estava fora de cogitação – ou fingisse ter adoecido de algum mal súbito, o que era impensável, já que isso faria, no mínimo, tio Alfred sofrer um infarto.

Sentada na cama, onde permaneci desde nossa chegada à hospedaria, repassei, mais uma vez, cada instante vivido naquele dia.

Aquele primeiro beijo que eu compartilhara com Maximilian – e único da minha vida – fora diferente de tudo que eu já havia lido nos romances. Nunca imaginei que seria algo tão profundo, a ponto de tirar o chão debaixo dos meus pés.

Horas depois, meus lábios ainda ardiam com a lembrança do toque urgente dos seus contra os meus. Mais de uma vez, com os olhos fechados, deslizei os dedos pela minha boca, revivendo, em minha mente, o momento em que seus braços fortes me puxaram para junto de si, para que eu experimentasse seu sabor e provasse de sua essência.

Nenhum dos romances que eu lera me preparou para o que vivi nos braços de Maximilian, e, ainda que meu coração implorasse por mais, minha razão insistia que eu precisava me afastar dele.

Sabia que jamais poderia ser a mulher que Maximilian procurava. Muito menos ele, o pretendente ideal para a vida que eu desejava viver... uma vida semelhante à que sempre tivera ao lado da minha oma.

Justamente por isso, doeu rever o senhor Krause. Ele havia representado, para mim, a chance de viver a vida que eu havia idealizado.

Estivera satisfeita durante nosso compromisso, mesmo sabendo que ali jamais haveria amor – o amor dos romances – e que o interesse declarado do meu pretendente sempre fora apenas o dote que minha família lhe oferecera, com o intuito de assegurar meu futuro ao lado de um homem com ideias modernas, disposto a me aceitar como eu era.

Porém, ao me abandonar, o senhor Krause provou que nem mesmo o dinheiro poderia garantir que um homem me visse como pretendente. Ele havia sido minha única oportunidade de alcançar tudo o que eu sonhara... e ela se fora. Doeu profundamente ver meus sonhos irem com ele.

Mas, justo quando eu começava a me conformar com o destino que a vida me impusera, apareceu Maximilian, com seu riso fácil e a capacidade de me fazer sentir viva e especial. Ele aflorou os desejos mais secretos da minha alma, a ponto de eu me perguntar se não valeria a pena abrir mão do que entendia como liberdade para viver o sonho de ser amada e ter uma família.

– Emma, você não gostaria de escolher? – a voz do meu tio despertou-me do devaneio.

Com o cardápio nas mãos, notei que faltava apenas eu para finalizar o pedido. Sem contar com Maximilian, é claro. Ao tilintar das louças e talheres, olhei para a entrada da sala de refeições da hospedaria, mas ainda não havia sinal dele.

Meu coração ficou pesado enquanto imaginava os motivos que o levariam a abrir mão do jantar. Contudo, apenas um pensamento ecoava em minha mente: o arrependimento o fizera preferir comer mais tarde, para não correr o risco de me reencontrar tão cedo.

Emoções conflitantes guerreavam dentro de mim. Uma parte ficou magoada com aquela possibilidade, mas outra sentia-se aliviada por poder evitar um encontro tão desconfortável.

Será que beijei de modo errado? Ou será que ele, finalmente, se deu conta de que poderia ter uma mulher melhor do que eu, tão linda e perfeita quanto ele?

– Para mim, uma *Frühlingssuppe*, por favor – pedi, referindo-me à sopa de primavera, a primeira coisa que me veio à mente.

– Emma, você está se sentindo bem? – Tio Alfred olhou para mim com preocupação.

– Sim, estou – respondi, sorrindo, tentando convencê-los de algo que não era verdade.

Onde será que ele está?

– Mas você pediu apenas uma sopa rala de legumes – oma comentou, fazendo uma expressão que mais parecia uma careta de assombro.

– Não estou com fome.

– Sim, ela está doente – tio Alfred afirmou, com um tom de pânico na voz, colocando a mão sobre a própria cabeça. – Eu sabia que uma viagem dessas, com tanta gente, seria arriscada.

– Alfred, não seja exagerado, por favor – oma pediu ao meu tio e, virando-se em seguida para mim, cochichou: – Detesto gente dramática!

Cobri a boca com a mão para esconder o riso diante de tamanha ironia, já que ela era a personificação do drama.

– Tio Alfred, Hamburgo é, no mínimo, duas vezes maior que Frankfurt – lembrei-lhe.

– Não importa! É diferente – ele respondeu, passando o lenço, extremamente branco, sobre o prato que o garçom acabara de colocar à sua frente. – Em casa, não precisamos estar em contato direto com a população.

– Alfred, querido, não exagere. – Oma ajeitou os talheres à sua frente, como se isso encerrasse a conversa. – Ninguém está seguro o suficiente, pois a única certeza que temos é a morte.

– Mas é justamente o que eu gostaria de evitar – tio Alfred retrucou, enquanto devolvia a *minha* colher recém-polida ao prato, com a expressão de quem dizia: *agora você está segura.*

Decidida a não me envolver mais na discussão sobre doenças e morte – tema favorito daqueles dois –, comecei a acompanhar com o dedo indicador as curvas do bordado sofisticado que decorava a toalha branca sobre a mesa.

– Desculpem-me pelo atraso!

A voz alegre e ofegante de Maximilian, recém-chegado, chamou a atenção de todos nós. Lançando-nos um sorriso encantador, ele sentou-se à mesa com um movimento despreocupado, como se o seu atraso fosse um mero detalhe – e não algo que havia me roubado a paz.

– Vocês ainda não pediram?

O sorriso impresso em seu rosto deixou-me confusa. *Qual o motivo de tanta alegria?* Revirei os olhos, frustrada apenas de pensar nisso, e uma certa irritação borbulhou diante de mim. Invejei sua capacidade de deixar tudo para trás com tanta facilidade, como se nada tivesse acontecido.

Será que sua tranquilidade era porque minha presença lhe era tão insignificante?

– Não foi isso que eu lhe ensinei, Maximilian Flemming!

– A senhora não vai perdoar um pobre homem que se atrapalhou com o horário? – Maximilian sorriu galante para a avó, escondendo o real motivo do atraso, que, pela sua alegria, devia ter sido algum encontro furtivo antes do jantar.

– Os jovens de hoje não têm mais respeito com os horários como a nossa geração – tio Alfred resmungou, com um toque de indignação na voz.

– Graça a Deus! – oma exclamou, com tom divertido. – Se fosse como na nossa geração, os jovens ainda estariam até hoje procurando um relógio que funcionasse.

Todos rimos da brincadeira.

CAPÍTULO 18

Depois do jantar, com um sorriso forçado, pedi licença para me retirar mais cedo, alegando indisposição. Era a desculpa mais conveniente, embora soubesse que não passava de um pretexto. Lamentei ter deixado tio Alfred preocupado, mas não encontrei alternativa para encurtar a noite. Eu precisava de um momento para mim.

Os olhares constantes e insistentes, principalmente os de Maximilian, incomodaram-me a ponto de me sentir sufocada, como se fosse um livro raro exposto em uma vitrine de museu, sendo avaliado por olhos meticulosos a cada instante.

Eu entendia o estranhamento. Eu mesma notara, embora não soubesse explicar o motivo. Durante o jantar, falei pouco. Apenas concordei com tudo o que era dito, muitas vezes sem sequer compreender o que fora dito. Respondi às indagações com gestos vagos e acenos de cabeça.

A sopa havia ficado fria com a minha lentidão em comê-la. Mexia a colher devagar, empurrando os legumes de um lado para o outro, sem vontade de levá-los à boca. Assim, eles permaneciam boiando no líquido claro e turvo, como personagens de um romance à deriva, presos em uma história de perdas, segredos e sentimentos despedaçados, onde cada colherada poderia ser a chance de arrancá-los de uma trama mal contada, sem rumo e sem promessa de um final feliz.

Desisti de lutar contra aquele líquido insosso, constrangida ao perceber que todos já haviam terminado de comer, exceto eu. Ninguém comentou sobre o meu comportamento durante o jantar. Não foi necessário. Seus olhares, apesar da tentativa de disfarce, diziam tudo. Eu só queria ficar sozinha para entender meus pensamentos e sentimentos.

E foi assim que, sozinha, fui em direção ao quarto. Apesar da insistência de que alguém me fizesse companhia, recusei, e ninguém me acompanhou. Sem trocar de roupa, joguei-me de costas na cama, desejando apenas dormir, na esperança de que, com o raiar do sol, minhas esperanças e meu ânimo perdido fossem renovados.

Contudo, em vez de minha cabeça encontrar o conforto do travesseiro, que me embalaria para longe das minhas aflições, colidiu contra uma superfície dura, que não condizia com a maciez esperada. Ao me levantar, deparei-me com um embrulho em papel pardo, amarrado com uma fita azul-clara, sobre o travesseiro.

Sentei-me na cama e puxei o pacote para o colo, perguntando-me quem teria deixado aquele presente para mim. A dúvida durou apenas o tempo necessário para desembrulhá-lo. Assim que o presente se abriu sobre as pernas, vi um livro de capa dura, marrom-escuro, marcado pelo tempo. Um nó parecia querer fechar a minha garganta, e eu teria chorado, se fosse capaz.

Antes mesmo de pegá-lo nas mãos, já sabia qual título, impresso em letras douradas, encontraria nele. Virei o livro e, ao ler o nome, confirmei minha suspeita: *Orgulho e preconceito*, da senhorita Jane Austen. Mas não era apenas isso. Era o mesmo exemplar que Maximilian e eu havíamos visto na livraria.

Como ele conseguiu comprar o livro sem que eu percebesse?

Lembrei-me, de repente, do pacote de livros que ele dissera ter comprado para a irmã. Certamente, o que ele acabara de me dar estava entre eles. Deslizei os dedos sobre a capa, observando os detalhes, como teria feito se estivesse sozinha naquela livraria. Ele era lindo, e eu estava maravilhada.

Mas algo me dizia que aquele livro não era um exemplar qualquer. Com o coração acelerado, abri-o, confirmando o que já suspeitava: aquele era, na verdade, um exemplar especial – uma segunda edição da obra traduzida para o alemão.

Depois que a emoção da surpresa diminuiu, um novo questionamento surgiu: como ele teria conseguido entrar no quarto? Sua avó não poderia tê-lo ajudado, já que esteve comigo o tempo inteiro. Talvez tenha conseguido a ajuda de alguma jovem camareira, usando sua arma secreta: o charme. Seja como for, o importante era que ele havia conseguido entrar no quarto para me surpreender com o presente mais lindo que eu já recebera.

Enquanto folheava aquela obra-prima, encontrei uma folha solta dentro dela. Ajustei os óculos sobre o nariz antes de ler e logo cobri a boca com a mão, como se precisasse esconder o espanto diante do que via.

Sem acreditar, corri os olhos novamente sobre o texto, escrito com uma caligrafia trêmula e forte, e li devagar, mas, dessa vez, em voz alta:

Emma,
eu ainda num sei escrevê direitu como você, dussura! Mais vi hoje o cuanto esse livru pareceu importanti pra você. Ispero que ele lhe agradi como eu não consigo. Talvéiz assím você si lembre de mim de vez em cuando.

Com amor, Max

Contemplei aquele papel com os olhos marejados antes de levá-lo ao peito, abraçando-o, como eu gostaria de estar fazendo naquele momento com o homem que o escrevera. Eu estava enganada ao pensar que o livro raro havia sido o melhor presente que já ganhara. Ele até chegou a ser, por alguns poucos minutos, mas logo perdeu seu lugar para aquele simples bilhete, cheio de erros de grafia, mas, ao mesmo tempo, tão carregado de significados.

Meu peito estava explodindo de orgulho pelo que aquele homem havia conseguido em tão pouco tempo. Maximilian havia me dito que as pessoas tinham dificuldade em vê-lo como alguém responsável e determinado. Contudo, naquele dia, ele acabara de me provar o quão obstinado era e o quanto estava disposto a fazer para vencer suas limitações.

Ele escreveu no bilhete que o livro era para que eu me lembrasse dele. Quase ri ao pensar nisso, como se fosse possível esquecê-lo algum dia, principalmente depois daquele gesto simples, mas que me impactou de forma tão profunda. Muito mais do que qualquer tentativa patética do senhor Krause em me agradar – se é que era a mim, e não à minha família, que ele desejava impressionar, quando, certa vez, me deu um ramalhete de flores silvestres colhidas em algum terreno abandonado.

Coloquei o meu novo livro ao meu lado na cama, deitei-me de costas, fechei os olhos e apertei o bilhete junto a mim. Apenas naquela noite eu me permitiria sonhar acordada sobre como seria a minha vida se eu me casasse com ele.

CAPÍTULO 19

Na manhã seguinte, os dois cavalheiros já nos aguardavam quando oma e eu descemos para o desjejum. Ela havia chegado ao quarto pouco depois de mim, mas eu permaneci fingindo dormir. Não queria conversar, muito menos responder a perguntas. Meu único desejo era prolongar o deleite daquele momento.

E assim fiz por um bom tempo, enquanto esquadrinhava o teto na penumbra, até que outros pensamentos começaram a combater o meu contentamento: como eu deveria reagir ao encontrá-lo pela manhã?

Havia pensado muito sobre isso, mas foi só ao despertar que compreendi algo importante: não poderia continuar fantasiando que aquele fazendeiro pudesse ser o homem a quem eu abriria meu coração sem medo de me perder – ou melhor, de perder os sonhos do meu coração. Ainda assim, o gesto de me presentear com aquele livro era, sem dúvida, um sinal de que ele talvez estivesse mais aberto em relação a eles.

Que eu estava confusa, isso era evidente para mim. Como pude fazer aquilo comigo mesma? Em que momento deixei que aquele homem de sorriso fácil invadisse meus sentimentos a ponto de me fazer duvidar do que era realmente importante para mim?

– Bom dia, senhorita Weber! – Maximilian disse, puxando a cadeira para que eu me sentasse, enquanto tio Alfred fazia o mesmo para oma.

– Obrigada!

– Vocês duas conseguiram dormir bem? – Maximilian indagou, olhando direto para mim, como se houvesse uma pergunta oculta em suas palavras.

– Com todo aquele calor que fez ontem? – oma respondeu de imediato, enquanto coçava a mão, incomodada com alguma picada de mosquito.

– A mudança da temperatura no início do outono, às vezes, pode ser mesmo desagradável – justifiquei, agradecendo mentalmente pela leve chuva que aliviou a calor da noite, trazendo um agradável clima naquela manhã, propício para a nossa programação e motivo daquela viagem: a visita ao professor Reis para entregar-lhe seus documentos.

– Verdade – tio Alfred comentou, devolvendo seu lenço ao bolso depois de ter lustrado os nossos pratos e talheres.

– Foi necessário que eu abrisse a janela, apesar de saber que isso seria um convite para que os mosquitos nos atacassem – oma contou. – Fiquei preocupada com Emma, que sequer se mexia, como medo de que aquelas feras a devorassem.

– Logo que cheguei ao quarto, caí em sono profundo – menti, torcendo para que o rubor não tomasse conta do meu rosto.

A verdade é que mal percebi qualquer inseto. Se não fosse a marca avermelhada na mão de oma, pensaria que eles eram fruto de sua mente dramática para conseguir mais atenção de tio Alfred – o que, de fato, aconteceu.

– Sinto muito, Gerty, mas hoje vou preparar uma mistura de vinagre de maçã e lavanda que é imbatível para espantá-los – tio Alfred prometeu, olhando espantado para a pequena bolha avermelhada, como se a mão de oma estivesse prestes a cair.

– Tio Alfred, por favor, me diga que o senhor não trouxe vinagre de maçã na viagem – implorei, com uma careta de desespero.

– Claro que não! Jamais faria uma estupidez dessas – tio Alfred exclamou, arqueando as sobrancelhas, como se a minha sugestão fosse um grande absurdo. – Vou pedir um pouco ao cozinheiro da hospedaria.

Suspirei. Talvez de alívio. Não estava certa.

– Abrir as janelas para mim não foi um problema – Maximilian disse, dando de ombros de modo casual.

– Ele diz isso porque, onde vivemos, existem mosquitos maiores e em maior quantidade – oma informou, com o tom de quem dá notícia sobre o tempo, deixando tio Alfred com os olhos arregalados e me fazendo imaginar aquelas criaturas horripilantes atacando as pessoas.

– Como eu não vi nenhum, acredito que ontem era o dia dos mosquitos machos – Maximilian disse, sorrindo como se contasse uma piada que ninguém riu.

– Maximilian Flemming!

– Sinto muito, oma! – ele disse, com uma expressão de inocência fingida, antes de completar: – Não tenho culpa se minha inegável masculinidade espanta insetos e atrai donzelas.

Ele piscou para mim, e eu revirei os olhos em resposta.

Oma resmungou algo ininteligível antes de se virar para tio Alfred, com olhos meigos e inofensivos, mas eu bem sabia que eram um alerta de que ela estava prestes a atacar.

– Alfred, acredito que hoje seja um bom dia para irmos ao mercado, como você havia sugerido – disse.

Eu estava certa. Se tivesse apostado, teria ficado rica. Aquele talento todo poderia ter sido uma grande perda para o teatro ou o meio circense, se isso não fosse algo tão inadequado para uma dama, segundo os padrões impostos pela nossa sociedade. Apesar disso, uma pergunta sempre me acompanhava a cada diálogo: Como ela consegue mudar de expressão tão rápido?

– Mas hoje é o dia em que combinamos de visitar o professor Reis para entregar-lhe seus papéis – relembrei-a do nosso compromisso, pousando a mão sobre o livro, onde estavam guardados desde Hamburgo.

– Ah, sim, lembrei agora! – oma disse, mortificada, tocando a cabeça como quem acaba de recordar algo. – Que cabeça a minha... – Balançou a cabeça, como se repreendesse a si mesma, antes de, com um sorriso de quem acabara de salvar o mundo, anunciar a solução que, para mim, já fora previamente ensaiada. – Mas não será problema. Irei com Alfred ao mercado, e você, Max – ela apontou para o neto com seu dedo enrugado e meio torto –, acompanhará a Emma na visita ao professor Reis.

Como assim? Tenho certeza de ter comentado com ela logo que acordamos.

– Mas, Gerty, não acredito que seja...

– Alfred, não seja tão ultrapassado! – oma interrompeu tio Alfred, fazendo um pequeno gesto com as mãos, como se dissesse "já falamos sobre isso" sem querer ser rude. – Eles irão apenas fazer uma visita ao amigo da Agnes, em plena luz do dia, em uma cidade apinhada de gente. – Oma balançou a cabeça levemente, revirando os olhos, como se aquilo fosse uma tolice. – Se você continuar agindo assim, Emma nunca conseguirá conhecer um pretendente que a tire da solteirice.

Oh, muito obrigada por me chamar de encalhada!

Estreitei os olhos, sem acreditar que aquela senhora estava usando a minha condição *involuntária* de solteira e uma boa dose de chantagem emocional para convencer o *meu tio* a fazer o que *ela* queria. Mas e o que eu queria? Meu coração acelerou ao lembrar-me do beijo.

Não posso ficar sozinha com ele. Será que Maximilian encontraria uma forma de ficar sozinho comigo e se aproveitar novamente de mim? Pior, será que eu queria que ele fizesse isso?

– Hoje parece mesmo ser um bom dia para ir ao mercado. Acredito que é uma boa ideia irmos todos juntos e deixar a visita para amanhã. Afinal, ela...

– De modo algum! – oma me interrompeu, fazendo que não com o dedo torto. – Agnes tinha pressa de que o documento fosse entregue, e nós temos certeza de que o passeio no mercado será enfadonho para vocês dois, não é verdade, Alfred?

Tio Alfred estreitou os olhos, primeiro na minha direção, depois na de Maximilian, antes de dizer:

– Senhor Flemming, não estou certo se devo confiar minha sobrinha em suas mãos. – Seu tom de voz era firme, como se ele fosse o chefe da situação. Quase ri daquela situação, pois todos sabiam, exceto ele, que quem realmente comandava ali era outra pessoa. – Mas, como sua avó me garantiu que o senhor é um homem de respeito... – Ele fez uma pausa. – Espero que o senhor não me decepcione.

– Darei minha vida, se necessário, para garantir a segurança dela. – Maximilian levantou a mão direita ao prometer. Para minha surpresa, dessa vez, sua voz estava séria, sem nenhum toque de divertimento, tão característico dele.

– Vocês sabem que eu estou aqui, não é mesmo? – tentei argumentar, mas meu tio e oma já estavam concentrados na lista das plantas que comprariam, e minha voz parecia desaparecer. – Acredito que seria melhor que fôssemos todos juntos – insisti, mas foi como se eu falasse para o vento.

– Podemos, inclusive, comprar um maço de alfazema seca para o seu preparado contra os mosquitos – disse tio Alfred, fazendo uma pausa e, ao olhar para Maximilian, como se se lembrasse da minha existência, acrescentou: – Espero que você não a incomode, senhor Flemming.

Maximilian teve a audácia de afirmar com um aceno de cabeça e um olhar inocente, antes de cochichar ao meu ouvido:

– Prometo não a morder, doçura.

Ele piscou para mim com um sorriso, como se pretendesse me tranquilizar, o que, é claro, não aconteceu. Em vez disso, alimentou ainda mais a minha imaginação, como se virasse uma página, lembrando-me do que sua boca era capaz.

CAPÍTULO 20

Se eu tivesse de citar uma única coisa que aprendi, nos poucos dias de convivência com oma Flemming, seria: não discuta com ela, porque você não vai ganhar.

E foi assim que, depois da minha infrutífera tentativa de adiar a tal visita, Maximilian e eu chegamos sozinhos ao prédio da Universidade de Ruprecht-Karls. Antes disso, havíamos ido ao endereço do professor Reis, fornecido pela Agnes, mas descobrimos que ele e sua família haviam se mudado recentemente, sem deixar nenhum contato.

Restou-nos, então, como única alternativa procurá-lo na universidade onde Agnes havia comentado, certa vez, que ele estava se preparando para ser professor. Nossa esperança era de que o professor Reis ainda lecionasse lá.

Isso, porém, não era algo tão simples quanto imaginávamos a princípio, tendo em vista que a instituição ficava em Heidelberg, a cerca de oitenta quilômetros de Frankfurt, onde estávamos. Pensei logo em desistir da missão ao perceber as dificuldades que enfrentaríamos para cumpri-la.

No entanto, Maximilian, empolgado com a aventura, me convenceu de que poderíamos ir e voltar no mesmo dia, usando como argumento que isso nos permitiria adiantar o retorno a Hamburgo – provando que ele era neto de oma e havia herdado seus talentos.

Segundo os cálculos de Maximilian, que, ao contrário de mim, era bom com números, o feito hercúleo de viajar até Heidelberg e voltar poderia ser realizado no mesmo dia.

Ele garantiu que poderíamos percorrer toda a distância, indo e voltando no mesmo dia, graças à velocidade de vinte quilômetros por hora do trem, que, segundo oma, era vertiginosa.

Sendo assim, enviamos um bilhete endereçado a tio Alfred, por um menino de recados, avisando que estávamos a caminho de Heidelberg para procurar o professor Reis e que retornaríamos até o jantar.

Por sorte – orava para que realmente fosse sorte – a locomotiva ainda estava lá quando chegamos à plataforma de embarque. Maximilian pôde, então, comprar nossas passagens, enquanto eu, sentada em um banco próximo, tentava recuperar o fôlego depois de ter corrido – ou melhor, ter sido arrastada por ele, como se eu fosse uma desvairada que não atentava para o decoro – quando ele ouviu o primeiro apito do trem e percebeu que, como ainda estávamos na frente da estação, poderíamos perdê-lo.

Com isso, conseguimos a chance de fazer o trajeto, que de carruagem levaria de dez a doze horas, em apenas quatro horas. Quatro longas horas, durante as quais nós viajaríamos usando nomes falsos.

Sim, enquanto eu descansava, Maximilian Flemming teve a brilhante ideia de, em nome da minha reputação, comprar os bilhetes como senhor e senhora Süßermann. Quando estava quase acreditando em sua possível redenção, aquele homem conseguiu me surpreender com o aumento da sua infantilidade. Como ele queria ser pai de uma legião de filhos levando tudo na galhofa, como gostava tanto de fazer?

Senhor e senhora Homem Doce – ele se chamou de doce; quanta prepotência!

Se eu tivesse nascido com um pingo da autoconfiança daquele homem, escreveria um romance como... Não, melhor! Sorri, admirada e orgulhosa da minha própria imaginação. Eu reescreveria *Romeu e Julieta,* com um final feliz. Revirei os olhos, me sentindo o próprio Gutenberg, ao revolucionar a impressão dos livros com sua invenção.

Afinal, quem disse que uma história de amor precisa ser trágica para ser memorável?

Claro que eu protestei contra a mentira de que éramos casados – embora tenha sido tão eficaz quanto falar com o vento, já que ele apenas se desmanchou em risadas, como uma criança travessa. Ainda assim, eu teria exigido que ele se sentasse longe de mim, não fosse a abordagem de um homem roliço, de sorriso fácil como o próprio Maximilian. Mas, ao contrário deste, o homem havia esquecido seus dentes em casa, com certeza, dentro de um copo na cabeceira da cama.

Fingi dormir boa parte do tempo por medo de que, ao me ver apreciar a paisagem da minha janela, Maximilian quisesse me cortejar com suas brincadeiras atrevidas e melosas, que me faziam suspirar. Só que aquilo foi enfadonho até para mim, que gostava tanto de pensar sobre a vida e imaginar coisas.

Acabei me convencendo de que seria de bom-tom ao menos agradecer pelo presente, como a jovem bem-educada que eu era. Além disso, eu precisava fazer isso em particular, pois não queria que ninguém mais soubesse que eu recebera o presente de um cavalheiro – se é que ele poderia ser considerado assim. Isso não era aceitável.

No trem, ao menos, estávamos cercados de pessoas, já que a locomotiva que viajávamos era mais simples do que a que havíamos pegado até Frankfurt, onde ficamos, inclusive, em uma cabine. Nesta, os bancos estavam distribuídos em dois assentos lado a lado, formando duas filas de cada lado do vagão, separadas por um corredor estreito.

Conforto não era uma palavra que meu tio associaria àquele trem. Na verdade, ele sequer teria embarcado naquela viagem na segunda classe, nem mesmo se oma o tivesse arrastado por uma coleira, como um cão relutante.

O piso era limpo e encerado, mas sem carpete. O pior, no entanto, era a quase inexistente distância mínima entre nós, os passageiros à nossa frente e atrás de nós.

Se, ao entrar, meu tio não tivesse infartado com o aspecto da locomotiva, com certeza teria, no mínimo, amarrado seu lenço branco ao rosto, como um bandido, por causa do hálito de cebola que vinha da senhora de seios generosos acomodada atrás de nós. Ou, quem sabe, teria perdido o juízo com o ronco estrondoso do homem desdentado – que acabou sentando-se sozinho à nossa frente, quase ocupando os dois bancos.

– Obrigada! Foi muito gentil da sua parte.

– Depois da promessa que fiz ao seu tio e em nome do decoro, eu jamais poderia permitir que você fosse espremida pelas generosas proporções traseiras do seu novo admirador. – Maximilian, reprimindo o riso, fez um gesto com o queixo, apontando para a frente.

– Não me referia a isso, e sim ao livro que você me deu.

– Fico contente que tenha gostado – ele disse, com doçura. – Eu vi o quanto os seus olhos brilharam diante daquela vitrine.

– Sim, o livro significou muito para mim, mas mais valioso foi ler o seu bilhete e ver o quanto você evoluiu em tão pouco tempo. Você é muito inteligente, e nunca deixe que ninguém, nem mesmo as vozes na sua cabeça, lhe diga o contrário.

Fiquei surpresa ao vê-lo levantar-se de supetão, antes de bradar em alta voz:

– Atenção, senhoras e senhores! – Ele apontou para mim.

Quando todos se viraram para olhar, até mesmo os que dormiam, senti todo o meu sangue ser drenado do corpo para o rosto, em questão de segundos.

– Essa mulher linda, senhoras e senhores, *minha esposa* – depois de uma pausa dramática, ele continuou o discurso, enfatizando bem "minha esposa".

As pessoas, com seus olhares curiosos, divertidos e julgadores, permaneciam atentas ao que Maximilian dizia. Ele, parecendo gostar do som do burburinho entre os passageiros, continuou fazendo gestos teatrais. Enquanto eu, apesar de admirada pelo seu carisma, por sua capacidade de reter a atenção das pessoas e, principalmente, por sua coragem, estava mortificada.

– Essa mulher – ele apontava para mim –, a mulher que eu amo, acabou de dizer que eu sou mais do que um palhaço travesso no picadeiro de um circo – ele falou, com a voz trêmula, quase emocionado, a ponto de convencer até um cientista a duvidar de Galileu. Ao passo que eu sentia a morte vestida de vergonha se aproximar de mim. – A minha esposa... – fez mais uma pausa pensada – ... ela disse que eu tenho cérebro.

Todos riram, enquanto eu, com uma mão, escondia o rosto atrás do livro, e com a outra puxava-o pela manga do casaco com tanta força que tive medo de abrir a costura. Mas ele, parecendo desconhecer a palavra limite, continuou:

– Por favor, senhoras e senhores, palmas para minha amada, senhora Süßermann!

– Pare com isso! – implorei, rindo de desespero, quando a plateia me ovacionou ao seu pedido. – Você é louco!

– Ah, confesse que agora, depois de descobrir que sou incrível, ficou difícil resistir à proposta de ser minha esposa – ele disse, sentando-se ao meu lado, com um sorriso faceiro.

– Seu maluco convencido!

– Por favor, me ajudem! Essa mulher perversa tem massacrado o meu pobre coração – ele gritou, mais uma vez.

– Cale a boca! – gritou uma voz masculina que vinha do fundo do vagão, mas ele apenas riu em resposta.

Ele nem mesmo corou!

– Maximilian Flemming! – eu disse, entre os dentes, tentando usar toda a força do meu corpo para mantê-lo sentado, abraçando-o.

– Meu Deus! Oma, é você? – Maximilian fingiu ver uma alucinação.

– Seu bobão! – Rindo, desisti de tentar contê-lo.

– Se eu soubesse que isso faria você se jogar em meus braços, teria feito essa declaração pública bem antes – ele sussurrou, me envolvendo com os seus braços para manter o abraço.

– Isso é uma pouca-vergonha! Nunca imaginei que este mundo decadente chegaria a esse ponto! – resmungou a mulher atrás de nós, quase me matando de vergonha e com o seu bafo.

Bati na cabeça dele com o livro.

– Fique longe de mim ou vou contar para a sua avó!

– Promete? – perguntou Maximilian, sabendo que a informação só o privilegiaria.

Fechei os olhos, encostando-me na janela, decidida que voltaria a fingir que dormia o restante da viagem. Seria melhor morrer enfadada do que de vergonha ou, pior, apedrejada como uma perdida pelos passageiros.

* * *

Chegamos por volta das treze horas à pequena cidade de Heidelberg, erguida aos pés do castelo que deu o nome à cidade e à margem sul do rio Neckar, em um lindo vale arborizado, entre montanhas.

Às margens do rio, havia uma linda ponte construída em 1788, composta por nove arcos que marcavam a paisagem, chamada de Ponte Velha. Ela unia o outro lado do rio à cidade antiga, por meio de um portão de estrutura medieval que, no passado, fazia parte das antigas fortificações da cidade. Duas torres gêmeas cilíndricas, cobertas por uma estrutura de aparência arredondada, ligadas por um arco de pedra, davam à entrada da cidade um destaque impressionante.

Ao fundo, na encosta da colina do *Königstuhl* – Cadeira do Rei, se eu traduzisse literalmente –, que fazia parte da cadeia de montanhas de *Odenwald*, estava cravado o imponente Castelo de Heidelberg ou, pelo menos, o que sobrara dele. Depois de anos sendo atacado, impressionava mesmo sem que precisássemos subir o caminho que levava a ele, já que o tempo estava favorável e não havia neblina cobrindo a nossa visão.

Maximilian, que já estava maravilhado com tudo, ficou boquiaberto ao ouvir sobre o famoso *Große Fass* – o Grande Barril de Heidelberg, guardado na adega do castelo. Um barril gigantesco, com capacidade superior a duzentos mil litros de vinho.

Ao sairmos da modesta estação de trem, atravessamos a cidade de pequenas casas no estilo enxaimel e janelas floridas. O som da roda das carruagens ecoava sobre as ruas estreitas, pavimentadas com paralelepípedos, e se misturava às vozes dos pedestres e dos vendedores ambulantes e ao badalar dos sinos da majestosa igreja protestante, que tocavam a cada hora.

Seguimos pela *Hauptstraße*, a rua principal, em direção ao centro da cidade, como fomos orientados pelos moradores locais. O caminho era repleto de prédios antigos, confeitarias e livrarias, cujas vitrines eu sequer pude parar para observar, devido ao pouco tempo que tínhamos para cumprir a nossa missão e voltar para Frankfurt.

O imponente prédio da universidade ficava no centro, próximo à igreja, e refletia a importância e o prestígio da instituição, fundada em 1386, reconhecida em toda a Europa por sua excelência acadêmica.

Cruzamos com alguns alunos e professores que andavam apressados, carregando os seus livros pesados, fazendo-me suspirar ao imaginar como seria se mulheres fossem aceitas em suas aulas e como seria se eu pudesse estudar em um lugar como aquele.

– Greta enlouqueceria se estivesse aqui – Maximilian comentou, quando entramos sem querer na Sala Magna.

Fiquei paralisada com tanta beleza daquele local, usado para cerimônias, palestras e reuniões importantes. Apesar do receio de que fôssemos expulsos, minhas pernas não me obedeciam e os meus olhos continuavam a percorrer tudo, a começar pelo piso de madeira de lei encerado – de onde vinha o cheiro suave de cera de abelha e livros antigos.

As cadeiras de assento revestido de veludo vermelho, os castiçais de velas pendurados nas paredes, iluminando suavemente com sua luz indireta, ajudados pelas várias janelas altas de ambos os lados, davam uma sensação de solenidade e respeito quase mística ao ambiente.

– Precisamos sair daqui – sussurrei, mas a minha voz se perdeu e voltou repetidas vezes de forma amplificada devido à acústica da sala.

Uma solteirona alemã por conveniência

Apesar do que falei, não consegui me mexer, como se estivesse grudada nas páginas de um livro, com a melhor cola de encadernação.

– Hum, hum – Maximilian murmurou, e sua voz ecoou pela sala, cuja estrutura havia sido pensada para a oratória.

Duas "varandas" no segundo andar, uma de cada lado da sala, permitiam que espectadores assistissem aos eventos de uma posição elevada. Elas me convidaram a olhar para o teto alto que, assim como as paredes, era revestido em madeira escura, ricamente trabalhada e decorado com brasões.

– Na verdade, não sei se oma nos perdoará por termos vindo a este lugar encantador sem ela.

– Este lugar é mesmo um sonho – eu disse, olhando para a frente da sala, onde grandes pinturas e esculturas completavam o esplendor e a majestade do ambiente.

– Literalmente, não é mesmo? – Maximilian sussurrou, ao perceber o brilho nos meus olhos.

Afirmei com um leve aceno de cabeça.

– Talvez só para alguns – ele piscou, com um sorriso travesso. – Para mim seria como um pesadelo ter de ler por horas e ainda ficar no meio de tantos livros velhos fedendo a mofo. Prefiro a liberdade, o ar fresco e a paz da natureza.

– Entendo – sussurrei, com um sorriso triste. – Apesar de, para mim, parecer surreal que alguém não queira ter uma oportunidade como essa. – Fiz uma pequena pausa; em vez de sair, como pensara, observei os detalhes do lugar e adentrei um pouco mais na sala. – O que eu não daria para que as mulheres também pudessem frequentar a universidade – pensei alto.

– Você vai amar conhecer a Greta – afirmou Maximilian, com um tom empolgado e um volume de voz mais alto do que o de alguém que não quer ser flagrado.

– *Shhh*! – pedi silêncio, colocando o dedo indicador sobre os lábios.

– Sim, sim – ele resmungou baixinho, como uma criança ao ser repreendida.

– Ela é alguém que eu teria prazer em conhecer.

— Ah, mas você vai conhecê-la no nosso casamento.

— Nosso casamento? — Virei-me para ele, mas, ao ver aquele sorriso arrebatador que me fazia perder o chão e começava a despontar, dei-lhe as costas novamente. — Vejo que o excesso de frio está congelando os seus miolos.

— Eles estão bem, obrigado! — Maximilian, aproximando-se por trás, sussurrou ao meu ouvido: — Mas não pense, doçura, que eu não percebi que você está tentando fugir do assunto.

— Prefiro dizer que vocês, homens, não se dão conta do privilégio que têm de poder frequentar as universidades, ter contas bancárias e decidir qual futuro desejam para si — eu disse, olhando de perto uma das esculturas na frente da sala.

— Contudo, ouso dizer que também existem mulheres que não se dão conta do privilégio de viver uma vida tranquila, algo que nós, homens, não podemos nos dar ao luxo — ecoou uma voz masculina, firme e grossa, pela sala, como se quisesse falar para uma grande plateia de idosos com problemas auditivos.

Senti um calafrio, como se o meu sangue tivesse sido escoado pelos meus pés e a minha alma abandonasse o corpo. Antes mesmo de me virar, já sabia a quem aquela voz, que vinha da entrada da sala, pertencia. Pela primeira vez, desde que ouvi sobre a ideia de viajar com os Flemmings, respirei aliviada, crente de que, ali, tão distante de Frankfurt, seria impossível cruzar outra vez com o senhor Krause.

Pelo seu tom de ironia, me pareceu que ele estava zangado. O que seria um absurdo, tendo em vista que fui avisada, por carta endereçada a outra pessoa, de que não serviria mais como esposa para o seu brilhante futuro.

Virei sem pressa, enquanto tentava decidir como poderia responder-lhe, sem, contudo, afrontá-lo como eu gostaria. Sabia que precisava ser prudente, já que ele me tinha em suas mãos.

— Boa tarde! — saudei gentilmente, com a voz um tanto trêmula.

— O que você faz aqui? — inquiriu o senhor Krause, vestido com sua habitual elegância, enquanto caminhava em minha direção com passos largos e confiantes. – Seu tio não lhe informou do nosso rompimento? – Soltou uma risada sarcástica antes de completar: – Ou será que você veio implorar que eu volte atrás em minha decisão?

Que tola sou! Como pude confiar meu coração e meus sonhos a essa criatura desprezível?

– Fui informada – disse, sem ter coragem de olhar diretamente para Maximilian.

Pelo canto dos olhos, vi sua expressão, a princípio de surpresa, começar a se transformar em uma escultura de pedra, como as que decoravam a frente da sala. Seu único movimento foi cruzar os braços, como se esperasse o desenrolar de tudo, e eu quis que o chão se abrisse sob meus pés ao imaginar a decepção que eu acabara de lhe causar.

– Então, por que está aqui? – o senhor Krause retrucou, fitando-me como se eu fosse seu cachorro que fugira do cercado para se aliviar no tapete.

– Você não precisa responder nada – Maximilian disse, em um tom forte e grave, sem se preocupar que o volume da sua voz tinha ecoado mais alto do que a do senhor Krause.

Aquela soava como uma garantia de que eu não estava só. No entanto, minha própria voz badalava na minha cabeça como um sino: *Ah, se ele soubesse o que o senhor Krause sabe.*

Olhei para Maximilian, mas sua a imagem estava distorcida – não pelas lentes dos óculos, mas, sim, por minha visão embaçada pelas lágrimas que desejavam cair, mas não conseguiam.

– Com a sua licença – o senhor Krause disse, com indiferença, como se enxotasse um mosquito –, isso é um assunto particular.

– Venha, Emma! – Maximilian esticou a mão para mim, olhando-me nos meus olhos. – Precisamos ir.

– E esse aí, quem é? – o senhor Krause indagou, carregando na voz todo o seu desprezo, enquanto fazia um gesto com a cabeça na direção de Maximilian.

– É um amigo da família – respondi, acreditando que ignorar o senhor Krause só o irritaria ainda mais.

– Será que é a nova marionete da sua família? – Ele riu, com sarcasmo, analisando Maximilian dos pés a cabeça. – Roupas caras... mas não se iluda, meu caro. Aposto que devem ter comprado essas roupinhas para você com as últimas moedas deles, porque eles não têm mais dinheiro algum. Não seja idiota como eu, que fui enganado e só descobri que ela e a avó...

– Senhor Krause, por favor – implorei, sem coragem de olhar para Maximilian.

– Emma, do que ele está falando? – Maximilian questionou. Sua voz parecia carregada de decepção, e isso fez meu coração ameaçar parar.

– Não, Maximilian. Não vale a pena – disse, tocando o seu braço com meus dedos gelados e trêmulos. – Minha família sempre o tratou como um de nós.

– Mentira! Eu apenas servia aos planos da sua avó. Tudo pelos interesses da querida Emma – o senhor Krause vociferou, injuriado, aumentando cada vez mais o tom da voz, gesticulando com as mãos sem parar.

– Não é bem assim... – eu disse, sem convicção. Na verdade, eu sabia que ele estava certo. E Maximilian sabia também. Vi isso em seus olhos, que haviam escurecido como um céu chuvoso, enquanto ele despia o casaco.

– Meu caro, me foi prometido tanto para, no fim, descobrir que as duas torraram todo o dote que deveria ser meu desde que o avô dela morreu – o senhor Krause continuou, agora virado na direção de Maximilian e da pequena plateia que se formava na entrada da sala e aumentava a cada instante.

Maximilian parecia ouvir tudo como se estivesse petrificado pela própria Medusa.

– O tio dela, quando descobriu, até se ofereceu para repor o dote, mas a querida Emma, com seu orgulho, recusou... – o senhor Krause fez uma pausa antes de se inclinar para mim, falando como se quisesse cuspir no meu rosto a sua revolta – ... sem minha autorização.

– Seu canalha! – Maximilian rugiu.

Jogando seu casaco de qualquer jeito para o lado, ele avançou na direção do senhor Krause como um herói de romance, disposto a morrer, se fosse necessário, para salvar a jovem que acabara de ser humilhada.

Com o maxilar rígido e os punhos cerrados pela raiva contida, ele, em um movimento rápido, acertou o rosto do senhor Krause com um soco forte e preciso, jogando-o para trás.

O sangue que respingou longe parecia atrair a pequena plateia, que, como tubarões, formava um círculo ao redor deles, murmurando e se entreolhando, como se tentassem adivinhar quem sairia vencedor.

Enquanto isso, eu, apertando meu livro com força contra o peito, vi quando o senhor Krause, após se equilibrar por um momento e soltar um rugido de raiva ao se dar conta do ataque recebido, recobrou a postura e avançou contra Maximilian, que, inquieto, o aguardava, ansioso para aliviar sua fúria.

Seu adversário, como um trem desgovernado, atacou. Maximilian desviou, mas o golpe seguinte o pegou de surpresa: um soco seco atingiu sua têmpora direita.

Ahhh!

Um grito agudo, cheio de aflição, saiu rasgando a minha boca quando vi Maximilian cambalear por um instante, com a mão na cabeça, enquanto o público respondia com vaias e aplausos.

Sem vacilar, com um grunhido, ele reagiu rápido. O senhor Krause partiu com um novo golpe, mas Maximilian esquivou-se da investida e, com um movimento certeiro, atingiu-o no queixo. O som do soco reverberou o ambiente junto com aos burburinhos da plateia, ansiosa pelo desfecho.

O senhor Krause, perdendo o equilíbrio, foi ao chão em um baque seco que ecoou no ambiente. Zonzo pela queda, tentou levantar-se, mas Maximilian já estava sobre ele, pronto para finalizar a luta.

– Max, não! – eu implorei, e, apenas por um breve instante, seus olhos, cegos pela fúria, desviaram-se para mim.

Montado sobre o senhor Krause, com a respiração ofegante, ele mantinha a mão fechada, pronto para atacar.

– Solte-o, Max! – pedi, esticando o braço na sua direção.

O senhor Krause permanecia no chão, encurralado, ainda tonto do soco que o derrubara.

– Peça perdão à senhorita Weber! – Max ordenou, com os dentes cerrados, pingando de suor sobre o oponente abaixo dele. – Diga!

– Não precisa, Max – eu disse, apreensiva, tocando seu ombro tenso, quando dois estudantes se aproximaram para separá-los. – Solte-o, Max, por favor! Ele não vale o seu esforço.

Maximilian, encarando o adversário com fúria, permitiu ser puxado pelos dois homens que o tiraram de cima do senhor Krause. Então, enlaçando-o pela cintura, tentei, com dificuldade, apoiar seu corpo meio cambaleante após a batalha.

A tensão da briga parecia começar a se dissipar quando o senhor Krause, sendo levantado pelos colegas, berrou com a voz pingando de raiva:

– A melhor coisa que fiz foi me livrar dessa coisinha defeituosa e falida antes que ela arrastasse meu nome para a lama.

– Cale-se! – Max, sem que ninguém conseguisse impedi-lo, correu como um leão furioso e atingiu o senhor Krause em cheio. Antes de se afastar, disse entre os dentes: – Lave a boca antes de falar assim dela.

CAPÍTULO 21

Os estudantes arrastaram o senhor Krause para longe enquanto ele ainda vociferava falas carregadas de rancor, que, por sorte, já não eram compreensíveis, por causa da distância.

Trêmula e rubra de vergonha, ainda sentia os olhares curiosos e julgadores dos observadores, que foram se dispersando devagar, enquanto eu conduzia Maximilian até uma das cadeiras de veludo próxima a nós.

Tentei não deixar que me afetassem, preocupando-me apenas em avaliar o estado de Max. Ele parecia um pouco zonzo após o fim do conflito, com movimentos lentos e olhos semicerrados.

O que eu mais queria era sair dali antes que o senhor Krause retornasse com suas acusações, reiniciando a briga. Tentava não pensar nas consequências que aquele reencontro traria ao meu futuro.

No entanto, não tinha como não temer os maiores vilões de toda mulher: o escândalo e a ruína. Eu não era tola, sabia que aquele episódio, vexatório e sangrento, havia sido apenas uma amostra do que poderia estar por vir.

Orgulho masculino – aquilo não era uma característica exclusiva do meio abastado onde eu estava inserida, mas algo intrínseco à sociedade em que vivíamos desde que o mundo era mundo. E a consequência disso sempre pesava de forma severa e injusta sobre o lado mais vulnerável: o nosso, o das mulheres.

Ele me defendera bravamente, pelo que eu estava muito agradecida e tocada e, como resultado, acabou ganhando um corte superficial na têmpora direita, de onde escorria um filete de sangue. Mas eu temia que aquela não fosse a única evidência de ferimento.

Seu cabelo, sempre indomado, parecia ter sobrevivido a uma tempestade impetuosa, e sua blusa, antes branca, grudada à pele pelo suor, estava estampada por respingos de sangue – resultado do soco que dera no nariz aristocrático que o senhor Krause tanto prezava e que agora talvez estivesse quebrado. E eu, vergonhosamente, torcia que sim.

Pressionei meu lenço delicado sobre o local atingido para estancar o sangramento, que, apesar de fraco, tingiu rapidamente o tecido de vermelho, como se quisesse transformá-lo em uma bandeira do heroísmo, digna de ser escrita nos contos de bravura de qualquer príncipe valente.

– Desculpe a intromissão, mas vejo que houve um pequeno incidente que... – um homem elegante disse, aproximando-se devagar, apoiado discretamente em uma bengala. No entanto, ao olhar para Max, interrompeu sua própria fala com uma expressão preocupada. – Ele está bem?

Levantei-me, alinhando a postura, precisando elevar a cabeça para olhá-lo melhor. Ele parecia ter a altura de Maximilian, mas talvez uns dez anos a mais. Diferentemente do meu amigo fazendeiro, o homem de cabelos escuros alinhados e barba bem aparada trajava vestes mais formais e exalava o requintado aroma de cedro. Isso deixou claro para mim que o cavalheiro diante de nós não era um simples aluno, mas, sim, um professor influente naquele lugar.

– Acredito que seja apenas um pequeno corte – respondi, e ele assentiu com um sorriso cordial, que me passou a leve sensação de familiaridade. – Tenho a impressão de já tê-lo visto em algum lugar – comentei, ajustando os óculos sobre o nariz.

– Duvido que eu tenha sido seu professor – o desconhecido disse, sorrindo com um tom brincalhão.

– Porque sou uma mulher, imagino – retruquei, virando-lhe as costas enquanto ajudava Max a vestir o casaco.

– Na verdade, falei por causa da sua idade. Por mais que, às vezes, eu reflita se algumas mulheres não deveriam ser proibidas de pensar demais. – O professor riu da própria piada, que só ele achou engraçada, talvez como uma tentativa de amenizar a situação pela brincadeira tão comum entre os homens. – Não me leve a mal, senhorita. Pela forma como segura esse livro, parece apreciar a companhia da literatura, o que é admirável. Espero que sua preferência não seja por aqueles romances tolos que enchem a cabeça das mulheres com fantasias e frivolidades, dos quais não se pode tirar qualquer proveito.

– Aprecio a literatura e o saber em todas as suas formas, professor – respondi, com um sorriso sem mostrar os dentes, apertando o livro contra o peito, como se quisesse protegê-lo. – Afinal, *para mim*, até as histórias de amor, com as suas *frivolidades*, podem ensinar algo às pessoas... como o que *não* fazer, por exemplo.

– Talvez tenha razão – ele respondeu, com um sorriso que parecia meio indulgente. – Há aprendizado em todos os tipos de leitura, suponho.

Então, ajustando a postura, mudou de assunto.

– Bem, faz pouco tempo que leciono ciências naturais aqui na instituição. A área que abrange o funcionamento do corpo, estudos físicos e matemáticos e até astronomia – ele explicou como se eu não fosse capaz de saber o que são as ciências naturais.

Olhei para as janelas, tentando esconder o meu rosto ao revirar os olhos. *Homens!*

Foi inevitável pensar no senhor Krause, que também possuía aquele traço de superioridade masculina que parecia inato à maioria dos homens. Como eu pude aceitá-lo como pretendente? Claro que sabia que havia sido por necessidade, por um bem maior, mas, ainda assim, parecia um ato de violência silenciosa – não apenas contra o que eu procurava proteger por meio dele, mas contra minha própria essência. Como se, aos poucos, partes da minha alma despencassem, em pedaços, sobre uma brasa fraca que as queimava lentamente.

A lembrança do compromisso arranjado por minha oma ainda ecoava em minha mente, como uma sensação amarga e persistente na boca, deixada por um biscoito queimado – de uma criança afoita, incapaz de esperar uma nova fornada ou convencida de que novos biscoitos jamais chegariam para saciar o vazio no estômago.

Sabíamos que o senhor Krause era ganancioso, disso ninguém tinha dúvida, mas nunca nos pareceu ser o tipo de homem opressor, nem defender a ideia de que nós, mulheres, não deveríamos estudar ou trabalhar. Foi justamente esse o motivo que levou minha avó, preocupada com o meu futuro, e minha aceitação, a arranjar aquele tipo de compromisso para mim.

Era desanimador pensar que nós, mulheres, éramos condenadas à dependência, obrigadas a nos submeter aos caprichos e maus-tratos daqueles que juraram no altar nos amar e proteger. Uma insatisfação contida, uma ferida secreta e inflamada em mim, que sonhava com um futuro digno – para mim e para as outras mulheres.

– Mas, então, será que o senhor é meu aluno? – perguntou o homem, olhando na direção do Max, que havia aberto os olhos, parecendo estar melhor, apesar do inchaço visível ao redor do seu olho esquerdo.

– Não sou – Max respondeu em um tom frio.

Não, ele ainda não está bem.

– Seria impossível. Nós não moramos aqui – comentei, enquanto retirava o lenço para avaliar e verificar se o sangue havia estancado.

– Ah, vieram conhecer a cidade? – o homem perguntou, com um sorriso largo e um brilho de orgulho nos olhos. – Permitam-me sugerir que visitem as ruínas do castelo de Heidelberg. A subida pode assustar um pouco, mas a vista é fabulosa. Além disso... – sussurrou, como quem conta um segredo – ... a adega do castelo esconde o maior barril de vinho do mundo.

– Parece mesmo interessante. – O súbito interesse de Max no tal barril gigante pareceu acelerar sua recuperação de forma quase instantânea.

Estreitei os olhos para ele antes de me virar para o desconhecido.

– Não será possível desta vez – respondi ao homem, interrompendo Maximilian antes que ele fizesse planos de prolongar nossa aventura. – Viemos com pouco tempo, apenas para entregar uma encomenda a um amigo.

– Talvez em outra oportunidade – disse o homem, com um sorriso desanimado. – Vocês moram em Frankfurt?

– Não, em Hamburgo.

Ding-dong! Ding-dong! Ding-dong!

O som profundo dos sinos da igreja ecoou repentinamente, insistente, fora e dentro da sala, como se gritasse um aviso: *O tempo está acabando! O tempo está acabando!*

Girando o livro que tinha nas mãos, olhei para o relógio da sala – já eram catorze horas.

– Precisamos voltar ainda hoje para Frankfurt – informei, na esperança de que Max e ele entendessem o recado.

Eles não entenderam... Bufei, frustrada, e, revirando os olhos, tentei manter a compostura.

– Ah, meus pais moram em Hamburgo – o homem contou, animado, enquanto eu virava para o lado, torcendo a boca e me perguntando se minha avó não estaria revirando no túmulo com minha indelicadeza. – Mas o senhor tem um sotaque diferente.

– Sim – Max respondeu, com um largo sorriso, e eu suspirei de alívio ao reconhecer o velho Maximilian Flemming. Mas logo minha preocupação retornou ao outro problema: o horário. – Sou brasileiro – disse ele, cheio de orgulho.

– Brasileiro? – o homem exclamou, arregalando os olhos, com um brilho de curiosidade neles. – Meu Deus! O senhor nasceu no Império do Brasil, no Novo Mundo?

– Não apenas nasci, como também moro lá com toda a minha família – Max contou, com um sorriso que mostrava todos os dentes. – Lindos dentes, por sinal.

– Que interessante! – O homem colocou a mão no queixo, observando seu novo melhor amigo sem piscar. – Eu havia notado um leve sotaque na sua fala, um toque musical, mas não conseguia identificar de onde era. Mas me diga, como é viver lá?

– Maravilhoso. Embora, às vezes, possa ser bem desafiador.

– Entendo. Mas, de fato, onde não é? Aqui mesmo, em março de 1848, quando começaram as revoluções em Berlim e Viena, vivíamos o início das grandes revoltas que marcaram aquele ano em várias partes da Europa. O povo buscava, entre outras coisas, mais liberdade de expressão e o fim das monarquias absolutistas. Além disso, aqui havia um movimento crescente pela unificação dos Estados Germânicos.

Enquanto o professor falava sobre as revoluções de 1848, e Max, com o olhar fixo, absorvia cada palavra narrada como se fosse um versículo sagrado a ser memorizado, eu navegava pelas páginas da minha própria história – ou melhor, pelas minhas lutas internas.

Não era que eu não me importasse com as mudanças do mundo, como se elas não me afetassem. Longe disso. Entretanto, a preocupação de encontrar o professor Reis o quanto antes e, ao mesmo tempo, o receio de cruzar novamente com o senhor Krause me inquietavam.

Essa inquietação era intensificada por outro detalhe: os biscoitos que eu carregava no bolso haviam sumido como por passe de mágica de algum conto de fadas mal escrito, onde o feitiço era mais cruel do que a fome inesperada durante a noite.

O professor erudito teria ficado chocado – ou, quem sabe, até me colocado na fogueira – se imaginasse que a única revolução que me importava naquele momento era a da fome. Mal sabia ele que eu estava prestes a ser abatida bem à sua frente, como um soldado qualquer, caído na trincheira, a um passo de declarar vitória sobre o meu estômago.

O problema não era se Frederico Guilherme IV, rei da Prússia, havia recusado unir-se à luta pela unificação dos Estados Germânicos ou se ele, agora com o juízo parecendo um livro de capítulos embaralhados, tivesse delegado seu reinado ao irmão, o príncipe Guilherme. O dilema era quanto tempo meu corpo ainda resistiria, firme na batalha, antes de capitular diante da fome, que venceria se não chegássemos a tempo do jantar na hospedaria.

– Verdade – eu disse, intrometendo-me na conversa da qual eu fora esquecida. – Inclusive, as mulheres lutaram lado a lado com os homens em busca de mais direitos, incluindo o direito de votar e de ocupar cargos públicos.

– Vocês já podem votar? – Max perguntou, admirado.

– Não – respondi, com uma expressão de pesar. – Nós, mulheres, sequer temos o direito de administrar uma conta bancária sem a permissão de um homem.

– Acontece que, após meses de luta, a revolução perdeu a força. A Assembleia Nacional de Frankfurt, criada para tentar unificar nossos territórios e elaborar uma constituição, acabou não dando certo. Como resultado, houve grande repressão militar, e os aristocratas, que estavam em risco, saíram ainda mais fortalecidos.

Ops! Ainda bem que tio Alfred não está aqui. Esse homem não iria gostar de conhecer o conde de Eisenberg.

– Sinto muito – Max lamentou. – Nós também tivemos uma batalha praticamente no quintal de casa: a Revolução Farroupilha. Meu pai foi um dos soldados que morreram lutando pela autonomia do nosso estado. O resultado foi que, depois de dez anos, o Império saiu vitorioso, e nós conquistamos alguns benefícios importantes. Contudo, o preço pago foi alto, e meu pai foi um dos homens que, abatidos, mancharam nossa terra com sangue.

– Max, seu corte está sangrando – avisei, tirando meu lenço do bolso, pronta para ajudá-lo. Mas ele recusou com um gesto rápido da mão.

– Não se preocupe, Emma, estou bem – Max garantiu, pegando o lenço que eu oferecia.

– A dama está certa. O senhor precisa de cuidados – o professor disse, observando o corte. – Eu lhe daria um bom pedaço de carne crua para evitar o inchaço, mas, infelizmente, só tenho sais aromáticos e uma boa dose de conhaque francês.

Max fez menção de argumentar, mas, antes que pudesse, o professor insistiu:

– Por favor, venham comigo à minha sala.

– Realmente precisamos ir – eu disse, com um sorriso sem graça, apreensiva, sabendo que não podíamos nos demorar mais. – Além disso, não queremos lhe dar trabalho, senhor... – pausei, esperando que ele revelasse seu nome.

– Professor Grüber – respondeu, estendendo a mão para cumprimentar. – Professor Paul Grüber.

Estreitei os olhos, enquanto Max ainda apertava sua mão.

– Somos o senhor e a senhora Süßermann – Max declarou, com um tom firme, antes de se virar para mim e, com um sorriso travesso, piscar.

Tive a impressão de ter visto o início de uma breve careta, logo substituída por um sorriso meio forçado, como se quisesse esconder que o movimento de piscar o olho, embora rápido, lhe causara um ligeiro desconforto.

Olhei para Max com um olhar de repreensão, sentindo o meu rosto arder de vergonha.

Como ele pôde brincar com algo assim tão sério?

Tentando deixar de lado a sensação desconfortável que Max me causava, respirei fundo antes de me virar para o professor.

– O senhor por acaso não esteve em Hamburgo, no enterro do professor Neumann? – perguntei, incomodada pela sensação de já tê-lo visto antes.

– Sim, fui aluno dele enquanto ainda vivia na cidade. – O homem respondeu, olhando surpreso. – Minha esposa, nosso filhinho e eu estávamos visitando meus pais, que ainda moram lá, na ocasião do enterro. – Fez uma breve pausa, o olhar baixo, tocado pela lembrança. – Sem dúvida, uma perda irreparável.

– Bem, professor Grüber... – comecei, um pouco constrangida. – Na verdade, eu me chamo Emma Weber e sou amiga da filha do professor Neumann, e este – apontei na direção de Max – é Maximilian Flemming, cunhado dela.

– Meu Deus, que mundo pequeno – o professor cruzou os braços, inclinando a cabeça com uma expressão curiosa. – Mas por que o senhor disse que vocês se chamavam Süßermann?

– Oh, por favor, não pergunte – pedi, ajustando os óculos sobre o nariz, envergonhada. – É uma longa história.

O professor riu com gosto, achando tudo mais divertido do que deveria. Eu continuei constrangida, e Max com aquele olhar de *Fique tranquila, doçura, tudo vai ficar bem,* que me irritava.

– E a senhorita Neumann? Perdão! Agora ela se chama Flemming, como o senhor? – perguntou o professor Grüber, curioso, enquanto nos dirigíamos à saída da Sala Magna. – Confesso que nem sequer sabia que ela havia se casado.

– Sim. Agnes Flemming – Max respondeu, seguindo ao lado dele.

Distraída pela minha barriga, que roncava cada vez mais alto, e atenta a qualquer sinal do senhor Krause, eu os seguia logo atrás, ao mesmo tempo que me perguntava como conseguiríamos encontrar o professor Reis a tempo.

Só percebi que Max havia recuado, deixando o professor avançar um pouco à frente com um leve vacilar, quando ele se aproximou a poucos centímetros de mim e sussurrou, direto e suave, junto ao meu ouvido:

– Não se preocupe com ele. Estou aqui com você.

Seu hálito quente tocou minha pele, e um leve tremor percorreu meu corpo. Não de medo, já que sua presença trouxera a sensação renovada de segurança. Sensação que permaneceu até mesmo quando ele retornou para junto do professor, já subindo a escada, sem, contudo, deixar de estar atento a mim, que seguia logo atrás dele.

– Meus pais têm alguns amigos em comum com o falecido professor e me contaram que ela partiu para o Novo Mundo, levando apenas aquele cãozinho louco.

– A Docinho. – Sorri ao ouvir sobre a cadelinha, sabendo que ele não falava uma inverdade.

– Cuidado, nobre professor! – Max alertou, com as mãos espalmadas à frente do corpo, fingindo estar ofendido. – O senhor está insultando minha grande amiga.

– Não me diga que o senhor gosta daquele ratinho agressivo que odeia homens.

– Ela me ama – Max se virou para trás, pronto para fazer seu costumeiro gesto de arquear as sobrancelhas, mas logo na primeira tentativa se arrependeu devido ao desconforto do movimento. Nem com isso, no entanto, seu olhar convencido o abandonou.

– Ah, claro! – retruquei, sem esconder o riso. – Não repare, professor. Max sofre de uma condição crônica de autoestima exacerbada. Bem, sobre a Agnes... – comecei, voltando à pergunta que o professor me fizera antes. – ... é uma longa história. Ela se casou com um dos primeiros imigrantes alemães a chegar ao sul do Brasil, onde vivem.

– Que notícia maravilhosa! Ela veio com vocês? – perguntou o professor Grüber, curioso, enquanto subíamos a escada de madeira escura que nos levaria ao segundo andar. – Minha esposa ficaria encantada em poder revê-la.

– Agnes ficou para que eu pudesse vir em seu lugar – Max disse, com um sorriso travesso, querendo devolver meu lenço, mas eu recusei, fazendo uma careta de nojo.

– Ele está brincando – repreendi Max com um olhar. – A verdade, professor, é que ela não pôde vir devido a orientações médicas.

– Enferma?

– Não, não – apressei-me em dizer ao ver sua expressão preocupada, enquanto a minha barriga roncava em protesto. – É que ela está grávida do primeiro filho.

– Que maravilha! – ele exclamou, antes de se virar e indicar uma porta com a mão. – Esta é minha sala. Vamos entrar para que o senhor Flemming possa usar meus sais aromáticos, enquanto ofereço à senhorita um pouco de chá acompanhado dos biscoitos feitos pela minha esposa.

CAPÍTULO 22

O escritório do professor Grüber era como eu imaginava: um ambiente sóbrio, de decoração austera, com móveis de madeira escura que transmitiam bem seu fascínio pelas ciências naturais. Instrumentos de estudo – réguas, esquadros, compassos e outros itens similares – completavam a composição. A janela ampla iluminava o ambiente com uma luz suave e, já da porta de entrada, oferecia uma visão privilegiada da torre da igreja. O cheiro de livros e charutos e o discreto perfume de cedro estavam impregnados no ar, deixando claro quem era o dono daquele lugar e que ali era um verdadeiro santuário da arte do pensar.

Um quadro-negro pendurado na parede, próximo a uma janela ampla, chamou logo minha atenção. Estava repleto de números e fórmulas que, só de olhar, me causaram uma leve tontura – *como alguém poderia gostar daquilo?* Max, ao meu lado, inclinava a cabeça com visível interesse, como se quisesse resolver aquelas questões.

Sobre a robusta escrivaninha, havia duas pilhas de papéis organizados e um globo terrestre, no qual desejei deslizar os meus dedos à procura da terra além-mar que, a cada dia, despertava mais o meu interesse: o Império Brasileiro.

A estante do professor estava repleta de livros encadernados em couro, abrangendo desde ciências naturais e astronomia até tratados avançados de física, além de compêndios de lógica e matemática. Apesar do meu amor por livros e do quanto aqueles títulos eram interessantes, nada foi tão atrativo para mim quanto o pote de biscoitos que descansava na prateleira, como um convite aos visitantes.

A promessa do professor Grüber de que eu poderia saboreá-los com uma xícara de chá ecoou na minha mente, fazendo o meu estômago roncar, avisando que não toleraria esperar até o jantar. Com um sorriso sem graça e uma prece de que os homens não tivessem ouvido, coloquei a mão disfarçadamente sobre a barriga, tentando acalmá-la diante da visão daquelas delícias.

– Sentem-se e sintam-se à vontade – disse o professor, indicando as duas cadeiras preparadas para as visitas, que eram menores, mais simples e menos confortáveis que a sua poltrona de couro, do outro lado da mesa. – Deixarei vocês dois sozinhos por um instante, para pedir que nos tragam o chá que lhes prometi.

– Não é necessário que se incomode – disse Max ao homem, enquanto nos sentávamos.

Eu quase o fulminei com o olhar de desgosto que dizia: *Você perdeu o juízo? Como assim não é necessário?*

– Eu insisto – respondeu o professor, fechando a porta ao sair.

O sorriso que eu sustentava se desfez assim que ficamos a sós.

– Max, você esqueceu que precisamos encontrar o professor Reis e voltar para Frankfurt?

– De modo algum. Mas imaginei, pelo barulho do seu estômago e pelo modo como você encarou aquele pote, que quisesse tomar chá com biscoitos – disse ele, com um sorriso debochado e uma piscadela, apontando com o queixo para o recipiente tentador.

– Ainda nem o tinha notado – desconversei, desviando o olhar para o livro sobre o meu colo, para que ele não notasse que eu corava. – Precisamos mesmo nos apressar.

– Quem melhor para nos ajudar a encontrar um professor do que outro professor? – Max deu de ombros, exibindo um sorriso convencido, cuja mensagem era clara: *Sou sensacional!* Contudo, em seguida, o divertimento foi substituído por uma careta de dor.

Ajustei os óculos e, por mais que não quisesse, precisei admitir que ele tinha razão – inflando ainda mais sua presunção, algo que, Deus era testemunha, ele não carecia. Era provável que o professor Grüber pudesse mesmo nos ajudar, considerando que o professor Reis também fora um aluno do professor Neumann.

– Você está com dor – constatei o óbvio, sem saber como ajudá-lo.

– Não se preocupe, é só uma pontadinha chata. Se você não me fizer rir, ficarei bem.

– Então, a culpa é minha?

– Claro que é! – Ele levantou as mãos, revirando os olhos, e eu não consegui evitar o riso.

Pouco depois, fomos agraciados por uma boa xícara de chá e os tão desejados biscoitos. Se não fosse pela boa educação, teria enfiado dois de uma vez na boca, tamanha era a minha vontade, quando finalmente chegaram até mim.

– Mas conte-me, senhor Flemming, o que o trouxe tão longe de casa? – O professor tomou um gole de chá após morder seu único biscoito.

– Minha viagem foi para acompanhar minha oma.

Humm!

Revirei os olhos enquanto a maravilha amanteigada derretia na minha boca, intrigada com o fato de o professor se contentar com apenas um, quando poderia ter todos.

Senhor, me ajuda a ser uma pessoa mais generosa, pensei, consternada, enquanto observava os dois conversavam.

– Imagino que a sua avó tenha vindo rever parentes e matar a saudade da terra natal.

Max confirmou com um leve movimento de cabeça, os lábios esticados em uma expressão que me deixou em dúvida: aquilo era um sorriso triste ou uma careta de dor?

– Você está bem? – perguntei apressada, cobrindo a boca com a mão para não precisar esperar engolir o biscoito que ainda mastigava.

– Estou com dor de cabeça – ele confessou a contragosto.

– Acredito que seria melhor voltarmos para a hospedaria – sugeri, tentando manter a calma. – Tio Alfred terá algo para aliviar a sua dor.

– Meu Deus! Desculpe-me! Já tinha esquecido dos sais aromáticos que lhe prometi – disse o professor, pegando o remédio que guardava na gaveta.

– Espero que meu adversário esteja pior – Max comentou, olhando o pequeno frasco colocado sobre a mesa.

– Acredito que sim, senhor Flemming – o professor riu. – Vocês dois tiveram sorte que a Sala Magna não foi danificada, ou eu teria de chamar o magistrado.

– Entendo – Max murmurou, um pouco constrangido, antes de aproximar o frasco do nariz e inspirar profundamente.

Ele fez uma careta, seus olhos se arregalaram, e logo o cheiro forte e pungente de amônia invadiu o ambiente.

– Fico aliviado em ter boas notícias a respeito da senhora Flemming. Confesso que minha esposa e eu ficamos bem preocupados quando ela simplesmente desapareceu – disse o professor Grüber, tentando me distrair ao notar o meu olhar apreensivo sobre Max.

– Imagino, muitos ficaram – respondi, sem desviar os olhos das feições do Max, enquanto comia outro biscoito.

Só depois de me certificar que o desconforto causado pela substância de odor penetrante havia passado, dando lugar ao alívio evidente nas suas expressões, completei:

– O que aconteceu com o pai dela foi um infortúnio que a fez enfrentar um período difícil, mas o importante é que agora ela está feliz e bem casada. Além disso, agora com a descoberta do assassino, será mais fácil mantê-la segura.

– Que alívio saber que a polícia de Hamburgo finalmente prendeu o criminoso.

– De modo algum. O detetive Grimm é um incapaz – neguei, balançando a cabeça.

– Ele foi preso invadindo a nossa casa – Max contou, já visivelmente melhor da dor. – Foi um grande susto, mas, graças a Deus, pudemos respirar em paz.

– Como assim, senhor Flemming? Estou confuso. O senhor não me disse que vocês moram no Brasil?

– Sim – Max disse, lançando um rápido olhar para minha mão, que acabara de pegar um biscoito do prato. – Acontece que o criminoso perseguiu minha cunhada até lá.

– Meu bom Deus! – O professor Grüber arregalou os olhos diante da informação. – A violência está descontrolada, com a fome, as doenças, as péssimas condições de trabalho e o desemprego crescente da população – comentou, com uma expressão de pesar.

Minha boca cheia me impediu de responder com palavras, então apenas acenei com a cabeça, concordando com a verdade inegável do que acontecia nos Estados Germânicos.

– Fico aliviado que tenha sido feito justiça com o caso do professor. Só me pergunto: como e com que propósito um criminoso da periferia de Hamburgo seguiria a senhora Flemming até o outro lado do mundo?

– Ele não é um simples criminoso – murmurei, em um tom reflexivo, atenta a qualquer desvio de olhar do professor para capturar um último biscoito.

– Não entendi.

– Quem assassinou o professor Neumann foi um dos colegas que trabalhavam com ele na Universidade de Hamburgo, chamado professor Alberto Cruz – contei, com meu olhar oscilando entre o semblante sério do professor e os biscoitos sobre o prato.

O professor me ouvia com o mesmo olhar de surpresa e indignação que exibira ao descobrir que aquele homem lindíssimo, charmoso, culto, cheiroso e elegante era o vilão daquela história corrompida por uma pena de má qualidade.

– Talvez o senhor não se lembre do nome dele, pois não fazia tempo que ele havia começado a lecionar na instituição. Contudo, acredito que possa tê-lo conhecido no dia do enterro.

– Sim, lembro-me dele. Não era aquele jovem bem-apessoado e um tanto rude que conversava com a filha do professor?

Bem-apessoado?

– Sim, ele mesmo – confirmei, franzindo o cenho levemente. Quem visse poderia pensar que era por falarmos sobre o professor Cruz, mas, na verdade, era de decepção por aqueles biscoitos que ainda estavam ali me chamando. – Ele me fez uma visita e, sem que eu percebesse, roubou o endereço dela.

Só um homem faria uso de uma descrição medíocre para referir-se à aparência do professor Cruz. Afinal, ele, com sua fileira de dentes perfeitos e seu sorriso devastador, era o maior desperdício que a natureza já havia criado.

Não que eu o achasse mais belo que Max. De modo algum. A beleza e o charme irresistível estavam presentes em ambos, cada um à sua maneira. Fisicamente, eram quase antagônicos, exceto pela altura – praticamente a mesma – e pela cor azul dos olhos.

Ao contrário de Max, cuja pele dourada pelo trabalho ao ar livre contrastava com seu cabelo claro e desalinhado, o professor Cruz tinha uma pele mais clara, cabelos escuros cortados curtos e sempre alinhados com vaselina.

Seu bigode, moldado para cima nas pontas com cera e um leve perfume cítrico, parecia fazer parte dele, completando o conjunto irresistível que fazia as jovens suspirarem – inclusive, eu.

No final, Agnes, que nunca simpatizou com ele, estava certa. Ele era um poço de maldade, e a aura de mistério que o cercava não passava de uma nuvem da mais pura maquinação do mal.

– O que foi feito dele? – perguntou o professor Grüber.

– Quando embarcamos para cá, o criminoso estava prestes a ser deportado para a Alemanha, mas como homem livre.

Por onde será que o professor Cruz anda?

– É revoltante!

– Concordo, professor, mas não havia lá nenhuma prova do assassinato que aconteceu aqui, e o sujeito acabou sendo detido apenas por invasão de domicílio.

– Ah, mas podem ficar tranquilos, pois vou escrever ao reitor para garantir que esse homem, já que não será preso, ao menos jamais volte a trabalhar no meio acadêmico.

– Agradeço em nome de toda a minha família. Tenho certeza de que Agnes ficará aliviada ao saber que ele será penalizado de alguma forma.

– Se ele ao menos tivesse confessado...

– Infelizmente, não. Exceto que, ao invadir a casa, questionou Agnes por alguns papéis do professor Neumann que Agnes nem imaginava que estavam com ela. – Max comentou, olhando para mim, como se dissesse: *Estou vendo a interação entre você e esse prato de biscoitos.*

Eu corei, desviando o olhar, e ele continuou:

– Por sorte, ele não conseguiu pegar nada.

– Que bom! – o professor Grüber disse, com um tom amável. – Vocês precisam aceitar jantar em minha casa, ou Ana, minha esposa, nunca me perdoará por não poder ouvir da senhorita mesmo as boas-novas que trouxeram.

Olhei para Max, incerta do que dizer, mas pensando: *Será que ela também nos serviria biscoitos?*

– Agradecemos o convite, mas acontece que, como o senhor pode imaginar, não estamos sozinhos em Frankfurt. Minha oma e o tio da senhorita Weber estão conosco.

– Oh, por favor, não nos faça essa desfeita. Eles vieram com vocês para Heidelberg – o professor disse enquanto guardava alguns papéis em sua bolsa de couro.

– Lamentamos, mas eles ficaram em Frankfurt e já devem estar preocupados com a demora da senhorita Weber em retornar à hospedaria.

Confirmei, com pesar pelos futuros biscoitos da senhora Grüber que eu não comeria.

– Entendo. Podemos combinar para amanhã ou depois de amanhã, e é claro que o convite se estende a eles também.

– Sendo assim, nós aceitamos com prazer seu convite – aceitei, mais animada do que gostaria de demonstrar. Max lançou-me um olhar e um sorriso sutil no canto dos lábios, que me fez corar só de imaginar o que ele estava pensando.

– Será um prazer recebê-los.

– Professor Grüber, o senhor mora aqui mesmo, em Heidelberg? – perguntei, curiosa, em um tom casual, sem, é claro, olhar para Max.

– Sim, tão perto que poderia ir a pé para casa.

– Isso é mesmo ótimo – disse, com um sorriso amigável.

– Professor, foi um prazer reencontrá-lo – Max disse, esticando-lhe a mão, para pôr um fim naquela conversa. – Precisamos mesmo ir à secretaria acadêmica.

– Ah, mas então o senhor pretende estudar conosco? Pensei que estivesse vindo apenas acompanhar a sua avó.

– Por todos os céus, não! Agnes nos pediu que procurasse um amigo da família dela.

– Vocês estaria, por acaso, procurando o professor Erich Reis?

– Sim, ele mesmo. – Sorri, quase aliviada, agradecendo aos céus pelo milagre dobrado que fora todo aquele falatório: encontramos o cientista e ainda comemos biscoitos deliciosos para aplacar a fome. – Estivemos na antiga casa do professor Reis, em Frankfurt, mas nos informaram que ele se mudou. Imaginamos, então, que talvez ainda lecionasse aqui.

– Sim, vocês estão certos. Ele é mesmo um dos professores da casa, mas esta semana ele não ministrará aulas, devido a um trabalho que está desenvolvendo na fábrica de sabão da nossa família. Se quiserem, posso levar vocês até a fábrica.

– Não queremos atrapalhar as suas aulas – disse, querendo ser educada, mas com esperança de que o professor insistisse. – Podemos ir andando ou, se for longe, alugamos um coche.

– Não tenho aulas para ministrar hoje. Só passei aqui para buscar alguns papéis antes de ir para a fábrica. Trabalho nela todas as tardes como administrador. Além do mais, vocês não podem demorar.

– Então, seria ótimo acompanhá-lo até lá, professor – Max disse, prontamente, e eu sorri de gratidão, imaginando quanto tempo economizaríamos com a viagem de carruagem.

— Me deem apenas alguns instantes para que eu mande uma mensagem para minha esposa avisando que talvez eu chegue um pouco mais tarde.

— Não por nossa causa, espero — Max comentou, constrangido por incomodar.

— A fábrica fica na outra margem do rio Neckar, cerca de um quilômetro depois da ponte, e eu faço questão de trazê-los de volta até a estação para que não percam o trem.

Aproveitando a distração deles, rapidamente peguei um biscoito, guardando-o discretamente no bolso do vestido.

— Nem sabemos como agradecer — eu disse, em seguida, com um sorriso genuíno.

— Vindo jantar em nossa casa amanhã.

Sorrindo, bebi um último gole de chá, feliz de ter resgatado um último biscoito antes de partirmos. Ou melhor, mais um último, já que o antigo último havia derretido na minha boca como uma miragem.

— Às vezes me pergunto se usar a mão esquerda é tão desafiador quanto a direita — Max falou, mas como se não percebesse que falava em voz alta, enquanto observava o professor escrever.

Ao notar que eu o observava, ele corou, e o meu coração apertou ao imaginar como ele se sentia por ainda não conseguir escrever com uma caligrafia tão bela quanto a do professor, com anos de prática.

— Certamente — o professor disse, sem levantar os olhos do papel. — Mas, acredite, é algo que podemos treinar. Sou prova disso.

— Minha avó sempre diz que não existe melhor professor que a necessidade.

— Sábias palavras da sua avó.

Antes de embarcarmos no coche, o professor entregou o bilhete e uma moeda nas mãos de um menino de recados, e, virando-se para mim, falou:

— Senhorita Weber, infelizmente, preciso alertá-la de que uma fábrica não é como os lugares que uma moça fina como a senhorita está acostumada a frequentar.

Sem saber o que lhe dizer, apenas afirmei com a cabeça. Sorte a minha que era Max, e não tio Alfred, meu companheiro de aventuras.

Talvez ele estivesse disposto a oferecer à sua esposa o direito de escolher se gostaria de visitar ou não um lugar considerado, pelos ditos da sociedade, inadequado para uma dama de família.

Ou, quem sabe, sua disposição em permitir que o acompanhasse decorresse do fato de que eu não era importante o suficiente para que isso o preocupasse. Afinal, meu tio Alfred, no lugar dele, morreria do coração antes de permitir que eu colocasse os pés em uma fábrica.

CAPÍTULO 23

Um coche de aluguel nos levou até a fábrica pouco antes de os sinos da igreja badalarem marcando quinze horas, deixando-me mais tranquila em relação ao horário. Com a ajuda do professor Grüber, conseguiríamos encontrar o professor Reis e pegar o trem antes do escurecer

Durante a viagem, o professor nos contou que o negócio da família de sua esposa era pequeno e mal conseguia atender à demanda da cidade, mas que, ao assumir a administração, ele buscou aplicar inovações tecnológicas nas produções, aumentando a produção e expandindo os negócios.

Nunca imaginei que teria a chance de conhecer um lugar assim. Em Hamburgo, era sabido que locais como aquele tinham condições precárias e até perigosas.

Ainda assim, mulheres e até mesmo crianças se submetiam, por necessidade, às jornadas exaustivas de trabalho em ambientes superlotados e mal ventilados.

Meu desconforto aumentava só de me lembrar das minhas próprias urgências, e comecei a lamentar minha pressa ao sair da universidade.

As instalações da fábrica ficavam à beira do rio Neckar, e da ponte já era possível avistá-la. Segundo o professor, ela ficava ali para facilitar o fornecimento de água para a produção e o transporte da mercadoria final. Enquanto atravessávamos a ponte, quis lhe perguntar o que era aquela mancha esbranquiçada no rio, que parecia escoar da fábrica direto para a água, mas faltou-me coragem de abordar o assunto.

O galpão de tijolos avermelhados nos recepcionou já na entrada, com um ambiente longo, ao mesmo tempo fascinante e desconfortável. As janelas altas e estreitas estavam, em sua maioria, cobertas por uma fina camada de fuligem. A luz natural que entrava por elas e pela larga porta por onde entramos era quase insignificante.

O ar era impregnado por alguma substância que ardia nos meus olhos, uma mistura de gordura aquecida e algo químico que parecia vir do vapor que saía dos grandes tanques de ferro, ligados uns aos outros por tubos e válvulas, que cozinhavam próximos às paredes.

– Sejam bem-vindos! – o professor disse, com um sorriso, enquanto pendurávamos nossos casacos na entrada da fábrica.

Forcei um sorriso enquanto tentava decidir se a minha curiosidade de conhecer o lugar seria maior que a minha dificuldade em respirar o ar quente e pesado, que parecia estagnado, sem circular.

– O senhor disse que não emprega mulheres aqui? – Ajustei os óculos enquanto os meus olhos percorriam o ambiente, e o meu nariz coçava.

– Sim, isso mesmo – o professor Grüber confirmou estufando o peito, orgulhoso de seu trabalho, antes de completar: – É uma produção de muitos riscos...

Bum!

Uma pequena explosão me fez pular, como se para confirmar o que o homem dizia. Ela atraiu nossos olhares para o fundo da fábrica, onde ficavam algumas máquinas e o laboratório.

– Sinto muito pelo susto – o professor Grüber disse, com um momentâneo vacilar na caminhada, enquanto nos dirigia ao interior do lugar. – Podem ficar tranquilos que foi apenas um teste com o maquinário que estamos tentando adaptar com a ajuda do Erich.

– Interessante – Max esticou o pescoço na direção, fascinado.

– Agora entendo o que o senhor quis dizer sobre ser perigoso para as mulheres – comentei, abraçando o livro sobre o peito, como se isso pudesse acalmar o meu coração.

– Sim, também somos contra empregar meninos na produção.

– Fico aliviada em saber – eu disse, enquanto olhava ao redor, perguntando-me onde seria o reservado daquele lugar. Afinal, devia haver algo destinado às necessidades básicas, mesmo que simples, para que os trabalhadores se aliviassem.

– Tome cuidado onde pisa – Max enlaçou-me pela cintura, afastando-me de uma poça viscosa e de tamanho irregular no piso de pedra, marcado por manchas antigas e pelo desgaste por anos de trabalho intenso.

O professor nos conduziu para seu escritório, explicando empolgado sobre o funcionamento e a produção, conforme nos mostrava tudo. A sala, pequena e escura, ficava na parede oposta aos tanques de cozimento e parecia uma adaptação nova ao lugar, servindo também como uma espécie de depósito.

Ela, ao contrário do restante da estrutura, havia sido construída em madeira em torno da parede original do galpão, que tinha uma janela mantida com o seu vidro coberto para proteger os produtos guardados nas prateleiras de uma estante de ferro meio torta, onde eram armazenados diversos frascos de vidro com líquidos de cores variadas.

A decoração, o conforto e a limpeza do lugar não poderiam ser comparados com o outro escritório do professor Grüber – era como se pertencessem a pessoas distintas. Uma mesa grande de madeira, manchada e mal-acabada, estava abarrotada de papéis desordenados, alguns instrumentos que eu não soube identificar, uma caneca com resto de café velho e um lampião que o professor acendeu ao entrar, iluminando o ambiente.

Coloquei meu livro sobre a mesa e sentei-me na cadeira simples e um tanto trêmula, imaginando se todos os visitantes do escritório eram pequenos e magros como eu para que aquela cadeira aguentasse, enquanto observava o professor mostrar algo a Max pela janela, que, quando aberta, iluminava a sala e oferecia uma vista privilegiada do rio.

– Então, senhorita Weber, o que está achando? – o professor Grüber, virando-se para mim, interrompeu meus pensamentos.

– Fascinante...

– Boa tarde, professor Grüber! – um homem suado e de aparência cansada interrompeu, ao colocar a cabeça pela porta.

– Boa tarde, Herbert! Onde está o professor Reis?

– Ele não veio hoje. Mandou avisar logo cedo que a avó dele estava agonizando. Pensei que o senhor soubesse – o homem respondeu, antes de voltar ao trabalho.

– Ele não me mandou nenhuma mensagem – o professor se virou para nós e disse: – A avó está bem enferma. Já nem fala mais.

– Oh, que pena! – disse, imaginando o quanto Agnes ficaria inconsolável com a notícia.

– Sinto que a viagem de vocês até aqui tenha sido em vão – o professor disse, torcendo a boca em uma expressão de pesar. – Com o agravamento do estado de saúde da avó do Erich, imagino que ele não sairá da cabeceira dela, mas vocês podem deixar comigo a encomenda que têm para ele, que eu mesmo entregarei.

– Desculpa insistir, mas é que precisamos mesmo nos encontrar com o professor.

– Claro, eu entendo – professor Grüber coçou a cabeça por um instante, como se pensasse, antes de responder. – Faço questão de levá-los pessoalmente até a casa dele.

– Tem certeza? – Max disse, com um leve embaraço na voz. – Não queremos atrapalhá-lo em seus compromissos.

– Será mais rápido se eu os levar até lá. Assim não correm o risco de perder o trem das dezesseis horas. – O professor Grüber disse, depois de olhar no relógio de bolso. – Vou precisar apenas avisar o Hubert. É ele quem fica responsável pelo lugar quando não estou.

– Obrigado, professor, nós aceitamos a sua ajuda – Max agradeceu, e eu concordei com a cabeça.

– Senhor Grüber?

– Sim? – Ele voltou-se na minha direção.
– Será que antes disso eu poderia usar o seu reservado?
– Sim, claro! Só peço que a senhorita me desculpe por não ser um lugar apropriado para uma dama.

Forcei um sorriso, tentada a voltar atrás em meu pedido, mas o professor Grüber já havia solicitado que um jovem funcionário me indicasse o local, que ficava fora da fábrica, enquanto ele aproveitaria para mostrar o laboratório para Max.

Como não estava tão frio, decidi ir sem casaco para facilitar minha movimentação no ambiente inóspito que me aguardava. Minha imaginação não era minha amiga naquele momento. Ri só de imaginar como tio Alfred reagiria.

Ao chegar ao reservado, apesar do meu desconforto, cheguei à conclusão de que minha necessidade não era tão grande a ponto de não poder aguardar até chegar à casa do professor Reis.

A estrutura oferecia condições deploráveis para que qualquer ser humano pudesse usá-la e saísse de lá sem que sua vida tivesse sido abreviada em no mínimo dez anos.

As tábuas de madeira, mal alinhadas, formavam frestas generosas que permitiam ao vento, que nos saudava com seu odor fétido, e aos feixes de luz, passagem livre entre elas, revelando que a privacidade não era uma opção.

O rapaz, antes de partir, abriu-me a porta, que, prestes a cair, gemeu escandalosamente, como se me avisasse *Não entre aí!*, enquanto o odor indescritível de excrementos me empurrou para trás, tentando salvar-me a vida.

Lá dentro, um banco de madeira com um buraco no meio servia de assento, enquanto, ao lado, um balde enferrujado continha água e outro, com palha, para usos práticos. Não era um lugar onde alguém que ainda tivesse escolha quisesse visitar – como era o meu caso.

Caminhei de volta, pisando apressada e com passos firmes, querendo esquecer tal experiência, mas o que me fizera quase correr em direção ao escritório do professor Grüber foi me dar conta de que tinha esquecido livro, com os papéis do professor Reis, em algum lugar.

Só posso ter deixado no escritório do professor.

Tentava resgatar em minha memória pelo caminho, enquanto me recriminava por ter sido irresponsável ao ponto de largar algo importante em qualquer lugar.

Foi assim, quase aos tropeços, que entrei no escritório, mal iluminado pelo lampião aceso. As sombras dançantes e os brilhos refletidos pela chama trêmula sobre os frascos de vidros – quase mágicos – chamaram minha atenção, de modo que mal notei que não estava sozinha ali dentro.

CAPÍTULO 24

– O senhor encontrou o meu livro!

O professor Grüber recuou, espantado, quando o flagrei folheando, com interesse, o meu livro.

Com o peito acelerado e ansiosa para impedir que aquele homem continuasse bisbilhotando o que eu havia escrito, sem nenhuma cerimônia puxei o livro o mais rápido que pude.

No entanto, a força que empreendi na pressa de salvar minhas anotações dos olhos curiosos do professor fez com que eu desse um passo desajeitado para trás quando ele soltou o livro. Quase caí, mas consegui me segurar na beira da mesa a tempo de evitar o tombo.

Contudo, o livro caiu de mau jeito no chão, dilacerado, com as folhas espalhadas por toda parte. Aflita para recolhê-las, abaixei-me, mas, no ímpeto, meu cotovelo bateu no lampião, lançando-o ao pé da estante e provocando um barulho estridente.

– Sua louca! – o professor gritou, com a voz abafada, como se tivesse colocado algo sobre a boca. – Você perdeu a cabeça?

Antes que pudesse entender o que havia derrubado, o professor Grüber me afastou do caminho, empurrando-me com força.

Tropecei nas saias do meu vestido, que se enrolaram em minhas pernas, e caí de rosto contra o piso.

Com a testa latejando pelo impacto com a superfície dura, tateei o chão frio à procura dos meus óculos, que pareciam ter-se escondido em algum canto.

Sem eles, tudo o que enxergava era o vulto do professor arrastando-se com dificuldade. Ele gritava palavras incompreensíveis enquanto tentava apagar o fogo que eu iniciara.

Continuei minha busca, sabendo que precisava encontrar meus óculos; sem eles, não poderia sair de onde estava. Foi então que meus dedos tocaram algo metálico. O frio na barriga parecia aumentar à medida que percorri a extensão do objeto, apenas para confirmar, em meio ao caos, o que eu temia: era a bengala do professor, caída no chão, bem perto de mim, esquecida no tumulto.

Não vi o momento em que ele a perdeu, mas, naquele instante, uma sensação de pânico tomou conta de mim, como se aquele objeto estivesse gritando sua presença.

O medo tomou conta de mim. Como ele conseguiria caminhar sem ela?

Angustiada por uma sensação de urgência ainda maior, coloquei-me de quatro, tateando rápido, aqui e ali, o chão quente, desviando de qualquer objeto no caminho em minha busca pelos óculos. Sem conseguir tirar a bengala da cabeça, sabia que precisava continuar tentando, pois não era só minha vida que estava em jogo.

– Professor Grüber! – chamei o mais alto que consegui, mas minha voz, rouca e baixa, saiu arranhando minha garganta.

Ele, parecendo completamente perdido, arrastou-se até a estante, que acabou tombando em direção à porta.

A desesperança ecoou pela sala, assim como um estrondo metálico, seguido pelo som agudo dos vidros quebrando com a queda. O barulho reverberou pelo ambiente, fazendo meu corpo estremecer com uma sensação imediata de pânico, que me dizia para correr, mas eu não sabia para onde – a porta havia sido bloqueada.

Uma solteirona alemã por conveniência

Pequenas explosões ocorreram com a mistura dos produtos, causando reações químicas, e o cheiro forte de essências, álcool e outras substâncias que não consegui identificar espalhou-se pelo ar.

A fumaça escura e densa subiu até o teto baixo, e as chamas lamberam o chão, impregnado pelas substâncias derramadas. Ao mesmo tempo, subiam pelas paredes de madeira como serpentes furiosas, transformando o ambiente em um caldeirão prestes a transbordar.

O odor da morte espalhava-se rápido, como névoa venenosa, envolvendo-me com suas garras tóxicas, apertando meu pescoço, sufocando-me a cada respiração.

Levantei a ponta da minha saia, cobrindo a boca e o nariz. Mas não havia como proteger os olhos, que ardiam e lacrimejavam sem parar.

O suor escorria pelo meu corpo, deixando minha pele pegajosa, enquanto as várias camadas de vestido grudavam nele, como se me espremessem, aumentando o desconforto que me consumia.

Se eu ao menos conseguisse encontrar os meus óculos...

Sabia que, sem eles, não poderia sequer andar pela sala. Só de pensar nisso, meu coração disparava, e o ar me faltava, empurrando-me para os braços do medo, que me apertava cada vez mais.

– Professor Grüber! – gritei, esfregando os olhos, na esperança de melhorar a visão. Buscava o vulto do professor, mas não conseguia ver nada.

Vozes altas fora da sala me levaram de volta ao passado, para quando meus pais gritavam por mim enquanto o fogo subia pelas paredes e a fumaça tornava o ar irrespirável.

Só que, dessa vez, o pesadelo era ainda pior. Uma fumaça densa e escura se espalhou após uma explosão maior. Ao contrário da primeira vez, quando eu era apenas uma menininha, dessa vez não foi distante de mim – aconteceu ali, ao meu redor.

Deitada no chão, cobri a minha cabeça com os braços quando o estrondo fez o lugar sacudir, jogando sobre mim estilhaços, objetos e faíscas, que chamuscaram minha roupa.

– Pai! – sussurrei, ao ver, à minha frente, porém distante, o vulto de um homem caído entre as chamas.

Tentei me arrastar na direção dele. Eu precisava ajudá-lo, mas a fumaça densa e escura começou a me sufocar. Meus pulmões doíam, como se a vida quisesse me abandonar...

O zumbido de um arranhar profundo e estridente pareceu me arrancar dos braços da inconsciência. Era uma vibração aguda gerada pela estante metálica, raspando sobre a superfície áspera do chão, bem perto de mim. Um arrepio frio desceu pela minha coluna, meus ombros se contraíram, e meu coração, já acelerado, parecia prestes a pular pela boca.

– Emma!

Senti quando meu pai, abaixado do meu lado, segurou-me firme pelos braços e beijou meu rosto. Eu queria chorar, mas não conseguia. Meus olhos ardiam secos. O importante é que eu não estava mais sozinha... Meu pai havia voltado, como prometeu.

– Emma, por favor, abra os olhos!

Obedeci, abrindo os olhos, mas, em vez de ser meu pai, era Max que me chamava, sua voz perdida em meio a gritos e vozes distantes.

O calor extremo fez seu suor se misturar ao meu, quando ele me tomou em seus braços, ajudando-me a sentar. Max passou com cuidado a mão molhada pelo meu rosto, enquanto eu agitava a cabeça, querendo mergulhar naquele pequeno alívio.

– Doçura, precisamos sair daqui. – Ele me soltou, afastando-se, e eu apenas neguei com a cabeça, protestando sua ausência, sem conseguir falar.

Passando a língua sobre meus lábios, eu tentava sugar a umidade deixada ali. Enquanto ele me movia como uma boneca de trapos, envolvendo meu corpo com um tecido encharcado que refrescou a minha pele sensível, eu quis chorar de alegria.

– Proteja o rosto – Max disse, puxando rapidamente o tecido sobre minha cabeça.

Obedeci, encolhendo-me, enquanto via sua imagem turva agarrar uma cadeira em chamas, para quebrar o vidro da janela.

Bum!

A janela explodiu em estilhaços pela sala, liberando uma rajada de vento que intensificou o fogo e empurrou a fumaça não apenas pela porta, mas também pelo buraco recém-aberto.

Max emergiu da fumaça, apressado, e me puxou. Guiando-me por entre a densa nuvem preta, ele me levou até a abertura na janela estilhaçada. Com firmeza, empurrou minha cabeça para fora e ordenou:

– Respire!

A fumaça lutava para escapar pela abertura, enquanto eu buscava desesperadamente pelo ar puro. Quando o encontrei, a sensação era uma mistura de alívio e renascimento, ainda que a irritação continuasse arranhando a a garganta seca, causando desconforto.

– Emma, precisamos pular – Max disse, segurando-me pelos ombros, seus olhos azuis olhando dentro dos meus.

– Você está louco! – movi os lábios, sem voz, virando para encarar as águas do rio, com os olhos arregalados. Mas, antes que pudesse me virar e protestar, já estava em seu colo.

Eu me debati em seus braços, que me seguravam com firmeza. Ao mesmo tempo que me sentia segura e protegida junto ao seu corpo, tremia em pânico, já prevendo o que ele pretendia.

Gritei em protesto, mas o som que saía era um grunhido rouco, aumentando ainda mais a dor em minha garganta. Meu corpo se contraiu quando senti os pés suspensos no ar, ao ser colocada sentada sobre a borda da janela.

Meu coração martelava no peito, enquanto minha boca muda formava as palavras: *Não, Max! Nãooooo!* Empurrava meu corpo para trás, tentando fugir, mas ele, com força e urgência, não deixou que eu resistisse.

– Emma, pare! – ele berrou, enquanto eu negava freneticamente com a cabeça, tentando lhe dizer que não sabia nadar, mas ele não compreendia o que eu tentava falar.

Max, com lágrimas nos olhos, me deu um beijo rápido na boca, um gesto inesperado, antes de fazer a mesma promessa que meu pai havia feito um dia:

– Prometo que tudo vai ficar bem, doçura.

E, assim como meu pai, Max me jogou da janela.

CAPÍTULO 25

O impacto da água sobre o meu corpo foi intenso e brutal. Em questão de instantes, o calor do incêndio que antes me atormentava se apagou à medida que o frio cortante do rio penetrava em mim, como se eu recebesse milhares de agulhadas de uma costureira perturbada.

Ao mesmo tempo, o meu vestido encharcado, pesado como uma âncora, me arrastava para baixo, como se desejasse enterrar no fundo do rio o meu corpo e meus sonhos.

As saias do meu vestido subiram, pairando ao meu redor, e, em uma maquinação ardilosa com a saia de aro, me aprisionaram em uma gaiola mortal, limitando meus movimentos. À medida que eu agitava os braços na luta pela vida, a água e os tecidos, igualmente cruéis, enrolavam-se neles como tentáculos mortais, unidos para construir o leito para o meu descanso eterno.

Os meus pés debatiam-se em busca de apoio para me impulsionar para cima, mas o fundo do rio parecia fugir, como o reflexo de um espelho mágico – distorcido e inatingível – de um conto de fadas.

O pavor que pulou abraçado comigo naquele rio passou a me dominar conforme eu afundava, lembrando-me de que eu não sabia nadar. Em meio à aflição, eu fui perdendo a noção do tempo.

A angústia e o medo de nunca sair dali aumentaram minha necessidade de respirar, e eu abri a boca em busca do ar que me traria alívio. Em vez dele, a água fria do rio entrou rasgando minha garganta, deixando seu gosto amargo e oleoso.

A dor das agulhadas sobre a pele partiu, dando lugar a queimação intensa. Mas logo meu corpo foi ficando entorpecido e meus movimentos, lentos. O frio parecia ter congelado minhas entranhas. A sensação era de um vazio, como se agora eu fizesse parte de um grande nada. E, com minhas últimas forças, clamei a Deus:

Senhor!

Nesse momento, agarrada a um fio de vida, senti quando minhas saias foram arrancadas, meu vestido abaixado, enquanto braços fortes envolviam meus braços – *talvez os braços da morte*. Assim, sem resistência, o corpo que me segurava por trás me puxou com força para cima, e eu me deixei levar.

Quando a minha cabeça emergiu das profundezas, senti a água escorrer pelo meu rosto, enquanto o vento, gelado e cortante, beijava a minha face, fazendo-a arder.

Minha cabeça pesava, encharcada como as minhas roupas, e parecia querer voltar para a água. Tentei puxar a respiração, mas tudo que saiu foi um barulho ruidoso e forçado, áspero, um som que brotou de dentro da minha alma, como um grito pela vida.

Uma tosse surgiu em espasmos, liberando passagem para o ar quente, enquanto afastava a água da garganta. Com dor no peito pelo esforço, aos poucos a respiração, ofegante e irregular, foi me devolvendo à vida.

O corpo que me segurava bem próximo e mantinha-me na superfície afrouxou o abraço, liberando meus braços. A respiração dele estava ofegante, como se ele também estivesse à beira de sucumbir.

Tentei me mover, mas sentia-me fraca e zonza. Minhas pernas, ainda fazendo movimentos descontrolados, não se firmavam, e o vestido não ajudava. Mesmo sem as saias, era como um peso morto que nos puxava para o fundo.

Ainda assim, meu herói me arrastou até a beirada do rio e, ali, com um esforço final, me ergueu para fora da água antes de se jogar ao meu lado, tremendo e ofegante, entregue ao próprio cansaço.

Pouco depois, ainda sem noção do tempo, percebi que ele se movia, tentando erguer o corpo.

– Emma, abra os olhos – sussurrou, com a voz trêmula e fraca, com os dentes batendo de frio. – Nós conseguimos, estamos seguros.

Cof! Cof! Cof!

Tossindo, abri devagar os olhos, bem no momento em que Max, agitando um dos braços, com o que parecia ser o resto das suas forças, gritou em alemão:

– *Hilfe! Hilfe!*

Dois homens responderam ao seu pedido de ajuda e se aproximaram correndo, mas eu fechei os olhos. Não conseguia ver direito, e isso só me deixava tonta e ainda mais cansada.

Eu queria dormir... tinha a impressão de estar sonhando.

De olhos fechados, ouvia o som de muitas vozes – homens e mulheres –, as rodas das carroças e seus cavalos indo e vindo. Era, sem dúvida, uma grande movimentação. Homens gritavam comandos o tempo todo, e o cheiro de queimado era lançado por todo lado pelo vento que soprava sem piedade.

Antes de sermos puxados para dentro da pequena carroça, mãos rápidas procuraram em mim algum ferimento aparente. Depois, cobertores grossos e ásperos envolveram nosso corpo, como um abraço quente de oma sobre nosso corpo trêmulo e frio.

– O que você está sentindo? – Max procurou minhas mãos enquanto a carroça em movimento nos levava para longe daquele pesadelo.

Em vez de responder, senti que meus olhos umedeceram, mas, dessa vez, as lágrimas não ficaram aprisionadas; escorreram livremente pela minha face, como não faziam desde a morte dos meus pais – desde o outro incêndio.

Deitado ao meu lado, Max ainda tremia, mas demonstrava estar em melhores condições que eu. Ele me envolveu em um abraço com o calor do próprio corpo, consolando-me, enquanto a dor retida ao longo de todos aqueles anos escapava em soluços e em um choro rouco que parecia brotar do fundo da minha alma.

Com a cabeça em seus ombros, virei-me para olhá-lo. Ele estava sério, como se a correnteza do rio tivesse levado a alegria da sua alma. Passei os dedos gelados por seu rosto, também frio, e dei um sorriso fraco de alívio, agradecida a Deus por ele estar ali comigo.

Nesse momento, lembrei-me do professor, e um arrepio percorreu minha espinha. Meu coração, já quase tranquilo, bateu mais rápido e minha respiração ficou mais agitada pelo medo de perguntar o que eu temia ouvir.

– O senhor Grüber? – A voz baixíssima e rouca que saiu, com esforço, da minha garganta ressecada não parecia ser minha.

Max balançou a cabeça com pesar.

– Meu Deus, eu o matei! – sussurrei, com um fio de voz, em meio ao choro, enquanto me agitava, inconsolável.

Cof! Cof! Cof!

– Claro que não – Max falou, com a voz baixa e trêmula, mas firme. – Não repita isso.

– Fui eu quem começou o fogo, Max! – sussurrei, quase sem voz, agitada. Apertando a mão dele, tentei me levantar. – Eu derrubei o lampião.

– Foi um acidente. – Ele se ergueu, parecendo meio atordoado, e, segurando firme no chão da carroça, repetiu: – Um acidente, entendeu?

Em vez de responder, fiquei imóvel por um tempo, com a garganta queimando, enquanto ele me abraçava.

Isso não pode ter acontecido! Meus Deus, o que eu fiz?

– Me solte, Max! – gritei com toda a força que consegui reunir, mas o som que saiu foi mais parecido com o miado de um gato fanho. Minha tentativa apenas irritou mais a minha garganta, provocando um ataque de tosse.

Cof! Cof! Cof!

– Precisamos voltar lá! – Debati-me com o resto das minhas forças, tentando me erguer, mas ele era mais forte que eu.

– Pare de falar – Max ordenou, irritado. – Você não vai a lugar algum.

– Max, meu livro está lá dentro – minha voz era quase um mover de lábios, em meio a soluços e lágrimas, enquanto, ofegante, eu lutava para me soltar.

– Não seja ridícula como a minha mãe! – ele explodiu, segurando-me firme pelos braços.

Ele olhou nos meus olhos, como se não fosse eu quem estivesse ali e, entre os dentes, disse:

– Aquilo era apenas livro!

Trêmula, ofegante e com a voz quase apagada, mal conseguindo respirar, murmurei para mim mesma:

– Era mais que *apenas* um livro...

Mas ele não me ouviu.

CAPÍTULO 26

Acordei com o sol atravessando uma fresta da cortina fechada. O feixe de luz incidia em meu rosto como uma carícia, prometendo que o novo dia seria melhor que o anterior. *Seria mesmo?*

Meus dedos se moveram sobre a cama estranha, que exalava um aroma suave de sabão e lavanda, incapaz de mascarar o odor de fumaça impregnado na minha pele e cabelos, apesar do banho que tomara.

Conhecia bem aquela sensação. Sabia que, mesmo depois que o cheiro abandonasse minha pele, ele continuaria ali, impregnado em minhas narinas, me seguindo aonde quer que eu fosse.

Por alguns segundos, permaneci quieta, olhando para a imagem embaçada do teto. Minha mente estava confusa; as lembranças do dia anterior voltavam como um trem desgovernado, como a recordação de um pesadelo terrível. No entanto, a dor ao respirar e os pontos do meu corpo confirmavam que tudo havia sido real.

O incêndio... Mesmo sem merecer, sobrevivi a mais um incêndio.

A nuvem negra, a angústia de não poder respirar, vozes e gritos abafados, o estrondo que sacudiu o chão... Max me envolvendo em seus braços, prometendo que tudo ficaria bem. *A mesma promessa... mas será que Max havia conseguido cumpri-la?*

Em parte, sim. Com a ajuda de Deus, ele havia salvado a nossa vida, mas não tinha o poder de voltar no tempo e corrigir a tragédia que se abateu sobre nós... sobre mim.

Fechei os olhos por um instante, sentindo o estômago revirar.

O professor Grüber... eu o matei. E tudo por um livro...

Oh, como eu pude ser tão mesquinha? Talvez Max sempre houvesse tido razão ao acreditar que os livros enlouqueciam as pessoas. Eu era a prova viva disso. Minha ânsia de garantir que meus segredos não fossem descobertos matou um homem.

O pobre professor, limitado por sua condição física, não conseguiu escapar do incêndio. Lembrei-me de ter ouvido alguém dizer que ele não havia sofrido, como se isso pudesse me consolar, em vez de me condenar.

Quando chegamos à hospedaria de Heidelberg, as roupas que usávamos estavam em estado imprestável, a ponto de alguns moradores generosos nos emprestarem algo para vestir até que oma e tio Alfred chegassem trazendo as nossas.

Max parecia invencível, enquanto eu estava em frangalhos. Não sabia como ele havia conseguido se manter de pé, pois os meus pés não me obedeciam. Lembro-me de mulheres ajudando-me a me lavar e a comer, embora sem vontade. Estava exausta demais até para protestar quando o médico, chamado por Max para me atender, deu-me algo para dormir.

— Bom dia, minha criança! — a voz de oma me arrancou dos meus pensamentos, trazendo-me de volta à realidade, como um bálsamo sobre minhas novas queimaduras.

— Oma — girei a cabeça na direção do seu vulto disforme e lhe dei um sorriso débil.

— Tudo vai ficar bem, minha querida. Não precisa se preocupar com nada. O nosso Alfred e Max já estão cuidando de tudo.

Nosso Alfred?

Um sorriso cansado, quase sem forças, brotou no meu rosto. Estava feliz por eles. Ao menos alguém merecia ser feliz.

Tio Alfred não ficaria sozinho quando eu confessasse o assassinato do professor e fosse condenada.

Oh, céus! Essa vergonha vai matar tio Alfred.

Franzi o rosto, tomada pela angústia. Uma lágrima silenciosa escorreu pela minha face.

Eu consigo chorar outra vez!

– Oh, Emma, não chore! – Oma olhou-me preocupada, o que fez meu choro aumentar, e era também de alívio. – Você está sentindo dor?

Neguei com um gesto rápido e, respirando fundo, fui me acalmando.

– Sinto muito! – sussurrei, com um fio de voz falha.

Aceitei sua ajuda para me levantar e puxei a coberta até o pescoço.

– Não há o que se desculpar. O importante é que você e Max estão seguros agora. O seu tio falou pessoalmente com o médico. Você sabe bem como ele é. – Ela piscou, e eu confirmei com um sorriso fraco. – O doutor garantiu que você está fora de risco, apesar dos arranhões, de algumas queimaduras leves e do galo na testa. – Oma falava sem tomar fôlego, deixando-me zonza por não conseguir ao menos vê-la direito. – O mais preocupante foi sua respiração, mas ela já parece bem melhor que ontem.

Afastei as cobertas na intenção de me levantar, mas sua mão firme me impediu.

– Aonde a senhorita pensa que vai?

– Preciso de novos óculos – murmurei; minha voz saiu como um sopro. *Cof! Cof! Cof!*

– Acredito que isso possa esperar até amanhã.

Oma abriu as cortinas. O som do movimento rápido, seco e arranhado me fez olhar na direção do barulho, e franzi os olhos quando a claridade daquela tarde de sol iluminou o quarto por completo.

– Não consigo ficar assim. Isso me aflige – murmurei, chorosa. Minha fala era pouco mais que um mover de lábios. – Onde está tio Alfred?

Oh, Deus! O que está acontecendo comigo?

Toc! Toc!

Ao ouvir a batida à porta, girei a cabeça na direção do som.

– Ela está ainda muito sensível – oma avisou ao vulto que esperava à porta. – Acredito que seja melhor chamar o médico para que lhe dê mais do medicamento.

– Não, por favor! – pedi, sem saber se havia sido ouvida, fazendo uma careta ao lembrar-me do remédio amargo. – Quem está aí?

Cof! Cof! Cof!

– Olá, doçura.

Um nó na garganta e os olhos úmidos foram o resultado de ouvir aquela voz de sotaque musical, e o meu coração se derreteu como um biscoito na boca.

– Max? – Passei a mão pelos cabelos, soltando a respiração em alívio.

Parecia que minha aparência não era tão terrível como eu imaginava. Lembrava que, na noite anterior, as mulheres haviam lavado, penteado e trançado os meus cabelos, antes de eu dormir.

– Quem mais teria uma voz tão celestial quanto esta?

Sorri, quase podendo imaginá-lo arqueando as sobrancelhas três vezes, antes de me lançar um sorriso presunçoso.

– Preciso de novos óculos – sussurrei, sabendo que ele estava perto o suficiente para ouvir. Eu podia ver sua imagem desfocada se aproximando, mas, ainda que estivesse de olhos fechados, podia sentir sua presença marcante no ambiente.

Cof! Cof! Cof!

– Já disse a ela que seria preferível esperar amanhã. O médico mesmo falou que ela precisa de repouso para que possa se recuperar do desgaste emocional.

– Oma, a senhora me permitiria falar com ela por um minuto? – Ele cochichou com a avó, mas eu consegui ouvir e não protestei.

– Isso não é decente, Maximilian Flemming!

– Será só um minuto, oma! – ele argumentou, enquanto conduzia a idosa para a porta. – O que eu poderia fazer com ela em um minuto?

– Não seja insolente ou bato na sua cabeça com esta bengala! – oma ameaçou, antes de ele fechar a porta, que, mesmo depois de fechada, ainda recebeu duas batidinhas com a bengala, como se para lembrá-lo de que ela estava ali.

– Não consigo enxergar um palmo diante do nariz – lamentei com um sussurro, fazendo beicinho quando ele se aproximou.

– Sinto muito, doçura! – Max disse, com a voz rouca, enquanto passava as costas da mão pelo meu rosto.

– Talvez eu tenha exagerado um pouco – disse, com os olhos fechados para desfrutar da carícia sobre a minha pele ressecada pelo calor extremo.

Cof! Cof! Cof!

– Nã-ão sou assim tão cega. Consigo ver o seu vulto.

Sorri depois de outro ataque de tosse, tentando parecer engraçada.

Ele não riu – ao menos não ouvi sua risada.

– Não falava sobre o incêndio.

O silêncio pairou sobre nós por um momento. Sentada na beirada da cama, eu me remexia, sentindo que ele me observava, enquanto eu não sabia como lhe dizer o que precisava ser dito. Ainda assim, respirei fundo e, com a voz trêmula, murmurei:

– Max, não foi culpa sua... A culpada sou eu.

– Foi um acidente. – Eu o vi balançar a cabeça.

– Que custou a vida do professor. – Minha voz, já fraca, trêmula, falhou diante da emoção que a dor da culpa me provocava. – Sempre fui desastrada, mas jamais imaginei que poderia fazer mal a alguém além de mim mesma.

Sabia que precisava falar com ele também sobre o livro, mas me faltou coragem. Eu tive medo de que ele me odiasse.

Max tirou algo do bolso antes de aproximar suas mãos do meu rosto, e só então consegui vê-lo claramente.

– Você encontrou os meus óculos – minha voz carregava uma mistura de sentimentos: alegria, alívio e tristeza.

O vulto embaçado dele havia sido substituído por sua imagem clara, apesar de algumas manchas e arranhões nas lentes. Eu quase havia esquecido o quanto ele era belo. Ainda que algo parecesse estar faltando, algo que o tornava único. Não mais que alguns segundos para que ficasse claro que era o brilho que os seus sorrisos e o olhar travesso que lhe traziam.

O inchaço do soco do senhor Krause havia diminuído muito mais rápido do que eu imaginava. A área ao redor da têmpora direita estava um pouco mais escura, mas não tanto como pensei que ficaria no dia seguinte.

Além do sorriso discreto que ele sustentava no canto dos lábios, havia em sua expressão uma mistura de cansaço e determinação, como se não fosse permitido demonstrar mais fraqueza.

– Eu os encontrei caído perto de você quando entrei. Tentei limpá-los e desentortá-los o melhor que pude. Mas o seu tio já providenciou novos, aqui na cidade mesmo.

– Obrigada! – sussurrei, tentando ajustar os óculos, que pareciam não se encaixar direito no meu rosto. – Por que você não me entregou ontem? Fiquei o tempo todo ali, como uma pata cega.

– Eles estavam escuros e tortos... – Max disse, passando a mão no cabelo, inquieto. – Não... mentira! – Ele parou, engolindo em seco, como se precisasse de uma pausa para respirar. – Sinto muito! Mas eu não queria que você visse todo aquele horror.

– Max...

– Não queria que você sofresse ainda mais.

– Mas eu mereço! – murmurei, forçando a voz, chorosa, querendo que ele me ouvisse.

Cof! Cof! Cof!

– Não! Você não sabe o que diz. – Ele balançava a cabeça, com os olhos cheios de tristeza. – Eu sei como você se sente, Emma. Também me culpei por anos, acusando-me de ser o responsável pelo que aconteceu à minha mãe. Por não a ter salvado. Mas nem Klaus nem eu poderíamos ter feito nada. Foi ela quem correu em direção ao fogo. Não fomos nós que a colocamos lá.

– Sinto muito!

– Isso foi há muito tempo – Max disse, com os olhos vermelhos, sem me olhar.

– Mas ainda dói – sussurrei, pensando na minha própria dor.

– Acredito que vá doer para sempre.

– Ontem eu revivi tudo – minha voz era quase um sopro no meio das lágrimas, e eu nem sabia se ele havia escutado.

– Tudo o quê?

– O incêndio que matou os meus pais.

– É normal. Eu também me lembrei de coisas e refleti sobre tudo por horas.

Mais silêncio. Havia tanto a ser dito, mas ainda assim não sabíamos o que dizer.

– Você disse ontem? Você acha que o incêndio foi ontem? – Ele perguntou, incrédulo. – Aconteceu há cinco dias.

– Não pode ser. – Olhei para ele, confusa, tentando observar se aquilo era uma de suas piadas sem graça. Mas ele estava sério, olhando-me com tristeza. – Não me lembro de...

Cof! Cof! Cof!

– Você precisou ser medicada – ele explicou, enquanto eu me recuperava da crise de tosse. – Estava muito agitada, e isso dificultava sua respiração.

Respirei fundo. Meu peito ainda doía, mas era necessário. Era como se minhas ideias clareassem e meu coração se renovasse para falar daquilo que eu havia vivido. Estar novamente em meio ao fogo, reviver meu trauma, havia me obrigado a olhar para as minhas feridas... aquelas que pareciam cicatrizadas.

– Max, por anos, de certa forma, eu culpei meus pais por terem me abandonado. Mas só agora entendi o que realmente aconteceu naquele dia. Eles deram a vida para me salvar... e o fizeram ao me deixar para trás.

Fiz uma pausa e respirei fundo depois de tossir pelo esforço. Retirei os óculos, tentando segurar as lágrimas. Aquele não era o momento. Minha voz falhava, trêmula e difícil de se ouvir, mas eu precisava falar com alguém sobre tudo o que queimava no meu peito. Alguém que pudesse me entender... alguém em quem eu confiasse... alguém como Max.

– Max, eu fiquei para trás para suportar as dores físicas e a dor da saudade, como tanto os acusei. O que não conseguia entrar no meu coração até ontem... melhor dizendo, durante o incêndio... é que, naquele momento, eles demonstraram a grandeza do amor que sentiam por mim... ao não me levarem com eles.

Ele me estreitou em seus braços, sem que eu precisasse pedir. Minhas lágrimas, agora livres, molhavam a sua roupa, mas ele não se importava. Aquele abraço não era do Max travesso e galante, mas, sim, de alguém que, como eu, havia sobrevivido duas vezes às mesmas dores. Eu não entendia o porquê, mas, no fundo do coração, me perguntava se talvez não existia um propósito maior em tudo aquilo.

– Eu entendo você, doçura. Também culpei minha mãe. Eu não a perdoava por ter preferido aqueles malditos livros a nós... a mim.

Ele parou por um instante antes de voltar a falar, com o rosto escondido entre os meus cabelos, como se quisesse disfarçar a emoção que o levara às lágrimas. Mas a sua voz, rouca e trêmula, o denunciava. Eu o abracei com força, querendo que ele soubesse que eu compreendia bem o que ele sentia, esperando que ele recomeçasse.

– Foi apenas naquele dia, graças a você, que entendi o que ela fez. Você me mostrou isso. Minha mãe arriscou sua vida por um propósito maior. No fundo, ela foi uma mulher que deu a vida por querer levar a liberdade para quem não tinha. Queria dar voz a quem não conhecia as palavras. Era mais forte do que ela.

Ele fez uma pausa, emocionado, antes de se afastar e, sem esconder suas lágrimas, olhando nos meus olhos, disse:

– Obrigado, Emma! Você me mostrou isso. Só agora eu entendo o que me atraiu em você. – Ele passou os dedos sobre a minha face, ainda sem os óculos, como se recolhesse minhas lágrimas em uma taça. – Você tem muito dela.

– Eu não sou o que você diz. Veja o que fiz – disse, com a voz embargada, desviando o olhar. – Eu matei um homem por causa do meu desespero em esconder os meus segredos. Ao encontrá-lo com meu livro nas mãos, tentei tirá-lo dele.

– Eu teria feito o mesmo para pegar os papéis do professor Reis – Max respondeu, pegando os óculos das minhas mãos e recolocando-os no meu rosto. – Você tinha papéis valiosos dentro dele e não sabia que eu os tinha colocado no bolso do meu casaco.

– Você o quê? – Arregalei os olhos, incrédula. – Você fez isso? Quando?

– Sinto muito, mas achei perigoso demais que eles ficassem dentro de um livro que você levava para lá e para cá – ele justificou, passando a mão na nuca. – Coloquei durante a nossa viagem de trem para Heidelberg.

– Mas...

Cof! Cof! Cof!

– Pare de se culpar, doçura, e não fale tanto.

– Max, você não entende. – Segurei com força seu braço, para que ele me olhasse. – O que acontece é que, ao puxar o livro, acabei derrubando o lampião.

– Pare de se culpar! Você não tinha a intenção de provocar aquele incêndio. Estava apenas tentando salvar os documentos.

– Não é verdade, Max! – retruquei, com a voz trêmula, enquanto apertava as mãos sobre o peito, que doía pelo esforço para respirar e pela emoção contida. – Eu estava apenas tentando salvar a mim mesma.

– Já foi o suficiente – oma disse, entrando no quarto com passos firmes, como se nem precisasse da bengala que carregava. – Emma precisa descansar, e você, também.

– Mas oma...

– Obedeça, Maximilian Flemming! – ela alertou, levantando a bengala como se fosse uma espada, e ela, um cavaleiro da Távola Redonda. – Se continuar agitado assim, vou chamar o médico para lhe dar um medicamento também.

CAPÍTULO 27

Já passava do meio-dia quando acordei no dia seguinte. O remédio horrível que o médico me deu parecia mais potente do que o gosto amargo que deixava na boca.

Mesmo tendo dormido por horas, meu sono foi conturbado e cheio de imagens, como se os dois incêndios tivessem se fundido em uma única noite. Sentia-me fatigada, como se houvesse passado a noite caminhando sem parar, subindo e descendo montanhas. Sabia que era um dos sintomas da doença respiratória que eu adquirira após o incêndio anterior.

A presença de oma, sentada e tricotando na cadeira ao lado da minha cama, era reconfortante. O quarto em que estávamos hospedadas era simples e aconchegante, quase trazendo a sensação de estar em casa. Apesar de não ser grande, acomodava nossas duas camas sem nos deixar claustrofóbicas.

– Bom dia, Emma!

– Bom dia, oma! – minha voz saiu baixa e fraca, acompanhada de um chiado no peito.

Tateei a mesinha de cabeceira à procura dos meus óculos.

– Aqui está. – Oma colocou-os na minha mão. – Você está se sentindo melhor? – Ela descansou seu tricô sobre o colo para me observar.

– Sim. – Menti, com medo de ser obrigada a continuar na cama ou, pior, tomar mais daquele remédio do médico.

Cof! Cof! Cof!

Depois de um ataque de tosse repentino, respirei fundo, antes de continuar:

– Estou faminta e um tanto sufocada aqui dentro. – Sentei-me na cama para beber um gole do chá de ervas que ela me oferecia, uma das receitas dela e de tio Alfred.

Como é bom poder respirar.

Olhei ao meu redor para captar os detalhes do lugar, já que a minha agitação no dia anterior não me havia permitido. A começar pelo meu próprio corpo: eu continuava com a camisola emprestada – de algodão simples, com delicados bordados na parte superior. Lembrei-me de que ela não tinha gola e, rapidamente, coloquei minha mão sobre ela.

– Ela não é tão feia assim.

Olhei para oma e ajustei os óculos no rosto, tentando descobrir suas intenções ao falar aquilo. Preferi não responder. Eu conhecia a verdade.

– O que você acha de trocar de roupa para que possamos pedir que lhe tragam algo para comer?

Assenti e, mesmo sob os protestos de oma, caminhei devagar, apoiando-me na cama até o espelho grande pendurado na parede, ao lado da porta. O reflexo não foi generoso comigo, melhorando a cicatriz que eu tanto detestava. Além disso, minha pele estava seca, irritada e com algumas pequenas queimaduras aqui e ali, que já apresentavam melhoras.

Engoli em seco, tentando evitar que as lágrimas retornassem, mas foi em vão.

Cof! Cof! Cof!

– Tente não chorar, meu bem – oma pediu, aproximando-se de mim. – Isso só vai piorar essa irritação e vermelhidão dos seus olhos.

Concordei, vestindo meu vestido verde-azeitona, mas me arrependi assim que olhei no espelho – sua cor só acentuou o meu abatimento. Decidi ficar como estava. A dificuldade de respirar me impedia de fazer esforços desnecessários.

Toquei o galo da minha testa, com um sorriso triste. Graças ao emplasto que tio Alfred havia colocado, ele já parecia bem menor.

Você teve sorte! Todos diziam. Sim, ao menos as pequenas bolhas que eu trouxera do incêndio recente já estavam sarando e não foram profundas e dolorosas como as do passado.

Profundas mesmo foram as feridas que eu havia causado na família do professor Grüber.

Como vou conseguir continuar vivendo com essa morte tenebrosa sobre as minhas costas? Como vou conseguir encarar as pessoas sabendo que deixei uma mulher viúva com um filho pequeno?

As lágrimas voltaram a correr, como se uma corredeira tivesse brotado na minha face, quando oma me abraçou forte e me disse o quanto ela e o meu tio tinham ficado felizes em ver que estávamos bem.

Toc! Toc!

Oma se afastou de mim, enxugando a própria face. Antes que ela atendesse a porta, eu já sabia quem estava lá. Max entrou no quarto com um sorriso iluminando o ambiente, como os raios de sol ao amanhecer.

– Você está melhor? – a voz dele era suave, mas carregada de preocupação.

Balancei a cabeça, tentando parecer tranquila, mas o chiado no meu peito e a respiração ofegante me denunciavam.

– Você precisa sair, Max – oma protestou, cutucando-o na costela com sua bengala. – Emma ainda não está vestida adequadamente. – Ela exagerou, e todos nós sabíamos, inclusive ela mesma.

– O investigador está lá embaixo. Ele já conversou comigo, mas agora deseja falar com você, Emma.

Respondi com um aceno de cabeça, sem conseguir segurar o choro que me roubava o ar.

– Vai ficar tudo bem – Max me abraçou, sem se importar que fosse impróprio. – Não chore, por favor!

Cof! Cof! Cof!

Ele retirou os meus óculos embaçados e enxugou minha face com sua mão.

– O inspetor explicou que é apenas um procedimento de praxe, necessário para esclarecer os detalhes do ocorrido, embora tudo indique tratar-se de um acidente. Mas, se você preferir fazer isso outro dia, eu aviso que ainda não tem condições.
– Eu irei – murmurei, com um fio de voz, sabendo que havia chegado a hora de contar toda a verdade.

* * *

Após prestar os esclarecimentos ao investigador, senhor Stein, sobre o dia anterior e de encharcar dois lenços – o meu e o dele –, fui liberada sem nenhuma acusação.
Como aquilo foi possível? Eu mesma não sabia responder.
Ainda que achasse justa minha condenação, o medo de ser julgada foi angustiante. Sentir os olhos do investigador me observando aumentou, em alguns momentos, a minha dificuldade em respirar. O suor que escorria pela minha pele, fruto da tensão de ser investigada, pinicava o meu corpo sob o vestido.
Com a voz rouca e baixa – falhando em alguns momentos, entalando em outros – e em meio às lágrimas, contei toda a verdade, sem esconder nada, preparada para enfrentar as consequências do meu ato impulsivo que a perda do controle emocional havia causado.
No final o senhor Stein garantiu, com a mesma serenidade com que havia falado com Max, que tudo não passara de uma fatalidade. Mas por que ainda era tão difícil para mim aceitar isso?
Não achava justo. *O que aconteceu foi uma tragédia*, disse o senhor Stein. Sim, mas também havia sido um reflexo do meu desespero para preservar algo que era meu. Isso havia causado um incêndio que poderia ter ceifado muito mais vidas – como no incêndio de Hamburgo.
Sentada ali, na pequena e aconchegante sala de refeições da hospedaria, eu observava, com o olhar perdido, a rua movimentada naquele dia frio e úmido, através das grandes janelas de vidros. O som suave dos talheres

e o tilintar das louças embalavam meus pensamentos, enquanto o cheiro do chá que havíamos tomado e o dos biscoitos já comidos ainda se misturavam no ar.

Em meio ao barulho das vozes, Max sentou-se na cadeira à minha frente, no mesmo lugar onde o investigador havia estado momentos antes. Ele tocou minha mão, esquecida sobre a mesa, e disse:

– O investigador disse que acabou, doçura – sua voz era doce, como se tentasse suavizar a dor que me consumia. – Ele falou que estamos liberados para voltar para Frankfurt, se quisermos.

– Como isso pode ser verdade? – murmurei, tentando não forçar a voz.

– Pelo fato de sermos inocentes? – Ele disse em um tom divertido, em uma tentativa desajeitada de me fazer sorrir.

– Só que eu não sou, Max!

Cof! Cof! Cof!

– Não force a voz e não diga tolice. – Ele olhou ao nosso redor, receoso de que alguém tivesse ouvido. – Já falamos sobre isso, Emma. – Ele usou um tom mais firme: – Foi um acidente. Tenho certeza de que o senhor Grüber pensaria da mesma forma.

– Não estou certa disso – respondi, com a voz fraca e carregada de pesar. – Não sei se um dia conseguirei esquecer seu olhar de desespero quando derrubei o lampião. Era como se pressentisse que o lugar, que era tão importante para ele, estava prestes a desmoronar.

Max ficou em silêncio por um instante. Respirou fundo como se ponderasse sobre minhas palavras e tentasse entender o que me aflige. Será que ele conseguiria compreender, já que não conhecia toda a verdade? Será que um dia ele poderia me perdoar, assim como havia perdoado a mãe?

– Foi de choque. – Max olhou dentro dos meus olhos, e pude ver que havia sinceridade no que dizia. – Não é o professor Grüber quem a está acusando, e sim você mesma. Enquanto você não se perdoar, vai carregar esse peso, que a matará aos poucos.

– Eu merecia, Max! – afirmei, em meio a um acesso de tosse.

Cof! Cof! Cof!

– Beba um gole de chá – ele pediu, empurrando gentilmente a xícara para mim.

Coloquei a mão sobre o peito, como se assim pudesse respirar melhor.

– Melhor você voltar para o quarto e não falar tanto.

– Você não entende. – Balancei a cabeça e continuei, com a voz baixa. – Eu comecei aquele fogo.

– Já sei disso. – Ele passou a mão pelo cabelo, impaciente, mas eu precisava ir até o fim e lhe contar a verdade. – Poderia ter acontecido com qualquer um.

– Não, Max. Derrubei o lampião porque estava tentando salvar o meu livro.

– Eu entendo. Mas você não sabia que eu havia colocado os documentos no meu casaco.

– De qualquer forma, naquele momento, nem estava me lembrando dos documentos. No caminho de volta do reservado, percebi que havia deixado o livro em algum lugar. Uma onda de tosse me obrigou a fazer uma pausa e beber um gole do chá frio antes de continuar: – Imaginei que ele poderia estar no escritório e me apressei para lá. Só que, para a minha surpresa, ao chegar lá, encontrei o senhor Grüber, que, em vez de estar mostrando a fábrica para você, tinha meu livro nas mãos.

– Ele voltou ao escritório para pegar a chave do laboratório e deve ter visto o seu livro lá.

– Sim. O problema é que o meu medo de que ele descobrisse o que havia lá me fez agir sem pensar. – Respirei fundo, devagar, e com olhos marejados continuei, com a voz trêmula: – Como uma descontrolada, arranquei o livro das mãos dele. Tudo para que ele não visse o que tinha lá dentro.

– O que havia lá dentro? – Ele me olhou com surpresa e curiosidade. – Eu não vi nada além de papéis.

– Aquilo era mais do que simples papéis, Max – Olhei para ele, com olhos marejados. A dor no peito era intensa, mas não era por respirar. – Aquilo eram minhas anotações, fruto de meses de muito trabalho.

– Prometo que lhe comprarei o mesmo livro. Assim você poderá lê-lo novamente e refazer suas marcações e apontamentos.

– Não será a mesma coisa, Max. – Minha voz saiu trêmula e falha, sabendo que ele não podia me entender.

Cof! Cof! Cof!

– O que se queimou dentro daquele livro oco não foram apenas páginas e tinta… – Não consegui mais segurar as lágrimas e, com a voz falhando, disse: – O que se queimou foi o manuscrito do meu novo livro, que estava lá dentro.

CAPÍTULO 28

    O eco do silêncio que pairou entre nós era como uma nuvem de palavras ainda não ditas.

    Max, ainda sentado à minha frente, permaneceu imóvel, com uma expressão que oscilava entre a admiração e a incredulidade. Seus olhos azuis – um deles ainda arroxeado do confronto com o senhor Krause – pareciam querer esquadrinhar o meu coração, que eu despira diante dele.

    Respirei fundo, tentando controlar a sensação de sufocamento pela angústia daquele momento. Por um instante, cheguei a me arrepender da minha revelação, mas não havia volta... nem eu queria que houvesse. Assim, talvez ele entendesse de vez que eu não era a mulher que almejava e parasse de me atormentar, deixando de oferecer uma vida que eu jamais poderia ter.

    – O que você disse? – Max quebrou o silêncio, a voz carregada de hesitação.

    – O livro que se queimou... – eu disse, com a voz rouca; minha garganta parecia seca, e meu coração parecia bater fora do peito – era o manuscrito do meu novo livro. Tudo o que escrevi. Cada palavra, ideia... tudo virou cinzas.

Ele respirou fundo, como se precisasse refletir um pouco mais sobre o que fora dito, e eu permaneci esperando: calada, vulnerável... aguardando seu julgamento.

Ele esfregou o rosto com as mãos e balançou a cabeça, ainda incrédulo.

– Então... você é uma escritora?

Hesitante, tomei um gole do chá, já frio, para aliviar a garganta antes de responder. Minha visão estava embaçada pelas lágrimas que ameaçavam cair. Ainda assim, eu não conseguia acreditar no quanto era difícil admitir a verdade – que deveria me arrancar um sorriso de orgulho, mas que me trazia uma sensação de vazio.

– Sim – minhas palavras saíram quase como um sussurro, carregando o peso do segredo de anos. – A escrita me salvou da tristeza e da solidão que corroíam minha alma.

Como o silêncio dele parecia ser a única resposta que ele conseguia me dar, continuei, querendo ao menos aliviar a dor de carregar aquilo sozinha.

– Minhas histórias são as asas que eu encontrei para voar rumo à liberdade. Quando escrevo, consigo me desligar de tudo: do mundo cruel e injusto, dos meus problemas.

Max inclinou-se para a frente, colocando as mãos cruzadas sobre a mesa.

– Quem mais sabe sobre isso?

– Apenas você e o senhor Krause – sussurrei, com a voz trêmula. – Max, eu não podia...

Bebi mais um gole do chá para aliviar o ataque de tosse repentino, talvez pelo esforço e pela aflição da situação.

– Então era sobre isso aquelas acusações?

O silêncio voltou, mais opressivo, quando confirmei com a cabeça. Seu olhar caído e a linha fina que seus lábios formaram eram a evidência da sua decepção.

– Infelizmente, o que eu faço não é bem-visto pela sociedade. Não é algo que eu possa simplesmente apresentar diante de todos sem esperar como consequência o isolamento social. Sem contar que um escândalo como esse poderia afetar um homem conservador como o meu tio.

– Mesmo sabendo do risco de destruir a sua família, você insistiu? – Ele balançava a cabeça, incrédulo.
– Isso é ruim? Pensei que você a tinha perdoado, que tivesse entendido...
– Eu não sei! – Max agitou as mãos para cima antes de passá-las pelos cabelos. – Estou confuso.

Ele olhava perdido pela janela, por isso aproveitei para contar-lhe minha história.

– Ainda criança, enquanto minhas queimaduras saravam, descobri que a imaginação poderia me levar a lugares diferentes e a viver histórias diversas. Mais do que isso: percebi que ela aliviava as minhas dores e angústias, tirando as dificuldades e os problemas da minha mente, ao menos por um tempo. Como um descanso, para viver uma nova história. Ela me arrancava, com mãos fortes e gentis, da melancolia, levando-me para viver dias felizes.

Ele virou-se para mim, atento, ainda sem dizer nada, e eu continuei:

– Assim, passei a criar histórias todas as noites, nas quais eu era a protagonista da minha própria narrativa, até conseguir adormecer. No dia seguinte, recomeçava de onde havia parado. Mas foi só anos depois que minha avó me incentivou a escrever, dizendo que o mundo precisava conhecer essas histórias.

– Mas essas suas histórias chegaram a virar livros? Afinal, isso não me parece ser algo tão simples de fazer sem ser descoberta. – Max segurou minhas mãos, seus olhos fixos nos meus, como se buscasse neles suas respostas.

– Realmente, é algo complexo. Há cerca de três ou quatro anos, minha avó encontrou uma forma de meus livros serem publicados: um nome fictício e um marido que pudesse ser responsável pelas obras e pela administração da conta bancária, já que, como mulheres, nós não poderíamos. Para isso, o senhor Krause pareceu o pretendente ideal, um homem ambicioso, de boa família, com ideias modernas e disposto a permitir que eu continuasse escrevendo, mesmo depois de casada.

Max levantou-se abruptamente, caminhando até a janela. Ele não disse nada, mas o silêncio dele era ensurdecedor. Mesmo trêmula e ofegante, eu estava determinada a continuar:

— Assim, nasceu a autora lady Lottie, pseudônimo que usei para publicar meus romances. Só que, com as dificuldades econômicas que surgiram após a morte do meu avô, usamos o dinheiro do dote para nossa manutenção e, depois, uma boa parte nas publicações. A conta do dote era administrada por minha avó, graças à autorização de tio Alfred, e nossa intenção era restituir o dinheiro do dote com as vendas dos livros.

— Lady Lottie não é a autora de um dos livros que vimos na livraria em Frankfurt?

— Sim — respondi, com um sorriso tímido, uma mistura de constrangimento e orgulho. — Lottie era o apelido da minha mãe, Charlotte.

— Você escolheu um bom nome — Max disse, com um sorriso sincero que fez meu coração derreter. — Mas e o dinheiro das vendas?

— Esse dinheiro era administrado pelo senhor Krause. — Lembrando-se da dor que havia sentido naquele dia, fiz uma pequena pausa, olhando pela janela as imagens borradas pelas lágrimas, antes de continuar: — Depois da morte da minha avó, ele descobriu no banco que havíamos usado o dinheiro do dote, rompeu o compromisso e fechou a conta, apropriando-se de todo o dinheiro das vendas que havíamos juntado.

— Você não tentou recuperar o que é seu? — Max segurou firme a minha mão, depois de me oferecer seu lenço.

— Não. Isso significaria revelar quem eu sou. — Respirei fundo, tentando não me afogar nas lágrimas.

— Aquele... aquele... — ele disse entre os dentes, fez uma pausa e respirou fundo, antes de continuar: — Aquele homem roubou de você!

— Não posso fazer isso, Max. A exposição pública do meu trabalho como autora seria vista como algo negativo. Eu sofreria preconceito por ser uma mulher, minhas obras não venderiam e minha reputação seria afetada.

Max assentiu, parecendo prestes a explodir de raiva, mas, depois de respirar fundo, colocou a mão sobre a minha, como se quisesse me dizer que entendia. Isso me encorajou a continuar.

— Assim, o meu desejo de que meus livros alcancem mais pessoas e de que o coração delas seja tocado pela alegria e esperança que minhas histórias carregam será cumprido – disse, com um fio de voz. – No final, o mais importante não é que o mundo saiba quem eu sou, mas que as minhas palavras cheguem mais longe...

Max pareceu refletir sobre minhas palavras, seus olhos perdidos em algo além do presente, antes de perguntar:

– Você acredita que a sua autora preferida também passou por isso?

– A senhorita Austen? – Sorri, com carinho, como se me lembrasse de cada história naquele instante. – Ela publicou de forma anônima por toda a sua vida e só depois de sua morte foi revelado, por sua família, que ela era a autora das obras.

– Sinto muito por ter reagido mal a princípio – Max disse, com um sorriso triste, carregado de constrangimento. – Fui pego de surpresa. Jamais imaginei algo assim. Mas a verdade é que o que você fez... o que você faz... é grandioso. Assim como minha mãe, parece que você carrega algo maior que você, Emma. Você tem razão de agarrar isso com todos os dentes. Você vai continuar fazendo isso mesmo correndo o risco de aquele... homem contar para todos? – perguntou ele, com uma curiosidade genuína.

– Sim – respondi, hesitante. – Eu nunca quis esconder isso. Ao contrário, meu grande sonho é poder gritar aos quatro cantos da terra a alegria que sinto em criar cada história. Imagino que seja um sentimento semelhante ao de uma mãe ao dar à luz seu bebê.

– Isso eu não consigo lhe afirmar. – Max riu, com um olhar travesso.

– Seu olho está mais desinchado, só a cor que... – girei o indicador em círculo, como se desenhasse a mancha arroxeada do seu olho.

– Achei que me deu um certo charme. Você não gostou? – Ele arqueou as sobrancelhas três vezes. – As jovenzinhas aqui da cidade pareceram bem maravilhadas.

Revirei os olhos, sem esconder o sorriso. Era bom ter o verdadeiro Max de volta.

– É bom ver você sorrindo.

– Sinto que a escrita é um presente que Deus me deu. Ela faz parte de mim. É como respirar.... Eu me sinto viva... Eu me sinto especial.

– Você é especial. – Ele passou os dedos pelo meu rosto, causando-me um leve arrepio minha espinha.

– Obrigada!

– Eu chego a invejar a coragem de vocês duas... mulheres admiráveis – Max disse, com a voz rouca e o olhar perdido. – Você teria gostado de conhecer minha mãe... Ela costumava dar aulas para as crianças da comunidade, pobres, negras, indígenas, filhos de trabalhadores, sem distinção. Oma nos contava que minha mãe dizia que os livros eram a única coisa que poderia libertá-las, dar-lhes um futuro.

Concordei com a cabeça, sentindo um nó na garganta, e com os olhos marejados afirmei:

– Os livros têm o poder de quebrar as correntes da escravidão que nos oprime, dando-nos asas para voar!

CAPÍTULO 29

Uma semana após o incêndio, finalmente convenci tio Alfred e oma de que estava recuperada o suficiente sair da hospedaria e acompanhar Max até a casa do professor Reis. Segundo o médico, minha saúde ainda precisava de cuidados.

No entanto, minha boa vontade em aceitar as terapias recomendadas, pelo médico e pelos meus curandeiros exclusivos – tio Alfred e oma –, somada à insistência de que eu me sentia melhor e de que logo enlouqueceria trancada naquele quarto, foi o suficiente para vencer a resistência deles.

Max e tio Alfred haviam comparecido ao velório do professor Grüber, enquanto eu permaneci em repouso forçado. Eles prestaram nossas condolências à família, enquanto oma permaneceu comigo na hospedaria, pois acharam que eu não tinha condições emocionais para acompanhá-los.

Precisei admitir, no meu íntimo, que suas preocupações eram válidas. Ainda que minha mente compreendesse, depois de tantas conversas com oma, tio Alfred e Max que aquilo poderia ter acontecido com qualquer um, era difícil assimilar completamente. Eles souberam, inclusive, que, devido aos tipos de produto que usavam na produção, aquele não fora o primeiro incêndio da fábrica, o que era uma triste realidade da maioria das indústrias.

Os familiares da senhora Grüber, apesar de tocados pelo apoio financeiro que meu tio ofereceu para auxiliar nas despesas da viúva e na reconstrução da fábrica, recusaram a ajuda, pois eram abastados. No entanto, diante da insistência de tio Alfred, sugeriram que nós ajudássemos os funcionários, que passariam meses sem trabalho para sustentar suas famílias.

Isso trouxe um alento ao meu coração, que apertava toda vez que me lembrava da morte violenta e dolorosa daquele homem alegre e prestativo. Dormindo ou acordada, eu ainda sofria com o acontecido. Contudo, oma, com toda a sua sabedoria, me disse algo que me fez refletir:

Na estrada da existência, os infortúnios também visitam os virtuosos.

Suas palavras ecoavam na minha cabeça sempre que eu me via mergulhando no mesmo sentimento que me perseguiu desde a morte dos meus pais: a culpa. No tempo que passei convalescendo, tentei entender, assimilar que o tempo de vida de ninguém – nem mesmo o meu – estava em minhas mãos.

Cheguei a uma dura conclusão: por respeito àqueles perderam a vida enquanto eu sobrevivia – meus pais e professor Grüber –, ao meu tio, que me amava e se preocupava comigo, e ao Max, que arriscou a vida para me salvar, eu não tinha o direito de não agarrar com gratidão outra chance que Deus me dera.

Sendo assim, decidi fazer pela senhora Grüber, sua família e todos os afetados – inclusive eu mesma – o que estava nas minhas mãos: orar. Sem saber, aquela jovem mulher ganhou um lugar no meu coração.

Tio Alfred acabou deixando escapar como ela havia permanecido imóvel, sentada na primeira fileira da igreja, olhando para o caixão do esposo como uma estátua. E que suas lágrimas pareciam ter secado, deixando apenas os olhos vermelhos e inchados para receber as condolências diante da multidão de alunos e professores que estimavam o professor.

Foi lá, nesse momento de despedidas, que Max e tio Alfred finalmente encontraram o professor Reis. No entanto, por respeito à memória do falecido e à dor de seus entes queridos, decidiram não abordar que ele era o motivo de nossa viagem até o sul. Mas, com devido cuidado e discrição, conseguiram um encontro para o chá da tarde com ele na hospedaria dois dias depois do enterro.

    Max e eu sentamo-nos à mesma mesa onde havíamos prestado os esclarecimentos ao inspetor de polícia, aguardando sua chegada. Enquanto isso, oma e tio Alfred resolveram fazer um passeio de carruagem para conhecer o castelo, já que eu não fora autorizada a fazer tanto esforço na subida até lá, e Max o havia visitado sozinho.

    Ajustei os óculos sobre o nariz e coloquei na boca um dos biscoitos amanteigados, cujo aroma parecia uma nuvem a me carregar ao paraíso, que nos foram servidos para acompanhar o chá de ervas. Estava tentando esconder a ansiedade por finalmente entregarmos ao professor o que lhe pertencia. Meu coração chegou a acelerar só de pensar que por pouco não havíamos acabado com o seu trabalho de meses, talvez anos – como acontecera comigo.

    Por mais que todos afirmassem que o incêndio fora um acidente e que eu mesma já estivesse pensando assim, vez ou outra me pegava abraçada à culpa. Por experiência própria, sabia que aquilo não me levaria a nada e que era necessário que eu lutasse para sair daquele lugar de condenação que eu mesma havia me imposto.

    Respirando fundo, olhei para a rua pela enorme janela de vidro. *Como é boa a sensação de estar melhor a ponto de poder sair do quarto.* O calor e o crepitar do fogo que vinha de uma lareira, somados a algumas conversas sussurradas e ao tilintar das louças e talheres, traziam um toque de vida ao ambiente sóbrio e acolhedor que anteriormente eu não soubera aproveitar.

    Uma rajada de vento seguiu-se logo após o soar dos sinos da porta, que tocavam sempre que era aberta. Meus olhos foram atraídos, curiosos e cheios de expectativa, para a entrada do jovem homem de estatura mediana, aparência dócil e sorriso gentil. Ele era, sem dúvida, belo, com uma serenidade que combinava com os traços marcantes de sua origem portuguesa.

    Depois dos cumprimentos, das apresentações e, é claro, de lhe oferecer um dos biscoitos, colocamos diante dele o pequeno envelope que já havia causado tanto alvoroço. Com os olhos vidrados, o professor, por um instante, descansou as duas mãos sobre ele, e meus olhos embaçaram por trás dos óculos.

Conhecia aquela sensação... era como visitar sua história preferida depois de uma longa espera.

– Não tenho como expressar minha profunda gratidão – o professor Reis disse, após beber um gole de chá.

– Foi uma honra poder vir aqui no lugar da minha cunhada para lhe devolver pessoalmente, como foi o pedido do falecido professor Neumann.

– Sinto muito a falta deles. Agnes é como uma irmã para mim – o professor Reis suspirou, como se segurasse a emoção que a saudade lhe trazia. – Minha oma Carlota chorou de felicidade e disse: *Agora, sim, posso morrer em paz*, quando lhe contei as notícias que vocês nos trouxeram dela.

– O professor Grüber havia nos informado que o estado dela era delicado – comentei, com tristeza e dor no coração só de me lembrar do generoso professor falecido.

– Sim, padece do mal que um dia atingirá a todos nós que tivermos sorte: a velhice.

Cof! Cof! Cof!

– Verdade. – Bebi um gole de chá para aliviar a garganta.

– Ela dorme quase o dia inteiro, e nós podemos ver que, aos poucos, a vida a tem abandonado.

– Lamento. Acredito que sei como se sente, pois perdi a minha avó há pouco tempo.

– Meus sentimentos! – o professor Reis disse, enquanto passava as mãos sobre os seus papéis, como se os acariciasse. – É desafiador, mas ela está em paz e agradecida pelos anos que viveu, principalmente agora que teve notícias da Agnes – contou, com um sorriso triste. – O falecimento do professor Neumann deixou oma cheia de preocupações com Agnes, a ponto de me pedir que fosse buscá-la, mas sua carta nos avisando da partida dela para o Novo Mundo mudou nossos planos. Inclusive, mais uma vez, muito obrigado por ter escrito para nós.

Uma atendente interrompeu nossa conversa por um instante, para nos servir de um novo bule de chá.

– Desculpe perguntar, professor, mas do que se trata esse seu experimento? Agnes me disse que o senhor é um cientista – Max perguntou, curioso, enquanto eu, observando, comia um biscoito.

– Na verdade, o *Telefon*, nome que eu dei ao meu experimento, começou em uma tentativa de ajudar a minha avó a ouvir melhor. Tentei criar para ela algo que funcionasse como uma orelha substituta.

– O senhor conseguiu? – perguntei, com os olhos arregalados, depois de beber um gole de chá.

– Ainda não, mas me recuso a desistir. Na verdade, acredito que posso criar algo mais revolucionário que uma orelha nova para a minha avó.

– E o que seria? – Max pegou um biscoito, sem desgrudar os olhos do professor, demonstrando sincero interesse.

– Um aparelho para que possamos nos comunicar com outra pessoa que esteja distante.

– Isso parece impossível – eu disse, sem pensar.

– Ainda parece. Mas veja... – disse o professor com o mesmo brilho nos olhos que minha avó dizia ver nos meus quando contava as ideias de uma nova história antes de escrevê-la. – Há poucos anos, li um artigo do senhor Charles Bourseul, um telegrafista, no qual ele contou, na revista *L'Illustration de Paris*, que existe a possibilidade de transmitir sons através de uma corrente elétrica. Com base nessa teoria, consegui avançar no meu projeto. No entanto, até agora os resultados ainda não foram muito animadores.

– Fascinante! – Max comentou, balançando a cabeça com admiração.

O professor Reis, depois de um gole de chá, retirou do bolso do seu casaco uma pequena bolsa de couro e, colocando-a sobre a mesa, disse:

– Senhor Flemming, minha oma me entregou algo que eu gostaria de lhe pedir que levasse para Agnes. – Ele empurrou a bolsa com as duas mãos na direção de Max e, ao ver nosso olhar de curiosidade, completou: – Não sei do que se trata; não me atrevi a olhar. Apenas sei que eram do professor Neumann.

– Prometo que entregarei a ela assim que chegar em casa – Max disse, colocando-a no bolso do seu casaco. – Agnes ficou inconsolável em não poder vir pessoalmente.

Ele concordou com um sorriso triste.

– Agnes ama muito a sua família, professor, e lamentou demais ter partido sem se despedir de vocês. Mas acredite quando digo: ela não teve alternativa a não ser viajar às pressas.

– Nós também a amamos. Fique tranquila. Não conheço os detalhes, mas acredito no que diz. – O professor deu um sorriso amável, e nos seus olhos vi sua sinceridade.

– Ainda assim, acredito que a Agnes ficaria aliviada se eu lhe explicasse, de forma reduzida, o que a levou a fazer algo tão inesperado – disse, enquanto girava o biscoito que pretendia colocar na boca assim que tivesse oportunidade.

– Eu agradeceria.

– Após o assassino do professor, o bandido que passou então a perseguir Agnes, caiu da janela ao invadir o quarto dela, na minha casa – contei, após beber um gole de chá.

– Meus Deus, que terrível. O que aconteceu? – ele perguntou, preocupado.

– Quando o corpo do morto sumiu...

– Que morto? – Os olhos do professor quase saltaram do rosto.

– O assassino que caiu da janela.

– Ah! – Ele disse, como se entendesse, mas sua expressão ainda era de confusão e choque.

– O criminoso parece ter-se desequilibrado depois do soco que ela deu. Soco que ela aprendeu a dar com o pai dela. – Fiz uma pausa, para ver como ele reagia, e o vi rir. – Acontece que o bandido acabou caindo da janela, mas, depois que o seu corpo sumiu, nós não sabíamos o que fazer. Nosso maior medo era de que Agnes fosse condenada pelo assassinato dele. Sendo assim, a única alternativa que nós encontramos foi que ela fugisse.

– Sim, eu entendo!

– Além disso, quem iria acreditar que havia sido legítima defesa e que o homem que havia caído de sua janela era o provável assassino?

– Um professor da universidade de Hamburgo é o assassino? – O homem se remexeu na cadeira, olhando cada vez mais espantado.

– Oficialmente, não, já que a polícia de Hamburgo deu o caso como encerrado, por pura incompetência, como um assalto seguido de morte. No entanto, depois disso tudo, ele se revelou em busca do que ele acreditava que a Agnes carregava. E, na verdade, ela carregava, mas nós não sabíamos. Ela levou para o Brasil os seus documentos, que o professor tinha escondido dentro da Bíblia que deu a ela pouco antes de morrer. E o assassino seguiu Agnes até lá.

– Meus Deus, que história inacreditável!

– Concordo – comentei, já imaginando se um dia eu poderia escrever um livro com tanto suspense –, daria um ótimo romance policial para quem gosta desse tipo de leitura. Eu confesso que prefiro os romances românticos com uma pitada de humor e...

– Emma! – Max interrompeu, antes que eu revelasse mais do que deveria.

Na tentativa de esconder meu constrangimento atrás de um gole de chá, acabei virando a minha xícara na mesa, aumentando o meu rubor. Mas, por sorte, o líquido acastanhado era pouco e, apesar de ter chegado bem perto, não molhou os documentos do professor, como fez com a toalha branquíssima da hospedaria.

– Sinto muito! – sussurrei, corada.

Enquanto Max me ajudava a conter o líquido, ele, virando-se para o professor Reis, disse:

– Não se preocupe, professor. Apesar de o bandido ter tido a audácia e coragem de persegui-la até lá, acabou preso ao invadir nossa casa. Apesar de que Klaus queria era matar o infeliz.

– Meu Deus, não sei o que dizer! Confesso que agora me sinto responsável por tudo isso – o professor Reis passou a mão pelos cabelos, antes cuidadosamente alinhados pela vaselina. – Poucos dias antes da data em que do professor Neumann foi assassinado, recebi uma mensagem na qual ele dizia que suspeitava que alguém estivesse interessado nos papéis, que estavam em segurança.

– Ele já sabia que algo estava errado? – Max franziu a testa, pensativo.

– Acredito que sim. Mas não tivemos tempo de fazer nada, e, quando fui responder a ele, recebi a notícia da sua morte.

– O senhor permitiria que lêssemos a carta? – perguntei, sem conseguir conter a curiosidade, enquanto colocava um biscoito na boca.

– Na verdade, não foi uma carta – contou o professor.

– Como assim? – Max e eu perguntamos ao mesmo tempo.

– Foi um anúncio nos classificados do jornal.

– Anúncio de jornal? – Ajustei os óculos sobre o nariz.

– Sim. Era uma brincadeira que o professor, que era meu padrinho, e meu falecido pai, seu melhor amigo, inventaram para se comunicar depois que nós nos mudamos para cá.

– Que interessante.

– Sim, sempre achei divertido. E, quando surgiu a necessidade de que o professor me ajudasse com o experimento, como era algo sigiloso, combinamos que mandaríamos nossas mensagens como eles faziam. As minhas eram sempre com o título "lavadeira oferecendo seus serviços", e as dele, com "venda de ganso".

Max riu alto, atraindo o olhar julgador das pessoas das outras mesas, mas ele, sem se importar, acrescentou sem mudar o tom divertido da voz.

– Isso é sensacional! – Max afirmou, admirado. – Talvez lady Lottie pudesse mesmo se inspirar em toda essa trama que envolve os seus experimentos. – Ele piscou para mim discretamente.

– Oh, não, por favor! Minha esposa não iria gostar de ver sua escritora preferida abandonar as histórias de amor.

– Ela gosta de lady Lottie?

– Oh, sim – o professor afirmou, confirmando também com a cabeça. – Ela tem todos os livros e me obriga a ouvir tudo depois que termina de ler. Além disso, depois da leitura, ela e a senhora Grüber se reúnem para conversar por horas sobre a trama.

Sentindo os olhos de Max sobre mim como um lembrete de que precisaria me controlar, mordi os lábios e respirei fundo para evitar as lágrimas que queriam brotar.

Será que um dia vou me acostumar com essa sensação de estar vivendo algo maior do que meus olhos podem enxergar?

— O que dizia esse último anúncio que o professor lhe enviou?

— Não vou me lembrar das palavras exatas — ele afirmou, olhando para cima e coçando a cabeça. — Ah, mas tomei a liberdade de colocar a folha aí na bolsa que lhe entreguei. Imaginei que Agnes gostaria de ficar com esse último anúncio dele.

Max devolveu a bolsa para que o próprio professor Reis procurasse a tal folha de jornal. Assim que a encontrou, o professor o esticou na direção de Max, que olhou para mim, como se buscasse apoio necessário para conseguir ler algo na frente de um estranho. Com um aceno de cabeça e um sorriso confiante, assenti, e ele, com a voz firme e sem pressa, leu:

> VENDE-SE GANSO DOMESTICADO
> Ganso adulto, de excelente linhagem, acostumado a terrenos seguros e cuidados de confiança. Chama a atenção de estranhos pelo seu valor e beleza, embora os interessados não estejam confirmados. Animal e documentos de propriedade mantidos em segurança. Interessados devem dirigir-se à estrada Atos de Damasco, casa 9, linha 4.

— Curioso... — Max coçou o queixo.

— Sinto-me tão culpado por ter colocado a vida do meu padrinho e da Agnes em perigo.

— Sei como se sente...

Cof! Cof! Cof!

— Fiquei aliviado em saber que a senhorita está melhorando — o professor disse depois de um breve e inesperado ataque de tosse.

Bebi um bom gole de chá para aliviar a tosse, que aos poucos estava melhorando mesmo.

— E eu, em termos, também, por ter conseguido salvar seus papéis — respondi com um sorrido singelo, uma mistura de tristeza e gratidão. — Por sorte, o local onde estavam pendurados os nossos casacos foi uma das áreas da fábrica que não foram atingidas. Assim, os documentos acabaram ficando a salvo dentro do bolso do casaco do Max, e ele os pôde recuperar no dia seguinte.

– E foi o casaco dela que eu, na pressa, encharquei de água antes de entrar no incêndio.

– Foi Deus, meus amigos, mas deixem que eu lhes diga algo: o importante é que vocês conseguiram sair a salvo.

Respondi com um sorriso triste.

– Senhorita Weber, não se culpe mais. – Arregalei os olhos na direção de Max. – Ninguém me disse nada. Posso ver nos seus olhos o quanto está se esforçando para prosseguir, carregando esse grande saco de cinzas sobre os ombros.

Como, em vez de negar, eu apenas abaixei o olhar, o professor Reis colocou a mão sobre a minha e continuou:

– Desculpe a ousadia, mas agora, sabendo os detalhes sobre a morte do professor, meu padrinho, posso dizer que conheço esse sentimento. Já vivi isso com a morte do meu pai. Mas preciso lhe dizer que não podemos deixar que isso nos oprima. Ele... – o professor apontou o indicador para o céu – ... tem o controle *sobre tudo* e deixou claro, em Seu manual, que *todos* os nossos dias estão contados.

Aproveitei para colocar um biscoito na boca, enquanto ele fez uma pausa para beber um gole de chá, antes de continuar:

– Quero dizer com isso que Ele não foi pego de surpresa e, se quisesse, teria mandado até mesmo um anjo, se fosse preciso, para salvar o meu bom amigo Grüber e o meu amado padrinho – ele disse, concentrado no líquido da sua xícara, como se refletisse. – E o mais importante de tudo: não devemos culpar a Deus por não impedir as leis do universo para então fazer o que esperamos.

Logo depois, com a chegada de oma e de tio Alfred, o professor Reis se despediu, deixando suas palavras no ar, rodopiando ao meu redor como as brisas do outono faziam com suas folhas secas e coloridas.

CAPÍTULO 30

Na hora do jantar, ouvi mais do que falei. O aroma quente e acolhedor do *sauerbraten*, acompanhado de batatas cozidas com ervas e uma porção de *rotkohl*, subia do meu prato, tentando disputar minha atenção com os meus pensamentos sobre nossa conversa com o professor Reis e com as vozes ao meu redor.

Max ouvia com atenção e paciência, gargalhando de tempos em tempos, enquanto oma relatava, com brilho nos olhos, a beleza do lugar e as pessoas fascinantes que conhecera, e tio Alfred, as curiosidades históricas, principalmente aquelas referentes às doenças que acometiam as pessoas que viveram no castelo.

Parecia que, por muito tempo, eu havia exigido de mim algo além das minhas forças. Estava claro como o dia ensolarado de outono que eu havia me responsabilizado por impedir que algo ruim acontecesse às pessoas que eu amava.

Foi como se Deus, através daquela conversa, quisesse me sacudir e gritar nos meus ouvidos: "Já era hora de viver". Sim, sem dúvida, depois de sobreviver a dois incêndios, eu não poderia mais negar que Deus tinha um propósito nisso.

O tilintar dos talheres no salão me trouxe de volta à realidade. Assim, depois de contar para oma e para tio Alfred os detalhes do nosso encontro com o cientista, concordamos que, com a nossa missão cumprida, nós já poderíamos voltar para Hamburgo.

– Estou curiosa para saber quantas correspondências já chegaram.
Cof! Cof! Cof!
– Que correspondências? – Max perguntou, olhando curioso para a avó, enquanto eu bebia um gole de chá para aliviar a garganta.
– Por Deus, Max! Estou falando das moças que leram o seu anúncio no jornal. – Oma torceu a boca, revirando os olhos. – Estou animada para que finalmente você sossegue.
– Ainda acho que encontrar uma noiva dessa forma pode ser um risco para sua saúde, senhor Flemming. Sem contar que, por não conhecer os antepassados de sua pretendente, colocará em risco também a linhagem dos seus descendentes. Ouvi dizer que...
– Oh, Alfred, não seja dramático! No final, você verá que o nosso Max vai encontrar a noiva certa – oma comentou em um tom casual, e eu, olhando para o nada, quase fiquei desdentada ao colocar uma garfada na boca.

Como eu havia esquecido aquele maldito anúncio?

Sem saber se conseguiria agir com naturalidade diante daquele assunto, mastiguei sem ânimo, como se as batatas do meu prato fossem pedras roubadas das ruínas do castelo de Heidelberg.

Maldito não é uma palavra que deveria sair da boca de uma dama! – Ouvi a repreensão da minha oma ecoando na minha cabeça.

– Oma, sobre o anúncio...
– Claro que vou ajudar você a fazer uma pré-seleção – oma interrompeu Max antes de se virar para mim e dizer: – Emma, você se importa em nos ajudar com a seleção?
Claro que me importo!
– E-Eu? – Abri e fechei a boca, sem saber o que dizer. – Sinto muito, ma-mas não acredito que esteja apta a fazer tal coisa.
– Não seja modesta – oma disse, sem piedade. Será que ela não percebia como aquilo era constrangedor? Olhei para Max e notei que até ele

parecia corado, sem saber o que dizer. – Você é uma moça sensível e vai conseguir perceber, já nas primeiras linhas escritas, as verdadeiras intenções das pretendentes do Max.

– Oh, eu não posso – sussurrei, fatiando tanto a carne a ponto de ela poder ser engolida sem mastigar.

– Oma!

– Não se preocupe, Emma – oma continuou, como uma carruagem desgovernada. – Claro que a palavra final na escolha será do Max.

Cof! Cof! Cof!

– Oma, a senhora está sendo inconveniente. – Max passou a mão pelo cabelo, parecendo impaciente, e eu, desviando o olhar, bebi um gole de chá para aliviar o arranhar repentino da garganta.

– Não se atreva a me chamar assim, Maximilian Flemming! – Oma levantou a bengala, que descansava ao lado de sua perna, na direção dele, atraindo olhares que fizeram tio Alfred baixar a cabeça, como se ele não nos conhecesse. – Não pense que Emma e eu vamos deixar você escolher qualquer uma para casar-se – ela esbravejou, indignada.

Cof! Cof! Cof!

Engasguei-me com a própria saliva, ou talvez tenha sido com a confusão de sentimentos que ruminavam dentro de mim. Antes que qualquer um se levantasse em meu socorro, levantei-me e disse:

– Sinto muito, mas vou me retirar, pois o dia foi cheio e eu estou me sentindo exausta.

– Talvez você ainda não esteja completamente recuperada do seu problema respiratório... – Tio Alfred interrompeu sua própria fala e, depois de um instante de silêncio, como se refletisse, continuou: – Ou será que você pegou algum resfriado? Nesta época do ano, os casos de pneumonia costumam aumentar em todo o continente.

– Boa noite, Emma! – oma disse, com uma expressão angelical. – Daqui a pouco subirei para junto de você.

– Não precisa ter pressa, oma – respondi, com um sorriso forçado. – Pretendo mesmo dormir mais cedo.

Pisando duro, zangada comigo mesma, fechei a porta do salão de refeições e entrei na área fria, isolada da parte mais aquecida da hospedaria, onde ficava a escada de madeira escura. Sentia-me uma tonta por haver esquecido que o fazendeiro estava em busca de uma mulher para lavar, cozinhar, parir e treinar sua pequena prole.

Parir? Meu Deus, eu estou andando tempo demais com essa gente!

Antes que eu subisse os primeiros degraus, senti a mão de Max sobre a minha, que estava no corrimão. E um arrepio subiu a minha espinha como se fosse a corrente elétrica da qual o professor Reis tinha falado e não houve um único pelo no meu corpo que não tivesse ficado eriçado.

– Emma, espere um pouco.

– Sinto muito, Max, mas, como disse, estou exausta.

– Tenho algo para você. – Ele me entregou um caderno pequeno, com a capa de couro marrom. Alguns arabescos talhados no couro enfeitavam com delicadeza as tiras do mesmo material e o amarravam em voltas, fechando-o.

– Obrigada! – disse, engolindo em seco, com um sorriso triste. – Não era necessário.

– É para que você comece a reescrever a história que se queimou.

– Ela se perdeu para sempre.

– Não, doçura, ela ainda vive e está borbulhando dentro do seu coração. Se você a escreveu uma vez, poderá fazer novamente.

Permaneci em silêncio. As palavras haviam me abandonado, como um romance que perdeu as últimas páginas.

– Sobre o que oma disse...

– Não se preocupe. Será um prazer ajudar sua avó a selecionar uma mulher para você – eu disse, dando-lhe as costas.

– Não é necessário, já selecionei quem eu quero.

Virando-me de frente para ele, olhei direto em seus olhos e quase me perdi naquele oceano que eu ousei sonhar navegar.

– O que, no início, era apenas mais um galanteio foi aos poucos se transformando, e descobri que era você quem eu sempre procurei para construir uma família comigo. – Ele passou sua mão áspera pelo meu rosto, e o ar do meu peito foi sugado para fora do corpo, fazendo-me pensar que iria desfalecer. – Quero você, doçura. Eu preciso de você tanto quanto o fogo precisa da lenha para não se apagar.

Fiquei em silêncio. Estava confusa, e minha boca ameaçava falar. Depois de alguns instantes, não pude me segurar:

– Como um homem como você pode querer alguém como eu, quando tem mulheres lindas e perfeitas? Você não faz ideia das marcas que deformaram meu corpo.

– Pare de falar. Sei que você é linda.

– Não deboche de mim. Sei que não sou...

Olhei rapidamente para a porta, preocupada que alguém aparecesse e nos encontrasse sozinhos, quando o vi se afastar um pouco, tirando o casaco e jogando-o de lado, antes de começar a arregaçar a manga da camisa.

– Você é louco? O que está fazendo? – perguntei, com os olhos arregalados ao vê-lo se aproximar de mim, com passos lentos, decidido.

– Veja! Também sou marcado como você. – Ele esticou o braço nu diante de mim.

A manga da camisa dobrada de forma desajeitada revelou uma cicatriz repuxada, grande e antiga que cobria quase todo o seu antebraço esquerdo, de forma irregular, como um caminho tortuoso de uma dor que ele agora só sentia em suas lembranças, marcadas a ferro no seu coração.

Com a visão embaçada pelas lágrimas que eu não havia conseguido conter, vi meus dedos, criando vontade própria, deslizar pela pele rugosa e endurecida, testemunha muda que contava a sua história dolorosa.

– Emma, isso não consegue diminuir o nosso valor. Ao contrário, nossas marcas são a prova de que fomos forjados no fogo, na dor e no trauma.

Max me segurou pela cintura, atraindo-me junto de si. Ele queria me consolar, mas também buscava consolo. Seu abraço foi forte, e ele não se preocupou em parecer vulnerável em meio à sua emoção.

– O mundo pensa que somos frágeis e até fracos por causa do que a vida nos fez. Mal sabem eles que, por baixos das nossas cicatrizes duras e repuxadas, existem força e paixão – ele disse, com a voz embargada, afastando-me um pouco para que pudesse me olhar, antes de pedir: – Tire os óculos, Emma!

– Sem eles não enxergarei nada.

Max levantou as mãos, tirando-os ele mesmo.

– Agora, doçura, feche os olhos e sinta – ele sussurrou, tão perto que eu pude sentir seu hálito quente sobre a minha pele, enquanto deslizava os dedos pelo meu rosto, como se ele fosse um quadro já pintado que ele queria copiar. – Respire e sinta o meu toque em sua face, pois assim vai conseguir se ver como eu vejo ao olhar para você. Vai poder enxergar a mulher irresistível escondida atrás das lentes embaçadas pelas normas e regras exageradas com que a vida tem aprisionado você. – Max trocou os dedos pelos lábios, de modo que eram eles que deslizavam pela minha pele, enquanto ele falava. – Mas não precisa continuar sendo assim, doçura. Desista de apenas lutar para viver e seja livre... para ser feliz.

– Eu quero ser livre – sussurrei, com um fio de voz.

– Então, segure a minha mão para que, juntos, possamos encontrar o nosso lugar em meio às brasas e construir algo novo com o que sobrou de nós.

Seus lábios encontraram os meus, ofegantes e ansiosos pelo toque. O beijo que, a princípio, fora suave e se aprofundou cheio de promessas, tinha um toque de saudade.

Com as mãos espalmadas no seu peito, pude sentir que o seu coração batia no mesmo ritmo frenético que o meu, provando que trabalhavam com afinco. Quem parecia ter parado de funcionar era a minha mente. Eu estava atordoada e confusa.

– Case-se comigo, doçura – ele sussurrou, com a voz arrastada, despertando-me para a realidade, arrancando-me de dentro daquele livro de contos de fadas.

Empurrando-o, fugi dele. Corri direto para os braços dos meus medos, com o coração acelerado, à medida que subia correndo a escada, afastando-me dele e do meu desejo de ficar, de esquecer quem eu era e dos meus próprios sonhos para viver os dele... Para esquecer que ouvira da sua boca as palavras que tantas vezes escrevi em meus livros, mas que jamais ousei desejar para mim. Confusa, sem saber qual sonho agarrar com mais força, fugi de mim mesma.

CAPÍTULO 31

    Durante toda a viagem de volta, o silêncio que se instalou entre nós serviu-me de companhia, enquanto eu ponderava o pedido de casamento que Max me fizera. Ele, no entanto, permaneceu distante o quanto pôde, como se me evitasse.

    Vê-lo agindo como se nada tivesse acontecido me incomodou, mas eu não o culpava. Eu também o havia afastado de mim após a sua proposta, mesmo sabendo que isso o magoaria. Mas como eu poderia lhe dar uma resposta se nem eu mesma a tinha?

    Foi desafiador admitir para mim mesma o quanto ele havia me feito falta. Sua voz, seu sorriso, suas brincadeiras… Senti-me vazia ao notar que ele passou a evitar qualquer oportunidade de ficarmos a sós, ao passo que eu as perseguia.

    Tudo era culpa minha. Por ter sido tonta e covarde, dando ouvidos aos meus medos. Medo de perder a única coisa que eu acreditava ter: minha escrita. Assim, fui adiando até aquele último dia de viagem para, enfim, tomar minha decisão.

    Só que já era tarde demais… havia perdido a chance de ser feliz ao lado dele. Max passou a guardar seus pensamentos para si, e eu, a me afogar nos meus.

Será que ele não entende que não foi fácil fazer minha escolha?

Aceitar aquele casamento era dizer adeus a absolutamente tudo o que eu conhecia para viver o desconhecido. Eu tinha medo do desconhecido. Pensei no quanto Agnes fora corajosa ao desbravar aquela terra, ainda que tivesse sido por se encontrar em uma situação em que não havia escolha. Antes eu não tivesse também.

A vontade de gritar para que Max me notasse me sufocava, como a fumaça de um incêndio. Será que eu, que sobrevivera àquelas duas tragédias, resistiria a uma vida sem ele? Lembrei-me dos beijos da sua boca e do calor que eles provocavam em mim, como uma floresta inteira em chamas.

Sem me dar conta, me perdi de amor por ele. Pela forma como ele me olhava sem se importar com a pele repuxada, como se visse algo além delas. Ele não apenas dizia que eu era linda – ele fazia eu me sentir assim. Mas e se?

CHEGA!

Estava farta daqueles pensamentos que me perseguiam dia e noite, como uma assombração. Ao menos tentaria... Talvez ele ainda me amasse. Sendo assim, esperaria o tempo necessário para escancarar o meu coração a ele. Mas a pergunta que não se calava dentro de mim era: seria mesmo possível que encontrássemos juntos uma forma de os sonhos dele e os meus coexistirem?

O meu coração gritava que, ao lado de Max, tudo parecia mais fácil... mais realizável. Assim só me restava aguardar o momento certo, quando, a sós, eu poderia lhe confessar o que estava em meu coração.

Só que os dois idosos, em vez de dormir, como fizeram durante toda a viagem de ida, resolveram jogar xadrez como se conspirassem contra mim. Só me restou usar o tempo livre para reiniciar a escrita no caderno que Max me dera, tentando disfarçar minha frustração, mas minha atuação foi medíocre a ponto de tio Alfred perguntar se eu estava sofrendo com enjoo da viagem.

– Eu nunca mais quero viajar naquela coisa – oma resmungou, já à porta de casa. Na verdade, ela viera a viagem inteira nos lembrando disso. – Acredite no que digo, senhor Müller, aquela máquina é do próprio satã!

– Ela alertou o mordomo antes mesmo de o pobre homem ter tido tempo de se afastar para nos dar passagem.

– Boa tarde! – saudou o mordomo, com uma mesura. – Sejam bem-vindos de volta ao lar.

O calor do ambiente aquecido a lenha, o cheiro da madeira queimando na lareira e a voz do senhor Müller foram como um afago. Estávamos finalmente em casa.

– Obrigado, senhor Müller! – Tio Alfred, ainda no *hall* de entrada da casa, enquanto tirávamos os casacos, perguntou: – Alguma notícia importante durante a nossa ausência?

– Nada fora do habitual, senhor. Exceto por isso. – O mordomo apontou com a mão espalmada para uma caixa quase transbordando de cartas sobre o aparador na entrada da casa.

– Devem ser convites de bailes e saraus – tio Alfred disse, abanando a cabeça, desinteressado.

– A sociedade já deve ter ficado sabendo que o honorável conde de Eisenberg está em Hamburgo – comentei, com um sorriso desanimado, ajustando os óculos novos sobre o nariz.

– Na verdade, estão todas endereçadas ao senhor Flemming – o senhor Müller informou, atraindo todos os olhares para ele.

Aquele anúncio ridículo para mulheres desesperadas – será que nenhuma delas conseguiu se conformar em viver uma vida de solteirona para poder tricotar em paz com um gato gordo e peludo aos seus pés?

Pelo jeito não!

Olhei para aquela montanha de papéis sem serventia, como se meus olhos pudessem incendiá-los.

– É, parece que não vou precisar voltar para o Novo Mundo sozinho – Max comentou, com um tom provocativo e irônico, apesar do largo sorriso em seu rosto.

Ele não parecia o mesmo que havia chegado ali. Vestido com trajes elegantes, com bom corte e que se ajustavam bem em seu corpo másculo, ele poderia passar-se tranquilamente por um nobre cavalheiro. Apesar de os seus cabelos – charmosos e desalinhados – continuarem denunciando a sua natureza rebelde, como a de um felino selvagem.

Apesar de sua fala mostrar que ele não cresceu sendo alimentado com o leite refinado da etiqueta aristocrática alemã, era possível notar a sua nobreza de caráter, que eu desconfiava que ele gostava de esconder por trás de suas atitudes irreverentes.

– Parabéns, senhor Flemming! Parece que o seu anúncio cumpriu o esperado – eu disse, com um sorriso e um gosto amargo na boca.

– Obrigado, senhorita Weber! Graças à senhorita, encontrarei uma pretendente que não tenha medo de ser feliz.

– Vou subir e descansar, mas sugiro que o senhor leia o quanto antes – disse, olhando para Max, com olhos faiscando e um sorriso fingido. Apontei para a pilha de cartas, que pareciam zombar de mim.

– Olhe isso, Max – oma ergueu a voz mais do que o habitual, como se quisesse garantir que todos na sala tivessem os olhos voltados para a carta que acabara de abrir. – Esta jovem aqui me parece bem interessante. Ela diz que é hábil no piano e em aquarelas, além de ter um apreço especial por literatura. – Fez uma pausa, levantando os olhos da carta e, com um sorriso, disse: – Ela gosta de livros como você, Emma.

Abafei dentro de mim a resposta que gostaria de dar, por respeito aos bons costumes, e respirei fundo.

– Oma, acho melhor a senhora não...

– Venha, Emma! Pegue uma delas para que você mesma leia. – Oma, ignorando o neto, colocou nas minhas mãos um envelope que fedia a perfume barato, e ele queimava a minha pele como se fosse uma brasa viva. – Isso vai ser mesmo divertido! – A idosa festejava como se fosse seu aniversário.

Revirei os olhos.

– Lamento não poder, neste momento, ajudá-los, mas é que hoje...

– Oh, Emma, pode ir descansar. Nossa viagem foi mesmo cansativa e você ainda está se recuperando – oma me interrompeu, e, com uma voz compreensiva, retirou o envelope da minha mão.

Uma solteirona alemã por conveniência

Eu dei à oma o mais falso dos sorrisos, aliviada por ter-me livrado daquela afronta em forma de cartas. No entanto, antes que eu tivesse a chance de me virar, ela, a personificação da inocência, disse:

– Prometo que não vamos escolher nenhuma pretendente sem a sua ajuda.

Engasgada pela mistura de sentimentos que se acumularam em minha garganta, saí apressada, antes que minhas lágrimas fossem expostas.

CAPÍTULO 32

Depois de uma noite de insônia, em que eu vi o dia amanhecer enquanto refletia sobre tudo o que tinha vivido desde a chegada dos Flemmings, minha imagem diante do espelho não me deixava mentir sobre quão péssima havia sido a minha noite. Estava sofrendo, e a culpa era toda minha.

Afinal, era eu a confusa, a insegura, a que demorou a responder o pedido de casamento do homem mais charmoso e alegre que eu já havia conhecido em toda a minha vida. O homem que havia entrado na minha vida como um raio de sol que aquece o corpo nos dias frios e escuros. Fui eu quem perdeu o único homem que havia me visto além das marcas do meu corpo.

Oh, mas quão apaixonado ele estava por mim? Revirei os olhos marchando pelo quarto. Que amor é esse que, diante de uns poucos dias sem resposta, já desiste?

Uma luta havia sido travada mais uma vez dentro de mim. A voz da razão me dizia que ele falava aquelas palavras tão fortes e poderosas para qualquer pessoa que não vestisse calças. Que ele era a personificação do charme e da beleza, e nem mesma eu poderia negar.

Mas será que aquela voz era realmente a da minha razão?

Afinal, não seria lógico pensar diferente diante de tantas evidências? Será que ainda não estava claro que, por trás dos sorrisos travessos e divertidos, e daquela pele de raposa, se escondia um homem forte, determinado e gentil? Será que eu não conseguia vê-lo como um homem de valor nem entendia o quão afortunada seria a mulher que ele escolhesse para si?

Haaaaaaaa!, gritei, com a cabeça afogada no meu travesseiro de penas de ganso.

Minha vontade era de sumir... me trancar no quarto até que eles partissem para o Novo Mundo junto com a nova senhora Flemming.

O pior é que, como se não bastasse tudo que eu havia passado na viagem e o constrangimento diante daquelas cartas fedorentas, oma havia me perseguido até o meu quarto para dizer o quanto estava animada e o quanto contava comigo para ajudá-la na seleção.

Espero que todas sejam desdentadas e que tenham verrugas no nariz! Eu me senti melhor ao imaginar cada uma delas – ou quase todas. Afinal, eram tantas cartas que mais um dia e não teria sido possível passar pela porta de entrada sem tropeçar nelas.

Às vezes, eu tinha a impressão que aquela idosa maléfica estava tentando me torturar por não ter aceitado o neto dela de primeira. Revirei os olhos mais uma vez, temendo engasgar-me com o meu próprio veneno.

– Como eu poderia ter respondido àquele bendito pedido, se eu não estava pronta para isso?

Uma hora depois de desgastar o carpete do meu quarto marchando de um lado para o outro, como se eu estivesse reescrevendo uma história que se recusa a fluir, Ellen, minha camareira, me olhou pelo reflexo do espelho, como se um nariz tivesse brotado na minha testa.

– Não entendi, senhorita Weber.

Eu havia resmungado alguma coisa qualquer, que eu esqueci assim que proferi, e ela continuou prendendo os últimos grampos nos meus cabelos, com um olhar desconfiado.

Naquele dia eu ainda nem sabia o que queria.

Não era verdade! Eu sabia que queria a liberdade de viver meu sonho de escrever e eternizar as palavras que jorravam do meu peito para o papel. Mas o que sempre me apavorou foi pensar no que eu faria, lá do outro lado do mundo, com esse sonho.

Aceitar casar-me com Max era o mesmo que estar disposta a abrir mão dos meus próprios sonhos para viver não mais os meus, mas, sim, os dele, e os nossos, com uma família.

Família... era como eu sentia ao pensar sobre isso. Era assim que eu me sentia desde que eles haviam chegado a Hamburgo.

– Bom dia, Emma! – oma disse, assim que desci, com um sorriso de quem acabou de encontrar um diamante entre seus biscoitos preferidos. – Não está um dia esplêndido hoje?

Meus olhos foram atraídos imediatamente para a janela, querendo conferir o que a idosa afirmou com tanta convicção. Dentro de mim, porém, a previsão do clima era de um ciclone de emoções que reviravam os meus sentimentos como o vento revirava as folhas no outono.

Depois de uma noite chuvosa, o sol invadia a sala, iludindo-nos com o seu calor e iluminando o ambiente como se fosse um dia de festa, em comemoração à minha derrota.

– Bom dia, oma – respondi, com a voz carregada de desânimo, aproximando-me do sofá diante da lareira, onde a lenha queimava, exalando o cheiro da minha tristeza.

Ela estava sentada nele como uma rainha à espera de ordenar uma execução – no caso, a minha. Espalhadas ao redor dela, havia um amontoado de envelopes, refletindo a confusão dos meus pensamentos desordenados.

Oh, céus! O que eu vim fazer aqui?

Ajustei a gola trabalhada em renda do vestido azul-marinho, escondendo minha marca, quando oma me lançou um olhar, como o de quem avaliava uma obra de arte. O rubor subiu ao meu rosto, denunciando minha culpa por ter vestido meu melhor traje diurno, enquanto sentia o peso da admiração silenciosa dela sobre mim.

– A senhora parece mesmo muito feliz.

– É porque acabei de receber uma carta que adoçou minha boca como se tivesse selada com mel. – O envelope estava em sua mão, que descansava sobre as pernas aquecidas por um cobertor escuro e felpudo.

– Não imaginei que a senhora também tivesse colocado um anúncio no jornal – comentei, enquanto me servia de uma xícara de chá de frutas e de uma porção generosa de biscoitos.

– Oh, não – oma ficou vermelha, olhando para os lados, como se temesse ter sido ouvida por mais alguém, e disse: – Estou muito velha para essas coisas.

– Entendo – disse, com um sorriso sem graça, enquanto ajustava meus óculos sobre o nariz.

– É da minha neta, Greta, que está no Rio de Janeiro – oma explicou, e eu apenas confirmei com a cabeça, um tanto distraída.

– Vou deixá-la sozinha para que possa ler sua carta – disse, levantando-me, grata por uma boa desculpa para fugir.

– Não é preciso – oma disse, dando batidinhas no sofá, indicando que eu deveria voltar a me sentar. – Sente-se aí que vou ler para nós as boas notícias.

Será que os Flemmings pingam elixir de otimismo na água que bebem?

Querida oma,
Faz pouco mais de uma semana que a senhora partiu, e aqui estou eu, já lhe escrevendo uma carta. Confesso que a saudade é o menor dos desafios que tenho enfrentado. As coisas têm-se mostrado mais difíceis do que imaginávamos em relação à universidade.

Depois de meses de espera, a reunião com a diretoria foi revoltante e desanimadora. E, mesmo com aquela carta de referência, eles foram irredutíveis, quase cruéis, como se eu fosse invisível, um incômodo a ser afastado. Sem contar que eles tiveram a petulância de dizer que eu havia "rasgado a minha feminilidade", ao trajar um vestido partido ao meio, como um homem castrado".

Ainda assim, a única coisa de que me arrependo é não ter levado Docinho até lá comigo. Só de imaginá-la mordendo o calcâneo daquelas múmias eruditas, já me arranca uma risada.

É claro que eles não me farão desistir assim tão fácil. Contudo, tomei uma decisão e quero que seja a primeira a saber. Peço que, por amor a Hipócrates, a senhora não conte isso a ninguém, nem ao Max – pelo menos até nos encontrarmos quando vocês chegarem ao Rio.

Falando nele, estou curiosa para saber se o bobalhão já conseguiu uma tolinha deslumbrada com quem ele possa se casar.

Continuando, após refletir sobre as opções que podem me ajudar a romper as barreiras do preconceito machista que povoa o império inteiro – concentrando de forma mais densa no meio acadêmico, do qual almejo fazer parte em breve –, tomei a decisão de partir por agora para Vassouras, na companhia da Adele, é claro.

Por favor, não desmaie!

Acontece que me vi diante de uma oportunidade que pode me favorecer neste desafio. Por favor, tente me entender e não se preocupe tanto, pois não estou indo como uma desmiolada. Serei contratada para trabalhar auxiliando o médico de uma fazenda de café. Além de um salário satisfatório, Adele e eu ainda teremos direito a acomodações privativas.

Prometo que se, até o seu retorno, nada for resolvido em relação à minha entrada na universidade, voltarei para casa com vocês – não de forma definitiva –, e sem reclamar.

Ah, antes que me esqueça... o capitão Coutinho esteve aqui nos visitando.

Não sei... mas tive a impressão de que alguém pode tê-lo incentivado a vir. Imagino que não tenha sido uma certa idosa intrometida, não é mesmo? (Uma risada escapou enquanto eu escrevia. A senhora sempre foi capaz de me arrancar um sorriso até nas situações mais complicadas.)

Quando a senhora voltará? Estou morrendo de saudades.

Com todo o amor da sua neta preferida,

Greta Flemming

P.S.: Adele manda-lhe lembranças, e eu, um beijo tão gosmento quanto uma xaropada amarga para o meu irmão.

Aguardei em silêncio, enquanto oma com um lenço branco enxugava as lágrimas da sua face marcada pelo tempo.

– A senhora está bem? – Completei a xícara com o líquido morno e a coloquei em suas mãos. – Aceita um gole de chá?

– Obrigada! Estou bem, Emma. – Ela sorriu, com os olhos avermelhados. – Só estou com saudades.

– Fique tranquila, logo vocês embarcarão de volta para casa.

Mal as palavras saltaram da minha boca, meu peito apertou, como se o ar me faltasse, ao perceber o óbvio: em breve, Max partiria para sempre, levando com ele meu coração.

– Você não imagina quantas pretendentes promissoras escreveram para o nosso Max – oma disse, arrancando-me do meu devaneio momentâneo. – Mesmo sabendo que ainda temos tantas cartas para abrir, tomei a liberdade de separar três entre as minhas favoritas. – Ela contou, com um sorriso que era pura candura, enquanto procurava um envelope fedido entre aqueles papéis peçonhentos – Um momento, você precisa ler a carta desta jovem aqui primeiro.

– Onde está o senhor Flemming para que ele possa nos ajudar em tal seleção? – O tom da minha voz saiu mais irônico do que eu esperava, enquanto mordia apenas a pontinha de um biscoito, com medo de me engasgar na minha própria ironia.

– Oh, Max está muito impaciente. Você acredita que ele não quis nem mesmo esperar pelo desjejum? – Ela fez uma expressão de admiração, quase uma careta. – Pois foi. Depois de olhar algumas das cartas que lhe dei, ele me disse que nem precisávamos abrir o resto. Eu fiquei tão chocada. Como assim? Sinceramente, Emma, não entendo.

Ela fez uma pequena pausa e estreitou os olhos na minha direção, enquanto eu engolia um gole de chá com força, como se tentasse beber um jarro de cola para papel.

– Eu acho isso tão empolgante. Vamos, pegue uma – oma disse, com uma animação que me embrulhava o estômago. Ela esticou uma carta para mim, e eu a peguei com a mesma alegria de quem segura uma víbora com as próprias mãos. – Tenho certeza de que você também vai gostar. Quem sabe até me ajude a dissuadi-lo de desistir de continuar lendo as outras.

Cof! Cof! Cof!

– Ele desistiu? – Minha voz saiu como a nota de um violino desafinado, enquanto, constrangida, tentava pescar com a colher o biscoito que acabara de derrubar dentro do bule de chá.

– Sua voz ainda está meio fanhosa – oma disse, com a cabeça inclinada. – Vou falar com o seu tio para prepararmos para você um remédio especial. Talvez você devesse voltar para a cama.

– Eu estou bem – menti, sem remorso. Aquela mulher ardilosa estava me enlouquecendo. Algo me dizia que o olhar de preocupação que ela me lançava era falso e que ela se divertia à minha custa, prolongando a liberação da informação, como se quisesse incitar a minha curiosidade e desespero de forma premeditada. – Obrigada! O que a senhora dizia? O senhor Flemming desistiu das correspondências? – Estiquei os lábios em um sorriso fingido, tentando parecer casual.

– Estava lhe contando que o nosso Max, depois de olhar algumas das cartas, me informou que já tinha escolhido sua esposa – oma falou devagar, quase pausadamente, como se quisesse ter certeza se eu ouviria cada palavra.

– J-já?

– Esse foi também o meu choque. Como assim, se mal começamos a seleção? – Oma arregalou os olhos, incrédula. – Desculpe, Emma! Sei que tinha prometido que esperaríamos por você para selecionar a melhor pretendente. – Ela deu de ombros, com uma expressão de pesar. – Mas o que eu poderia fazer, se ele ficou fascinado pela moça? Oh, por favor, não me olhe assim – oma pediu, com um tom de súplica. – Peço que nos perdoe. Eu até disse ao Max: *Espere ao menos até que Emma desça, já que você não a esperou para escolher a pretendente. Então, ao menos deixe que ela o ajude a escolher a aliança.*

– Aliança? – pensei em voz alta.

– Sim... – A voz de oma parecia distante, como se meu ouvido estivesse tapado por um resfriado. – Ele me disse que iria até aquela joalheria bonita que fica quase em frente à Igreja. Você se lembra dela? Como é mesmo que ela se chama?

– Joalheria Hoffmann?

– Sim. Ele fez questão de ir comprar uma bela aliança para a noiva dele. Quero só ver a cara da Judite quando o meu Max chegar casado. Você acredita que até agora ela não conseguiu casar o neto mais novo? Bem, azar o dela, que não seguiu o conselho que Anna e eu lhe demos para colocar um anúncio de casamento para o pobre rapaz. – Oma revirou os olhos. – Ainda bem que meus netos foram mais obedientes. Se bem que eles sempre foram mais bem-educados que os dela. E agora, como Max está tão determinado em não esperar sequer mais um dia, aconselhei que ele fosse logo falar com o pastor, já que estaria lá na frente da igreja. Assim não será necessário esperar para o matrimônio...

Levantei-me de supetão, cobrindo os ouvidos. Suas palavras me atormentavam como o zumbido das moscas varejeiras que invadiam a cidade no verão.

– Emma, você está bem?

– Sinto muito, oma, mas acabei de lembrar que tenho algo importante para resolver – disse, enquanto enchia a mão com uma generosa porção de biscoitos. – Avise, por favor, tio Alfred que não sei a que hora retornarei.

– Então, me espere que irei com você. – Ela pegou sua bengala. – Nós sabemos que não é aceitável que uma moça saia desacompanhada.

Que mulher ardilosa! Não é ela que sempre chama o tio Alfred de antiquado?

– Não seja antiquada, oma! – exclamei, lançando-lhe meu sorriso mais falso, mostrando a ela que eu poderia aprender com a melhor.

CAPÍTULO 33

Eu teria até rido se meu sangue não fervesse por baixo da pele. Tinha de admitir que ela era uma mulher notável, mas não deixaria que ela se intrometesse quando eu arrancasse aqueles lindos olhos azuis e os jogasse no fogo aceso da lareira para me aquecer do frio.

Talvez o senhor Flemming – devasso, envolvente e irresistível – me inspire tentar escrever algo mais sangrento!

Enfiei na boca um dos biscoitos que havia guardado no bolso, mas ele desceu rasgando a garganta.

Sem conseguir esperar que a nossa carruagem ficasse pronta, levantei a saia do vestido, expondo de modo vergonhoso as minhas panturrilhas ao correr para pegar um coche de aluguel sob o ar frio e úmido que cortava a pele e o sol que enganava com seus raios fingidos, prometendo um calor que não entregaria.

Meu tio teria um ataque de urticária quando descobrisse que eu havia saído *sozinha*, com um *coche de aluguel*, mas eu lidaria com isso na volta.

Naquele momento, eu só conseguia imaginar formas de escrever naquela pele dourada, com uma apurada caligrafia, que não era correto... não. Correto era uma palavra muito elegante para aquele fazendeiro musculoso e atraente de meia tigela. Eu escreveria com letras forçadas, como quem talha na madeira, que não era aceitável, digno, tolerável... que um homem fizesse o que ele fez.

Deixaria todos os bons modos no assento ao descer da carruagem, pois estava determinada a dizer, com a devida clareza, em plena voz, sem nenhuma reserva, para aquele colono rústico o quanto ele era volúvel, frívolo, inconstante e fingido. Diria também que pouco me importava que ele fosse casar com outra mulher.

O rangido seco e ritmado das rodas da carruagem ressoava sobre as ruas de paralelepípedos, molhadas pela chuva, que – como minhas lágrimas – só cessou, ao amanhecer, resistindo, por vezes, ao movimento circular inevitável, espirrando água das poças lamacentas que encontrava pelo caminho.

O resfolegar pesado dos cavalos que trotavam, muitas vezes tropeçando sobre as pedras escorregadias do caminho, me lembrava do meu próprio corpo lutando contra as emoções que oprimiam e esmagavam o meu peito, roubando o fôlego do meu pulmão, ainda convalescente, e desregulando as batidas do meu coração despedaçado.

Doía pensar que aquele homem desaforado, inconstante, mentiroso de pacotilha, petulante de palavras murchas não teve a decência de esperar ao menos uma semana para que eu lhe desse minha resposta.

Dentre tantas coisas que planejava lhe dizer, o mais importante era que eu pouco me importava com seus músculos – que marcavam o tecido das camisas, como palavras impressas nas páginas de um livro – ou com sua voz acostumada a tecer mentiras em fios de mel – que me fizeram acreditar que eu era linda e desejável – ou com o modo como meus lábios clamavam pelos dele – como uma pele queimada que, após as chamas, anseia pela umidade para apagar a sua dor.

Contudo, nem minha imaginação criativa nem o ensaio que fizera sobre o que diria, durante o percurso até o endereço, dito às pressas ao cocheiro, me prepararam para a visão exibida diante dos meus olhos, através das janelas do transporte e da loja.

Nem mesmo o biscoito que esmigalhei, sem perceber, aplacaria a dor do que vi do outro lado da vitrine da joalheria. Apertei o peito enquanto o veículo parava, alheia ao fato de que espalhava os farelos pelo meu melhor vestido – o mesmo que eu escolhera pensando no azul dos seus olhos, na esperança de que ele ainda pudesse me enxergar com amor e doçura.

Max estava lá, com um dos seus sorrisos galantes – os mesmos que eu sentia como exclusivos para mim, ainda que eu soubesse não serem. Então, com uma gentileza polida – como um bom dissimulador de afetos –, deslizou um anel pelo dedo de uma jovem tão radiante quanto uma princesa desavisada que acabara de presenciar um sapo transformar-se em um príncipe em um conto de fadas mal escrito.

Provavelmente uma daquelas desesperadas que responderam ao anúncio.
Sem raciocinar e sem me dar conta, invadi a joalheria, como uma rajada fria que derruba as folhas das copas das árvores no outono, espalhando--as por toda parte. Assim foi que eu, tropeçando nos meus próprios pés, penetrei patinando na requintada loja de joias.

Os sinos, pendurados na porta para alertar sobre a chegada dos clientes, anunciaram para todos os presentes – o joalheiro, a princesa desmiolada, duas velhas fofoqueiras e um irritante pavão jocoso – o meu vexame ao escorregar, como se tivesse sido empurrada sobre o gelo fino para os braços abertos de quem eu menos queria.

– Calma, doçura! – ele sussurrou, com uma voz melada, enquanto me segurava, impedindo-me de cair. – Você não precisa se jogar aos meus pés sempre que me vê – disse, com um sorriso debochado.

Bufando, aprumei o corpo e, empinando o nariz como uma rainha sem trono, dei a ele a punição régia pela sua traição... e, também, pela minha humilhação pública.

Pah!

– Seu... seu patife!... Sedutor barato!... Gato traiçoeiro! Você não foi capaz de esperar alguns dias até que eu lhe desse uma resposta ao seu pedido, antes de sair pelas ruas espalhando seus gracejos e palavras adocicadas na mentira com outra mulher?

Cling-cling!

Ignorei o sino da porta, que alertava a fuga da princesa desiludida, e o cochicho das fofoqueiras, que, em vez de partirem também, preferiram acompanhar a fofoca que animaria a vida rica e tediosa delas por mais de uma semana.

– Onde foi parar todo o amor que você me prometeu dias atrás? – perguntei, com a cabeça erguida, devido à sua altura em comparação com a minha, e estreitei os olhos, que faiscavam na direção dele, prontos a carbonizá-lo a qualquer momento. – Pois fique sabendo, seu *corvo pomposo* – esbravejei, com o indicador em riste, enquanto ele me olhava com sobrancelhas arqueadas e lábios contidos –, que pouco me importa que você já tenha escolhido sua esposa letrada dentre aquelas desatinadas que responderam ao anúncio.

Fiz uma pausa forçada para recuperar o fôlego, que queria fugir a galope junto com o meu coração descontrolado. Enquanto isso, ele, apoiado no balcão da loja, tranquilo e charmoso, fazendo um gesto com a cabeça, sorriu como um pavão sem dentes, como se eu listasse todas as suas qualidades.

– Ela me ama! – Max suspirou, com os olhos fechados e a mão no peito, encenando diante de sua plateia um romântico apaixonado.

Indignada, virei a cabeça para as idosas, que ainda provavam suas joias, e, estendendo a mão na direção delas de forma abrupta, falei em um tom mais alto do que pretendia, quase gritando, sem me preocupar que pudessem conhecer minha família:

– Ele mente!

Pouco me interessam essas regras vazias e sem sentido usadas para manipular e oprimir as pessoas a fazerem o que alguns querem, sem se importar se quem as cumpre será infeliz!

– Não se iludam com gracejos, promessas falsas e muito menos... – ainda gesticulando como uma boa napolitana, virando o corpo para as mulheres, dei-lhes o conselho que eu deveria ter escrito na minha cabeça com letras gigantes e tinta escarlate –... aceitem o pedido de casamento do *senhor Süßermann*, oferecendo levá-las para os confins do mundo, criar vacas e educar sua prole em meio aos selvagens.

Max gargalhou alto, enquanto as mulheres abraçadas nos observavam com os olhos esbugalhados.

– Não me importo em ficar sozinha, *senhor Homem Açucarado*. – Chacoalhando a cabeça, bufei, como um cavalo bravo, antes de continuar: – Já decidi. Vou comprar um gato para me fazer companhia. Tenho certeza de que ele será tão presunçoso e desnecessário quanto você.

Com um sorriso radiante, ele apenas afirmou com a cabeça, repetidas vezes, o que, em vez de apaziguar minha ira, apenas a inflamou – como um sopro sobre uma brasa prestes a se apagar.

– Esteja ciente, senhor Pavão Açucarado, que eu vou ficar muito bem sem precisar ir para um canto esquecido do mundo me atolar nos fétidos dejetos de vaca!

– Bosta de vaca – Max disse, com um sorriso irritante, examinando as unhas com um interesse exagerado e uma calma irritante, como quem nada no lago do próprio contentamento.

– Pois bem, *bosta de vaca*! – frisei bem a expressão, com um sorriso de vitória por ter sido capaz de vencer o desafio proposto.

– Ohhh! – as idosas exclamaram em uníssono, com um tom prolongado que refletia o choque e a indignação delas.

– Oh, céus! – exclamou o joalheiro, que até então apenas observava tudo calado, com um olhar de julgamento, anotando mentalmente os fatos que ele reproduziria para os próximos clientes.

A sensação indescritível que senti ao proferir o vocabulário – que teria feito minha avó se arrepiar – foi quase como um grito de libertação feminina diante das minhas pares, mulheres como eu, que, em vez de me aplaudirem e me apoiarem, como deveríamos fazer umas com as outras, ficaram indignadas com as palavras chulas que saíram da boca de uma jovem dama da sociedade – no caso, eu.

Logo eu, que sempre me acovardei diante das imposições, por medo do sentimento de rejeição e abandono que me acompanhavam desde a morte dos meus pais.

– Vamos, doçura, tenho certeza de que você consegue fazer melhor que isso – Max disse, quase aplaudindo, com os olhos brilhando de expectativa e divertimento. – Mostre ao mundo... – ele piscou para mim, com o sorriso travesso de que eu tanto gostava, antes de continuar: – ... e aos nossos novos amigos um pouco do fumegante sangue espanhol que corre em suas veias.

– Ohhh! – a indignação voltou a tomar a forma de "O" na boca dos nossos espectadores, só que dessa vez foi na dos três.

Ver Max ali, diante daquelas pessoas, me incentivando a romper com os meus limites – ou melhor, limites das outras pessoas com o intuito de me pararem – foi fazendo a raiva que me revirava há poucos minutos ser drenada do meu corpo e substituída pelas batidas agitadas do coração, pela respiração ofegante e pelos sorrisos reprimidos que ele me provocava diante de suas atitudes pouco convencionais.

– Não é possível que ele tenha congelado totalmente por causa do clima deste lugar ou das dores desta vida.

– Você me acha fria? – provoquei, com um tom travesso e cheio de segundas intenções na voz, que fez as mulheres, espantadas com minha ousadia, fugir da loja, enquanto o joalheiro as perseguia pela rua.

– Você, doçura? – Max riu como se eu falasse um absurdo. – Você teria de nascer outra vez, mas dentro de uma banheira congelada. – Ele se aproximou perigosamente, como um felino, e eu, ofegante, enquanto o olhava, imóvel, o aguardei passiva e ansiosa. – Você é como eu, Emma, tão quente quanto o fogo que tentou nos apagar.

Ele sussurrou ao meu ouvido, e eu me derreti na esperança de que ainda não o tivesse perdido por completo.

– O fogo não pode nos apagar – ele continuou, tocando meus braços, como se soubesse que eu estava prestes a desfalecer diante dele. – O fogo nos fez como ele: fortes, imbatíveis e determinados.

O calor da loja, antes fria, aqueceu o meu corpo. A sensação era de que o ambiente estava sugando o ar do meu peito e nos empurrando um ao encontro do outro. Fechei os olhos ao perceber a aproximação da sua boca, do seu hálito quente, mas seus lábios nunca chegavam.

Senti o cheiro da colônia simples misturado ao cheiro da sua pele, que eu passara dias buscando pela casa, como um cão farejador, para compensar a saudade.

– Só era preciso um pouco de tempo para que descobríssemos isso, doçura. Assim como uma brasa, pequena ao início, precisa de tempo e paciência para que as chamas cheguem e o incêndio comece, mudando tudo à sua volta.

– Max... – minha voz saiu, como uma súplica fraca e cheia de saudade, embaçando os meus óculos.

Seus lábios, ouvindo o meu clamor, cobriram os meus. A princípio suaves, mas logo exigentes, quase como se me punissem pela ausência imposta pelas minhas incertezas.

Seus braços me apertaram como se temessem que eu escapasse, e em resposta minhas mãos invadiram seu casaco, agarrando o tecido macio e fino que cobria suas costas, deixando claro que não o largaria.

– Emma, por favor... – Ele afastou os lábios dos meus por um instante, mas voltou a capturá-los como se necessitasse deles para viver.

Quando, por fim, ofegantes, conseguimos nos afastar, os meus lábios ardiam, vermelhos e inchados, pelo contato com sua barba por fazer e por seus beijos afoitos. Sorrindo, havia aceitado o meu castigo pela minha tolice.

Mas estava certa de que punições como aquelas não eram uma boa estratégia de correção, tendo em vista que eu não estava satisfeita. Mas isso era algo que eu não teria, ao menos ainda, coragem de admitir.

– Emma, por favor, diga que aceitará casar comigo – sua voz, baixa e rouca, tinha o peso de uma súplica.

Seus olhos, escuros e intensos, fixados em mim, esperavam pelas palavras que fluíam do meu coração, mas eram retidas na minha garganta, travada pela emoção de ouvi-lo pedir o que eu, naquele instante, estava disposta a implorar.

Abri e fechei a boca algumas vezes, buscando as palavras que sumiram, enquanto lágrimas brotavam, lavando a minha face como um convite para que ele as secasse com os próprios lábios.

– Não chore, doçura. – Ele segurou meu rosto com as duas mãos. – Acredite quando digo que eu preferiria morrer a impedi-la de escrever suas histórias, roubando a alegria das suas palavras e sufocando sua imaginação. Prometo jamais permitir que sua natureza doce e meiga, que clama por liberdade e justiça, seja escondida por alguém, mesmo que esse alguém seja você.

– Max, você é o amor que eu não queria.

– Eu sei, doçura. – Ele engoliu em seco, como se ainda temesse a rejeição. – Mas posso ser o de que você precisa.

– Sim, você é. – Solucei diante da constatação de que Agnes estava certa ao dizer: *"A alegria que ele carrega dentro de si pode tornar os seus dias mais leves"* na carta que havia me enviado, muito antes de ele chegar a Hamburgo.

– *Ich liebe dich,* doçura!

– Também amo você, *senhor Süßermann!*

Max colocou no meu dedo o anel que fora comprar para mim ali, naquela joalheria, explicando-me que apenas pediu ajuda daquela jovem quanto ao tamanho da joia.

Quanto às cartas, sequer havia lido uma das que oma colocara em suas mãos – ele confessou que acreditava, assim como eu, que ela tinha maquinado o tempo todo para unir os nossos destinos.

Fiquei com os olhos úmidos quando ele me contou que, ao olhar para aquela carta, as palavras pulavam do papel, como se tentassem lembrá-lo de tudo o que havíamos vivido, e de como seria triste uma vida inteira sem comer biscoitos de Natal todos os dias. Assim, Max dissera a oma que não perdesse mais o seu tempo, pois ele já tinha feito sua escolha, e, saindo apressado, chegou à loja apenas alguns minutos antes de mim.

– Max!

– Diga, doçura – ele respondeu, com o rosto afogado em meus cabelos, que haviam se desprendido parcialmente do coque frouxo que os prendia.

– E os meus livros?

– Andei pensando muito sobre isso.

– Pensou? – Eu me afastei para poder olhá-lo enquanto ele falava.

– Sim. E acredito que nada impedirá você de continuar publicando os seus livros aqui. A pessoa responsável por eles pode continuar recebendo o seu material escrito.

– Sim. Parece possível.

– Sem contar que, agora, você poderá também publicá-los na colônia, em alemão, e no resto do império em português.
– Oh, Max! – Eu lancei em seus braços, em meio às lágrimas.
Pouco depois, me afastei mais uma vez.
– Max, olhe para mim – pedi, como uma criança mimada, e ele obedeceu. – Oma disse que você iria passar na igreja ao sair daqui.
– Ela disse isso, foi? – Max gargalhou com gosto. – Acredite quando lhe digo: ela está mais ansiosa do que eu por esse casamento.
– Só que agora duvido que ela esteja mais ansiosa que eu para me tornar uma Flemming... – Suspirei e, com os olhos fechados, para me deliciar ao som do meu novo nome, eu disse, sem pressa: – Senhora Emma Charlotte Flemming.
Ele me beijou sem aviso, comovido por ouvir meu nome de casada saindo de minha boca... a boca de sua futura esposa e mãe da linda e presunçosa prole que teríamos.
Ao libertar meus lábios, ele disse, com a voz embargada:
– Com suas lentes embaçadas... você não conseguiu enxergar que passou todo esse tempo espantando o homem que conhece as mesmas dores e carrega as mesmas cicatrizes que você. Aquele que é capaz de ajudá-la a encontrar o caminho da liberdade e dos seus anseios, trilhando à sua frente, como um desbravador, uma estrada pavimentada de alegria e amor, para que o tempo de espera até alcançar seus sonhos não seja pesado para você.
Emocionada, retirei os óculos... retirei as lentes embaçadas antes de beijar, sem dúvidas e sem reservas, o homem que eu amava, indicando que estava pronta para que ele fosse meu guia e companheiro na jornada da vida, rumo ao amor.
– Que pouca-vergonha! – o joalheiro gritou, e o sino tilintou com sua entrada abrupta empunhando as joias levadas nas mãos.
Por sorte, Max, ao contrário das idosas, já havia pagado o anel que estava em meu dedo antes de fugirmos às pressas da loja, carregando apenas o que era nosso: a certeza de que nossos sonhos, apesar de tão distintos, coabitariam de mãos dadas rumo ao nosso futuro, entrelaçados por algo maior – o amor.

EPÍLOGO

São Leopoldo, outubro de 1862

Três anos depois, eu estava sentada na varanda que contornava a casa da fazenda Flemming, com a minha pequena Emilie, de pouco mais de um ano, adormecida no colo. Ela parecia não se importar com a movimentação e a música ao nosso redor.

Eu preferiria que a comemoração tivesse sido algo mais modesto, mas oma, inconformada em não ter conseguido um espaço na sociedade de Canto Orpheu, clube social da cidade – culpa da Judite, disse ela –, decidiu que a comemoração seria na fazenda, e ali estávamos hospedados com eles há quase uma semana.

Olhando para o sol daquele final de tarde, brilhando sobre o milharal, precisei admitir que tudo estava lindo. Eu me pegava constantemente com os olhos marejados com tanto carinho que todos nós recebíamos.

Havia dezenas de lampiões espalhados, desde a varanda até o celeiro, prontos para serem acesos ao cair da noite. As mulheres da família haviam pensado em tudo: pista de dança, quarteto de música, mesa de refrescos e até os biscoitos da felicidade, preparados pela Doces Lembranças, confeitaria da Agnes e da Martha – amiga da família.

Morar a apenas alguns quilômetros da Agnes e de sua família foi, sem dúvida, um presente. Foi ela quem mais me ajudou no período de adaptação à minha nova realidade. Eu fui acolhida naquela família com amor, e isso foi o remédio que faltava para curar minhas feridas mais profundas.

Claro que eu continuei com as marcas no corpo, mas Max me ajudou a olhá-las de outra forma, com outros olhos: como um memorial de gratidão. Não posso dizer que passei a amá-las, mas aprendi a respeitá-las por fazerem parte da minha história... a história que eu ainda estava escrevendo.

Sentada naquele banco de madeira, enquanto ouvia o burburinho dos preparativos da festa, lembrei-me do quanto eu sonhei com aquele momento. Com o dia em que poderia dizer ao mundo o que eu fazia e o quanto amava isso, sem o medo de não ser aceita e respeitada.

Estava orgulhosa de mim mesma por não ter desistido de acreditar, mesmo quando tudo parecia perdido. Por ter continuado fiel a mim mesma, ainda que todos só me vissem como uma sonhadora. Se bem que eu havia parado de sonhar com o senhor Darcy.

Na verdade, isso havia acontecido há alguns anos, antes mesmo de eu embarcar para o Novo Mundo como Emma Flemming... para ser sincera, havia acontecido bem antes de nosso enlace.

O senhor Süßermann havia expulsado dos meus sonhos – tanto dormindo quanto acordada – o personagem que havia sido meu ideal inalcançável de homem por muitos anos... e muitos livros lidos.

Assim como a minha amiga Agnes, não houve um dia em que eu tivesse me arrependido de ter atravessado o mundo até os confins da terra, para criar vacas e educar a prole do homem mais bonito, charmoso, apaixonado e... irritante, presunçoso e debochado que eu já conhecera, mas que eu amava com todas as minhas forças.

Por fim, nosso casamento aconteceu de forma simples e rápida, uma semana depois do encontro na joalheria.

É claro que a sobrinha do honorável conde de Eisenberg havia se tornado alvo dos falatórios das línguas mais afiadas de Hamburgo. Contudo, para o nosso alívio, tio Alfred não sucumbiu ao escândalo.

Desconfio até de que ele nem escutou nenhuma fofoca, diante de sua fascinação pela matriarca dos Flemmings, o que eu comecei a entender ao ver a semelhança de oma com a falecida esposa dele, quando encontrei um retrato pintado dela, durante a nossa mudança.

Quanto a nós dois, apesar do desejo saudável que sentíamos um pelo outro e do que as pessoas pensavam sobre o comportamento de pavão libertino de Max, ele e eu respeitamos os limites até a nossa noite de núpcias, em uma linda hospedaria às margens do rio Elba.

Descobrimos os nossos corpos sem pressa e com o lampião aceso, por exigência do Max, que dizia estar ansioso por conhecer cada uma das minhas marcas e nomeá-las. Sim, ele as nomeou, mas os detalhes prometemos jamais revelar a ninguém.

Naquela noite, minha vergonha foi me abandonando à medida que o calor deixado pelos beijos dele formaram trilhas de fogo em terras desconhecidas, como um bandeirante nas vastidões brasileiras.

Nossas mãos averiguaram com respeito e paixão o que nossos beijos apaixonados haviam prometido antes daquela primeira noite.

As palavras ditas foram irrelevantes e substituídas pelo som do nosso coração ecoando pela nossa pele como um único ser pulsante, no compasso do tempo, guiado pelos nossos instintos até o momento da entrega mútua.

No silêncio que pairava entre o bater do nosso coração e o ritmo da noite, uma confissão foi sussurrada aos meus ouvidos, com a voz rouca e trêmula, lembrando uma folha escondida entre as páginas de um livro que ao cair revela seu mistério.

Às portas de consumar nossa entrega e romper a última resistência para que eu fosse dele, ele, vulnerável e inseguro, desnudou sua verdade mais oculta, surpreendendo-me, como na revelação do ápice de um romance que ainda estava sendo escrito, ao me contar que transporíamos juntos a barreira da inocência.

Ambos, intocados até então, igual ao dia em que nascemos, misturamos, emocionados, nossas lágrimas com o suor do nosso corpo. Então, sem mais reservas entre nós, Max tornou-se parte de mim e, tal qual a tinta que dá vida a uma folha em branco, começamos a escrever nossa história juntos.

– Como está se sentindo a melhor autora desta família?

– Sou a única, sua boba! – eu disse, com um largo sorriso, quando minha melhor amiga se sentou ao meu lado com Matias, seu segundo filho, no colo. – Tudo ficou lindo. Obrigada!

– Não poderíamos fazer menos do que isso para comemorar a primeira publicação da nossa querida lady Lottie em português – Agnes disse, tão emocionada quanto eu, ao me abraçar de lado, em meio aos protestos do pequeno Matias, de oito meses. – Inclusive preciso dizer que estou relendo *O príncipe e a encrencada*.

– Fico feliz que você tenha gostado do livro que eu lhe dei quando partiu para se casar com Klaus.

– Gostado? Eu amei! E, naquela época, nem sabia que você era lady Lottie – Agnes disse, acalentando o filho sonolento.

– Quase ninguém sabia – justifiquei, ajustando os óculos sobre o nariz para disfarçar o constrangimento.

– Mas isso agora é passado. Todos estamos orgulhosos por você ter decidido revelar ao mundo que é ela.

– Obrigada pelo apoio.

– Não seja boba! Sempre vou apoiar você. Ainda que, por sua culpa, agora eu seja uma apaixonada por romances que fazem com que eu queime o jantar enquanto leio – Agnes disse, com um sorriso que misturava divertimento e uma falsa indignação, enquanto eu ria alto. – Melhor você não rir, porque, sempre que isso acontece, eu faço questão de colocar a culpa em você quando Klaus chega em casa faminto.

Nós rimos em cumplicidade, sabendo bem que Klaus já estava ciente, antes mesmo do casamento, de que os talentos de Agnes na cozinha se limitavam a pães e doces.

– Ah, Emma, que bom que nós duas conseguimos escrever uma nova história de vida – Agnes disse, com os olhos brilhando de gratidão. – Às vezes me pego imaginando como seria minha vida se Erich não houvesse conseguido enviar por vocês aqueles papéis do meu pai.

Houve um momento de silêncio entre nós. Matias também havia adormecido, permitindo que nossos olhos contemplassem o milharal, como se as fileiras intermináveis de espigas guardassem a resposta de como tudo poderia ter sido, mas também as lembranças de tudo que vivemos com a chegada deles às mãos de Agnes.

– Claro que eu gostaria que algumas coisas no passado tivessem sido diferentes, mas estou determinada a não deixar que isso roube a alegria que encontrei desde que cheguei aqui.

– Verdade, Agnes! Nós vivemos muitas situações inacreditáveis e até mesmo emocionantes, envolvendo cartas, anúncios, viagens, criminosos e segredos, mas tudo isso acabou nos tornando mais maduras e fortes.

– Há momentos em que eu não consigo acreditar que vivemos tudo aquilo.

– O melhor é que nós pudemos escolher nossos próprios maridos, sem precisar espantar algum pretendente desdentado, como aconteceu com Elisabeth – eu disse, com um sorriso, oferecendo a ela um dos dois biscoitos que eu tirei do bolso.

– Quem é Elisabeth? – Agnes perguntou, curiosa, mordendo o biscoito.

– É a personagem do meu novo conto: "Como fugir de um casamento arranjado" – contei, com a boca cheia e o coração transbordando de alegria.

– Ah! Quero ler imediatamente – Agnes disse, tapando a própria boca para reprimir o grito. – Estou tão orgulhosa de você, Emma!

– Minha esposa é fantástica! – Max falou, ainda de longe, com o peito estufado de orgulho. – Afinal, para casar comigo tinha mesmo que ser.

– Shii! Pelo amor dos meus nervos, fale baixo, Max! – Agnes repreendeu. Max fingiu estar amuado, e eu revirei os olhos com um sorriso bobo.

Ele continuava o mesmo. Talvez exceto por algumas rugas ao redor dos olhos que apareceram junto com todo o trabalho com o gado e com a nossa fazenda. Ainda assim, nada disso roubou o coração alegre e o sorriso fácil dos seus lábios.

– Por mais que me doa dizer isso, Emma, preciso concordar com ele – Agnes disse, fazendo uma careta para Max. – Estou feliz por você ter escolhido *O príncipe e a encrencada* para ser sua primeira obra traduzida para o português.

— Obrigada! A próxima será um livreto do conto da Elisabeth — contei, com um largo sorriso.

A porta da casa se abriu com um rangido estridente, atraindo o nosso olhar.

— Isso é um absurdo, Gerty. Eu jamais passarei dejetos de galinha para evitar que esses malditos animais me piquem! — Tio Alfred passou rápido por nós, sem ao menos cumprimentar, como se não nos visse. Ele realmente não tinha nos visto.

— Mosquitos, Alfred, mosquitos! — Oma, com sua bengala, Docinho e dois filhotes dela perseguiam-no logo atrás.

— Eu prefiro usar aquele óleo de *antiroba* que o João Mascate me vendeu.

— Óleo de andiroba, Alfred — oma corrigiu, já quase o alcançando, um pouco rápido demais para quem precisava usar a bengala.

— Que seja! — Tio Alfred continuou caminhando, sem parar para responder. — O João Mascate me garantiu que os nativos das terras do norte usam tanto para espantar quanto para tratar as picadas desses seres diabólicos.

— Se é assim, vou usar também — oma respondeu.

Nós três seguramos o riso até que eles se foram. Oma continuava tentando dissuadir tio Alfred de vestir sua costumeira armadura noturna contra aqueles insetos terríveis que eram bem menores, mas bem mais cruéis do que eu tinha imaginado antes de chegar ao Brasil.

Tio Alfred trouxe o traje na nossa mudança da Alemanha para o Novo Mundo: calça larga feita em tecido robusto amarrada nos tornozelos, camisa de manga comprida costurada em tecido grosso, luvas e botas de couro e, para completar, um chapéu de abas largas, equipado com um véu de tule que era amarrado em torno do pescoço para evitar abelhas. Sim, abelhas, e não mosquitos.

O retorno de oma como a nova condessa de Eisenberg causou uma grande — digo *grande mesmo* — surpresa entre todos da família e na comunidade. Os Flemmings, assim que assimilaram a novidade, receberam seus novos membros com amor. Afinal, era inegável que oma estava radiante ao lado do seu novo marido.

O meu tio estava igualmente feliz. Claro que, assim como os Flemmings, eu havia ficado chocada quando eles se casaram uma semana após o meu casamento com Max. e meu tio decidiu largar tudo nas mãos dos seus administradores para seguir seu recém-descoberto amor para bem longe.

– Do que vocês duas estão rindo? – Klaus perguntou, ao se juntar a nós na varanda. – Você quer que eu leve o Matias para dentro? – ele sussurrou, próximo de Agnes, por medo de acordar o filho deles.

– Sim, obrigada! Mas eu irei com você para agasalhá-lo bem. – Agnes afirmou, entregando a criança ao pai. – Onde está o Hubert?

– Ele ficou com a Adele no banco perto do poço – Klaus avisou.

– Fiquei tão feliz que ela conseguiu vir – comentei. – Vi o quanto a Martha ficou radiante.

– Ela falou que não aguentava de saudades da mãe e que não poderia perder sua festa por nada. Por sorte, conseguiu deixar a loja aos cuidados de sua funcionária, trazendo até a sogra – Klaus contou, com a voz baixa, já com o filho no colo.

– Que, por sinal, eu amei conhecer.

– Eu também – Agnes comentou, já entrando na casa com o marido. – Até depois.

– Pena que Greta e a família não puderam vir – comentei, com um sorriso triste.

– Ela explicou o motivo? – Max perguntou, curioso, pois não estava presente quando lemos a carta da irmã.

– Ela contou que um dos pacientes deles está muito grave e, por isso, não poderiam se ausentar de lá.

– Eu imaginei. Ela sempre foi muito dedicada – Max disse, com um sorriso triste, mas um brilho de orgulho nos olhos. – Espero que ela tenha ao menos sido esperta e tenha mandado o café de oma junto com a carta.

Nós rimos, pois todos nós sabíamos do amor que oma tinha por aquele café em especial.

– Greta mandou não apenas o café, mas também a notícia de que em breve oma será bisavó mais uma vez.

– Mais um bebê? – Max arregalou os olhos. – Aqueles dois não brincam em serviço.

Na verdade, Max estava sendo exagerado. Aquele seria o terceiro filho da Greta, mas apenas porque, na gestação anterior, ela havia tido os gêmeos, Jacob e Johannes.

– Greta e o marido são como dois lindos gansos apaixonados – disse, com um suspiro.

– Para mim, parecem mais dois coelhos. – Max revirou os olhos, com ciúme da irmã, apesar de ele negar.

Emilie choramingou, e Max imediatamente derreteu, pegando nossa menina no colo para niná-la, enquanto brincava com os cachos escuros do cabelo que ela herdou de mim.

– Não chore, minha doçurinha – Max sussurrou, beijando o topo da cabecinha da nossa filha.

– Você está com inveja – sussurrei, quando percebi que Emilie havia fechado seus grandes olhos azuis, como os do pai.

– Claro que estou! – Max confessou, fazendo uma careta, fingindo indignação. – Doçura, nós precisamos fazer algo, ou o Klaus e a Greta vão me deixar para trás.

– Max, isso não é uma competição!

– Como não? Nós temos a responsabilidade de fazer a diferença tendo os bebês mais bonitos do mundo – ele murmurou, enquanto olhava fascinado para a nossa Emilie adormecida.

– Nós já fazemos isso: eu com os meus livros agora ganhando asas e você com o seu gado sendo vendido para Porto Alegre e os arredores.

– Sim, é verdade – ele concordou, antes de me olhar com um sorriso travesso. – Mas você me prometeu uma prole letrada.

– Maximilian Flemming, eu não lhe prometi isso – disse, fingindo estar zangada, enquanto enfiava na boca dele um biscoito da felicidade que tirei do bolso.

– Oh, doçura, mas assim não vou conseguir alcançar Klaus e Greta – Max murmurou, como a expressão de bebê inconformado pedindo algo, enquanto descansava a cabeça de leve no meu ombro.

– Quem disse que não vai? – sussurrei, com os olhos marejados, colocando a sua mão sobre a minha barriga, ainda pequena, mas onde mais uma brasa do nosso amor já estava crescendo.

FIM

AGRADECIMENTOS

A você, minha querida Cereja leitora, obrigada por devorar minhas histórias como se fossem biscoitos da felicidade recém-saídos do forno. Seus *feedbacks* e avaliações na Amazon são o fermento que faz esta autora crescer – e suas compras são o açúcar que adoça minha vida literária!

Às Cerejas do meu pote, minha dose diária de loucura e apoio incondicional. Obrigada pelas mensagens infinitas (mesmo às três da manhã) e por acreditarem que eu sou capaz de tudo – até de escrever sob pressão!

Ao meu marido e aos meus filhos, que sobreviveram às comidas improvisadas, à pilha de roupas que virou cenário e à bagunça que se tornou nossa casa enquanto eu mergulhava neste livro. Obrigada por não desistirem de mim (e nem fugirem de casa)!

À minha amiga Amanda Galvão, a única que conhece *todos* os segredos das minhas histórias. E às minhas amigas e leitoras betas, Milena Santos, Nanná Felix e Renata Aires, meu trio de salvadoras. Obrigada por ouvirem meus lamentos, me incentivarem nos dias de dúvida e, principalmente, por apontarem todos os erros que eu teimava em não querer enxergar. Sem vocês, este livro seria um rascunho eterno.

À família Ciranda, por me receberem de braços abertos e acreditarem que esta autora poderia voar alto. Vocês transformaram um sonho distante em algo palpável – obrigada por me darem asas!

UMA NOTA PESSOAL

Antes de fechar este livro, preciso deixar algo registrado. Minha mãe, Maria, carinhosamente chamada de Boneca, foi uma das razões pelas quais estou aqui hoje, vivendo este sonho. Ela, que leu meu primeiro livro várias vezes, jamais imaginou o quanto isso significou para mim.

Por poucas semanas, ela não pôde ver meus livros chegarem pela primeira vez às livrarias. Ela partiu no meio do meu lançamento como escritora publicada, e até hoje, às vezes, não parece que é verdade.

Foi um dos momentos mais difíceis da minha vida, mas também me ensinou o quanto o amor e as histórias podem nos carregar para a frente.

Espero honrá-la com a minha vida e com cada página que escrevo, pois sei que ela continua comigo em cada conquista.

Obrigada, Boneca, por tudo – por me desafiar e por ser parte de quem eu sou. Este livro também é seu!

UMA NOTA FINAL